黒鷹公の姉上 1

青蔵千草

Chigusa Aokura

RB

レジーナ文庫

登場人物紹介
オーベル
エスガラント国の第二王子にして、
騎士団長も務める生粋の武人。
黒目黒髪に褐色の肌を持った
精悍《せいかん》な美丈夫で、
「黒《くろ》鷹公《たかこう》」と呼ばれている。
王位を継ぐため、あかりを姉と偽り
保護下に置く。
滝《たき》川《がわ》あかり
正体不明の腕に掴まれて、
異世界にトリップしてしまった女子大生。
この世界では王族にしか顕《あらわ》れない
黒目黒髪を持つせいで、
王宮内の政変に巻きこまれることに。
素直な性格だが、芯は強い。

エスメラルダ
エスガラント国王妃。
病に倒れた王に代わり、
国の実権を握っている。
実の息子であるジュールを
次代の王にするべく、
怪しげな儀式に手を出して
いるようだが……？
リュシアン
エスガラント国の
第一王子で、
オーベルの実兄。
享楽的なふるまいから、
一見ただの優男に見えるが、
実は深い知性の持ち主。
ジュール
エスガラント国の第三王子。
明るく純粋な性格で、オーベルこそが
王位に相応《ふさわ》しいと考えている。
サイラス
オーベルの乳兄弟。
現在は侍従として
彼を支えている。
時々老成した
雰囲気を醸し出す、
穏やかな笑顔の美青年。
ミランダ
サイラスの従姉弟《いとこ》で、
あかり付きの侍女。
しっとりとした
大人のお姉さん。
シロ
白銀の髪に
淡い青緑の瞳が特徴の、
「白の民」の生き残り。
自分を救ってくれた
あかりを慕っている。

目次

黒鷹公の姉上 1

プロローグ

それは、月が皓々《こうこう》と輝く夜だった。

目の前には長い廊下が広がっている。

左側はただの壁だが、右側には彫刻の施《ほどこ》された白い円柱が立ち並ぶ。

柱の向こうには中庭でもあるのか、草花の香りが漂《ただよ》い、柱と柱の間から清《さや》かな月明かりが斜めに差しこんでいる。そのわずかな明かりを頼りに、私は廊下を走っていた。

耳を澄ませば、どこからか呪文のような声が響いてくる。

明らかに日本語ではないその言語は、性別不明の無感情な声で滔々《とうとう》と紡《つむ》がれていた。

周囲に声の主《ぬし》は見当たらないのに、どこまで行っても聞こえ続ける。まるで私を追いかけるみたいに。

——早く、早く逃げないと。

息を切らして駆ける。自分が何から逃げているのかはわからない。ただ、追われていることだけは確信し、ひたすらに走る。

どれくらい走り続けただろう。疲れた私は途中でようやく立ち止まった。肩で息をしながら、もう大丈夫だろうかと後ろを振り返る。

すると、今走ってきた廊下の奥、暗がりの中に白い腕がぽつんと浮かんでいるのが見えた。身体は見えない。ただ右腕だけが一本、暗闇の奥にぶらりと垂れ下がっている。

ひどく異質な――それでいて静物画《せいぶつが》のような美しさもある光景。

だが、その腕は絵ではない。確かに生きていて、ふいに私の方へ手を伸ばしてくる。まるで獲物を見つけた肉食獣のような素早い動きだった。

ひっ、と恐怖で喉《のど》の奥が引きつる。

私が立ち竦《すく》んでいる間にも、腕はこちらに近づいていた。それと一体化しているかのように、背後の闇ごと距離を縮めてくる。

逃げなきゃ、逃げないと捕まってしまう。あの手に――あの闇に呑みこまれてしまう。

そう思うのに、足はその場に縫い止められたみたいに一歩も動かない。

やがて目前まで迫った白い掌《てのひら》が、私の喉《のど》を掴《つか》み――

＊＊＊

「……いやっ!!」

思わず叫んで、がばっと起き上がる。

あれ……？

まだ荒い息のまま、恐る恐る辺りを見渡せば、そこは見慣れた私の――滝川《たきがわ》あかりの部屋。静謐《せいひつ》な雰囲気の回廊に佇《たたず》んでいたはずの私は、今は寝台の上で上半身を起こしていた。

お気に入りの珊瑚色《さんごいろ》でインテリアを統一したワンルームの部屋は、窓から差しこむ朝陽《あさひ》に照らされ、いつもより明るく見える。

いかにも一人暮らしの大学生といった部屋だけれど、自作の石鹸《せっけん》やキャンドルが棚に飾られている所が、私らしいと言えば私らしい。

外からは、ちちち……と鳥のさえずりが聞こえてくる。

安堵《あんど》感と脱力感から、ほっと息が漏《も》れた。

「なんだ……また、夢か」

余程うなされていたのか、背中がじっとりと汗ばみ、握った毛布はぐしゃぐしゃになっている。

——それは、最近よく見る夢だった。

その中で私は、月明かりに照らされる不思議な回廊を駆けている。後ろから、何かに追われる気配を感じながら。そして、もう大丈夫かなと立ち止まって振り向くと、暗がりから白い手が伸びてきて私を捕まえようとする。——すごく不気味な夢。

それに、なんだかあの手……気の所為《せい》だろうか、前より近づいてきていたような。

そこまで考え、ぶるっと首を横に振った。

「やめやめ！　考えても仕方ない。だって、あれは夢なんだから」

そう、ただの夢なのだから、意味なんてないし、不条理なこともあるだろう。それに、私には不安になった時用のお守りがある。

自分に言い聞かせながら、ヘッドボードへ手を伸ばす。

「おばあちゃんのお守り……今日は身に着けていようっと」

呟《つぶや》いて手に取ったのは、古びたペンダント。それは今は亡き祖母からもらった形見の品で、雫《しずく》形の薔薇色《ばらいろ》の石が、銀色のチェーンに繋《つな》がれている。

見つめていると、懐かしい祖母の声が自然と耳に蘇《よみがえ》ってきた。

『あかり、怖いことがあった時はこれを持っておいで。これには魔を祓《はら》う力があるからね』

彼女はよくそう言って、皺《しわ》だらけの手で幼い私の髪を撫《な》でて――

なんの変哲もない首飾りに見えるけれど、きっと祖母は当時泣き虫だった私を慰《なぐさ》めるため、そう言い聞かせたのだろう。以来、これが私のお守りであり、大切な宝物だった。

持っていると勇気が湧《わ》いてくるし、元気も出る。

もしかしたらそれは、彼女がくれた言葉を思い出すからかもしれない。

学生時代、学校や部活で嫌なことがあって塞《ふさ》ぎこんでいると、祖母は私の隣に座り、静かにこう諭《さと》したものだ。

『生きていると、辛いことや怖いことがいっぱいあるもんだね。そういう時は、周りが灰色や真っ暗闇に見えたりする。……でもね、あかり。その中で何かひとつでいい、ささやかな楽しみを見出《みいだ》すことができれば、きっとあんたの周りはほのかに色づいて見えるだろうよ』

色？　と首を傾《かし》げた私に、彼女は頷《うなず》いて続けた。

『そう。真っ暗い中に見える、鮮やかな色だよ。何、ささいなことでいい。登校中に綺麗な花を見つけたとか、しかめ面《つら》の友達を一瞬笑わせることができたとか。そういうものを見出《みいだ》すことができたら、きっとあかりの毎日もいくらか明るく変わるだろうよ』

——でも、そんなことができるなら、初めからこんな風に悩んでいないのに。

多感な時期だった私はそう反発した。けれど確かに、自分は物事のいやな面ばかり見つめていたとも感じた。だから、少し視線を上げてみた所、今まで気づかなかったものが目に入ってきたのだ。

通うのが億劫《おっくう》だった学校への道が、雨上がりの朝は綺麗な陽《ひ》が差しこんで、時には見《み》惚《と》れる景色になること。怖くて苦手だった先生が、よく見るとアニメのキャラクターに似ていて、ちょっとだけユーモラスに感じられること。

そうやって日々目を凝《こ》らし、ぽつりぽつりと咲く鮮やかな花を探していくうち、私の学生生活はいつの間にか楽しいものに変わっていた。以来、祖母のくれた魔法の言葉は、ふとした時に思い出す大切な言葉になったのだ。

そして早いもので、もう大学四年生。

就職活動は思いのほか厳しく、二月下旬になったというのに、まだ一社も内定が得られていない。周りから取り残される焦りと不安で眠れない夜もある。それでも、諦める気は微塵《みじん》もなかった。

落ちこんでいる暇があったら、今の状況になんでもいい、ひとつ楽しみを見出《みいだ》そう。そうして今を乗り越えれば、いつかきっといい思い出として振り返れる日が来るから。

「そうやって、これまで歩いてきたんだ……うん、負けるもんか」

瞼《まぶた》を閉じ決意をこめて呟《つぶや》くと、ペンダントを首にかける。

ベッドから降りると、着替えるためにタンスへ歩み寄った。

まだだいぶ寒いから、厚地のインナーに臙脂色《えんじいろ》のニットと、チョコレート色のスカートを合わせてみる。焦げ茶のブーツを履くと、しっくりくる組み合わせだ。

部屋の隅《すみ》にある姿見を覗《のぞ》けば、そこには思った通りのシルエットに収まった自分の姿。肌が白いので、胸元まである黒髪がより黒っぽく目に映る。

幼い頃から一度も染めたことがない指通りの良い髪は、私の数少ない誇れる部分だ。伸びてきたし、そろそろ切りに行こうかな、と思うが、今は腹ごしらえが先だ。夢の中で全力疾走した所為《せい》か、さっきからやけにお腹が空いているのだ。

「まずは朝ごはん食べなきゃ。あ……そういえば、新しいパン屋さんができてたっけ」

ふと思い浮かんだのは、近所にできたばかりのお店。先日ショーウインドウ越しに見ただけだけど、デニッシュ系のパンが特においしそうだった。

壁の時計を見れば、朝の九時を過ぎた所だから、ちょうど開店した頃だろう。

「よし！　今日は大学も休みだし、行ってみようかな」

買い置きの材料で朝食を作ることもできたけれど、今は気分転換して夢見の悪さを消してしまいたい。もし良い感じのお店なら、今度友達にも買って差し入れしよう。

そう思うとだんだん楽しくなってくる。

コートを羽織り、財布をポケットに入れると、私は玄関を出たのだった。

外に出ると、途端に吐く息が白く変わる。

「うー、やっぱり、二月ってまだまだ寒い」

自然と身体がぶるっと震える。両手を擦《こす》り合わせ、はぁっと息を吹きかけると、かじかんだ指先が多少ましになった気がした。

途中、薄着の色っぽいお姉さんとすれ違い、すごいなぁと感心する。足元もピンヒールで寒そうなのに、背筋がぴんと伸びていて恰好良くも綺麗だった。

私だとおしゃれとあったかさを天秤《てんびん》にかけて、いつもあったかさを取ってしまう。身だしなみに気を遣っていない訳《わけ》じゃないけど、異性からの目はほとんど気にしていなかった。これが女子力の違いってことなのかもしれない。

「これだから、彼氏もできないんだろうな……」

思わず、はぁっと溜息が漏《も》れる。

ものすごく恋人が欲しいという訳《わけ》じゃない。むしろ、一人の方が気楽な性質《たち》だ。だから、これまでなんとなく良い雰囲気になった男友達はいても、気づけばそれとなく相手を遠ざけてしまっていた。

大学生活の傍《かたわ》ら、石鹸《せっけん》などの生活雑貨のハンドメイド制作にのめりこんでからは、ますますその傾向が強くなった。そんな私が男性の気持ちを掴《つか》めるはずもなく、今も彼氏いない歴を絶賛更新中だ。

何とはなしに歩いていると、ふと気になるものが目に入った。路地裏の向こうで、人だかりができている様子が見えたのだ。

どうやら、その先にある公園で催《もよお》し物をしているらしい。

「なんだろ？　フリマでもあるのかな」

春は花見、夏は祭りで賑《にぎ》わう、近隣住民たちの憩《いこ》いの公園。時には雑貨市なども開催されるため、私もふらりと覗《のぞ》きに行くことがあった。もしそんなイベントが開催中なら、いい気分転換になりそうだし、寄ってみたい。

自分で物を手作りするのも好きだけれど、他の誰かの作品を見るのも大好きなのだ。

「よし、ちょっと覗《のぞ》いていこう」

一人領《うなず》いて、路地裏に足を向ける。

人気《ひとけ》がないので普段なら通らないのだが、今は青空から陽《ひ》が差しこみ、明るい朝の風景だ。それに、公園まではほんの少しの距離。だから迷わず足を進めたものの――これがなかなか辿《たど》り着かない。

「あれ？　この道ってこんなに長かったっけ？」

目と鼻の先に、人で賑《にぎ》わう緑の公園が見えているのに、一向に近づく気配がない。確かに歩を進めているのに、進んだ分だけ公園が離れていくような奇妙な感じだ。

さすがに訝《いぶか》しく思い、今通ってきた道を振り返る。

すると、そこには――

「え、嘘でしょ……？」

思わず呆然と目を見開いた。

歩いてきたばかりの細い道が、いつの間にか深い闇に呑みこまれていたのだ。数歩後ろ程度ならまだ壁や地面が薄《うっす》ら見えるが、それより奥は完全に暗がりの中にあって何も見えない。

太陽が雲に隠れたのだとしたって不自然な暗さだ。朝でこれはありえない。

何これ、やだ、怖い。

ぞっとして、闇から逃れるようにその場を駆け出す。背中をじわりと嫌な汗が流れていく。

だって……だってこれじゃ、まるであの夢の中にいるみたいだ。

あの夢では、そういえば、どこからか呪文みたいな声が聞こえてきて……

そう思った瞬間、不気味な声が、かすかに響いていることに気づく。

男とも女とも知れない、感情の見えない平坦な声。

お経のようにも聞こえるが、何を言っているかわからない分、だいぶ不気味だった。

その声が徐々に私の方に近づいてくる。

「そんな、これじゃ本当にあの夢と同じ……いや!!」

叫ぶように声を上げ、とにかく駆け出す。これ以上は疲れて走れないという所まで来てようやく、はぁはぁと息を吐きながら立ち止まった。

ここまで来れば、きっともう大丈夫。

そう思い、汗を拭《ぬぐ》って後ろを振り向くと——

全てを呑みこむような暗闇が、すぐそこまで迫っていた。

闇から生えた白い腕が、私を捕まえようと手を伸ばしている。獲物を見つけた獣のような仕草で。それは、何度も夢に見た光景。

「あ……あ……」

恐怖で、身体が全く動かなかった。

次の瞬間、その手に喉《のど》を掴《つか》まれ、私は闇の中へ引きずりこまれていた。

第一章　姉と弟

掴《つか》まれた喉《のど》から、熱い何かが私の中に流れこんでくる。まるで力の奔流《ほんりゅう》みたいな熱いそれは、私の体内を縦横無尽《じゅうおうむじん》に駆け巡り、最後に頭へと集結した。

（息できない――やだ、放して！）

がむしゃらにもがくと、首にかけていたおばあちゃんのペンダントが白い手にぶつかった。途端、まるで熱いものにでも触れたかのように、呻《うめ》き声をあげてぱっと白い手が離れる。実際、火傷《やけど》したのかもしれない。真っ白な手の甲に、焼け焦《こ》げたような赤い痕《あと》ができているのが一瞬見えた。

「なんで、火傷《やけど》……」

それ以上の疑問は声にならなかった。

支えを失った私は、次の瞬間、呆然と目を見開いて闇の中を後ろ向きに落ちていった。

重力には逆らえない。たぶん私は、落下した衝撃でこのまま死んでしまうのだろう。

ぼんやりと思う中、しかし不思議な現象はまだ続く。

落ちていく途中、背中に薄い膜みたいなものを感じた瞬間、落下するスピードががくんと落ちたのだ。それは柔らかい布に包まれたような感覚でもあったし、雄大な海に受け止められたような感覚でもあった。

衝撃が吸収されたことを理解した次の瞬間、私は床にどすんと尻餅《しりもち》をつく。

「きゃあ……！」

――痛い、でも思ってたより全然痛くない。良かった、死んでない。

そう思ってすぐに、ここはどこだろうという疑問が浮かぶ。今まで真っ暗闇の中にいたはずなのに、いつの間にか少し辺りが明るくなっていたのだ。

ぶつけた腰をさすりつつ、床に座ったまま視線を上げれば、そこにあったのは静謐《せいひつ》な雰囲気の回廊だった。精緻《せいち》な彫刻が施《ほどこ》された白い柱は、まるでヨーロッパかどこかの宮殿のよう。

柱と柱の間からは月明かりが差しこみ、目の前の長い廊下を淡い光で照らしている。すごくデジャヴを感じる光景だ。

え？　もしかしてこれ、あの夢で見た回廊？　というか、さっきまで朝だったのに、なんで急に夜になってるの。

混乱しながら慌てて立ち上がり、改めて辺りを見渡す。

うん……何度見ても、綺麗な回廊だ。床や壁はもちろん、天井まで美しい彫刻で彩《いろど》られている。やっぱり、これは現実らしい。

路地裏で白い手に引きずりこまれたかと思えば、夢と同じ風景にいるなんて、どこまでが現実でどこまでが夢なのか境界がわからなくなる。

ただ夢とは違い、不気味な呪文はどこからも聞こえてこない。

だけど、ここには私以外にも誰かがいるようだ。廊下の向こうから、血の通った男たちの野太い声が聞こえてくる。

「今、向こうから不審な物音が聞こえたぞ！」

「何、侵入者か……!!」

ようやく会話が聞き取れたかと思うと、すぐに荒々しい足音と共に男たちが姿を現した。

「ここに侵入するとは不届き者め……！　大人しくそこへ直れ!!」

私を認めた瞬間、声を荒らげた男たちは、まるで中世ヨーロッパの兵士みたいな恰好をしていた。鎧《よろい》を身に纏《まと》い、腰に剣を佩《は》き、左手には手燭《てしょく》をかかげている。

灯《あか》りに照らされた彼らの容貌は、淡い茶髪や亜麻色《あまいろ》の目といった白色人種系のものだった。

え……もしかしてこれ、映画のロケ？

驚いてそう思うが、周りにはカメラもなければスタッフの姿もなく、撮影をしているらしき気配はない。何より私は突然闇の中へ引きずりこまれ、その途中でどこかに落下したはずなのだ。

ふと、以前読んだ小説で目にした、「異世界トリップ」という単語が思い浮かぶ。

最近流行《はや》りのファンタジー小説には、そういうジャンル——何かのはずみに世界の境界線を越え、主人公が異世界に行ってしまうという展開のものが多々あるのだ。ちなみに、主人公が何者かに召喚されていた場合は、「異世界召喚」という別ジャンルになる。

いや、その違いはどうでもいい。重要なのは現在の状況だ。

まさか、そんなはず……

背中にじわりと汗が浮かぶが、すぐに、やっぱりこれは映画の撮影なのだと思い直す。だって、さすがに異世界だなんて現実離れしすぎている。彼らは、日本語が堪能な外国人俳優さんなのだ。うん、きっとそう。そうであってほしい。

心の中で自分に言い聞かせつつ声の先を見遣《みや》れば、兵士姿の二人は、手燭《てしょく》に照らされた私の姿を驚いた様子で見つめていた。信じられないものを見たという感じの、あんぐりと口を開けた表情だ。突然、撮影現場に乱入して驚かせてしまったからだろうか。

「あの、すみません。私は決して怪しい者では……」

慌てて言うが、彼らは耳に入っていない様子で呆然と呟《つぶや》いている。

「なんと見事な、黒髪に黒い瞳であることか……！」

「しかし、この方《かた》は一体……？」

えっ、もしかしてこの人たち、私の髪と目の色に驚いているの？

黒髪黒目なんてありふれた色のはずなのに、彼らの畏《かしこ》まった様子は、そのうち私を拝《おが》み出しそうなほどで、戸惑ってしまう。

やや謎な反応だけど――とにかく、私の方から色々尋ねた方が良いだろう。

そう思い、口を開こうとしたその時。兵士たちの後ろから凛《りん》とした男の声が響いてきた。

「――お前たち、一体何があった」

「オーベル様……！」

兵士たちは即座に背筋を正し、声の主《ぬし》に向かって道を開ける。

月明かりの差しこむ廊下の向こうから歩いてきたのは、すらりとした長身の青年だった。近づくと、兵士の持つ手燭《てしょく》の灯《あか》りによってその容貌が露《あら》わになる。

やや癖のある短い黒髪に黒い瞳。日本人とは明らかに違う褐色《かっしょく》の肌。凛々《りり》しくも精悍《せいかん》な顔立ちは、私の二十二年の人生でも今まで見たことがないほど整っている。

なんだか、美丈夫《びじょうふ》って言葉が似合う感じの人だ。

肌こそ濃い色をしているが、彼も西洋風の顔立ちで、百八十センチ以上あるだろう均整の取れた体躯《たいく》に、深藍色《ふかあいいろ》の上着と下袴《ズボン》がよく似合っていた。上着には喉元《のど》や合わせに金糸《きんし》で刺繍《ししゅう》が施《ほどこ》され、肩には装飾品らしき琥珀色《こはくいろ》の布を掛けている。どことなく、アラブの貴族を思わせる服装だ。

「これは……」

兵士たち同様、彼も私の姿を見るや、息を呑んで目を瞠《みは》る。

私もまた、相手をまじまじと見返していた。同い年か、私より少し年上くらいだろうか。外国人と対面した経験もほとんどなければ、こんな彫刻のように整った面立《おもだ》ちの人を見たこともなく、つい目を奪われてしまった。

だが、そんな場合じゃないと、すぐに説明を始める。

「私は滝川あかりといって、怪しい者ではなく、どこにでもいる二十二歳の女です。その……夢に見た白い手に闇の中へ引きずりこまれたかと思ったら、いつの間にかここにいたんです」

事実を言ったものの、これでは余計に怪しまれそうだ。慌てて言葉を足す。

「信じられないかもしれませんが、本当なんです。呪文みたいな声が聞こえる中、暗闇から現れた手に捕まって、それでいつの間にかここに……！」

ううう、駄目だ。詳しく説明すればするほど、こいつ何言ってるんだ状態になってしまう。もうちょっとぼかして言った方が良かっただろうか。

ぐるぐると考える私の前で、青年は顎《あご》に片手を当て、考えこむ様子を見せた。何か思い当たる節《ふし》でもあったのか、ひどく真剣な眼差《まなざ》しだ。

低いかすかな呟《つぶや》きが聞こえてくる。

「――呪文だと？　それに、引きずりこもうとする手。まさか、お前は……」

「あの……？」

思わず問いかけると、さらに真剣な眼差《まなざ》しになった彼にじっと見据《みす》えられる。

特に頭や目の辺りを検分《けんぶん》するように見つめられ、私は無意識に一歩下がった。

ええと……なんだかよくわからないけど、美形の真顔は迫力があるから、そんな風にこちらを見ないでほしい。

やがて考えがまとまった様子の彼は、おもむろに顔を上げ、微笑みながらこう言った。

「ああ……お言葉を返さず失礼しました。まさか、俺が貴女のお言葉を疑うなど」

あっ良かった、信じてくれたんだと、ほっとする。

だが、続く彼の言葉は私の度肝《どぎも》を抜くものだった。

「余程夢見が悪くいらしたのでしょう。ですが、俺がお迎えに上がったからにはもう心配はいりません。ご安心ください、姉上」

「あ、姉上？」

なんで私が、この人の姉？

思わずぽかんと口を開けてしまう。彼とは完全に初対面で、当然ながら見覚えなどあるはずもない。

そもそも欧州系の美形である彼と、アジア系の平凡な容姿の私とでは、髪と目の色以外に似通った箇所は全くなく、どう見ても赤の他人だ。

だが彼は落ち着いた口調のまま、今度は兵士たちに語《かた》りかける。

「お前たち、今聞いた通りだ。こちらにおられる方は、我が姉上。世間を騒がせる恐れがあるため、まだ公《おおやけ》にはしていないがな。今夜は夢見が悪く、こうして回廊を彷徨《さまよ》われていたのだろう。お可哀想に、恐ろしさのあまり少々混乱されているようだ」

そして彼は、命令するのに慣れた風格ある声で続ける。

「それ故《ゆえ》、お前たちもこの件はゆめゆめ口外するな。わかったなら、すぐに持ち場に戻れ」

「は……はは っ!!」

兵士たちは青年の言葉に驚きながらも、どこか納得した様子で散会していく。

ちょっと待って、今ので納得しちゃったの？

この展開についていけないのは私だけだ。だって、私が彼の姉というのは、どう考えても無理がある。

困惑する私を余所《よそ》に、青年は変わらぬ堂々とした声音で語りかけた。

「では、我々も戻りましょう。姉上。――ああ、そうだ。夜更《よふ》けの冷たい風はお身体に毒ですから、この布を巻いておられるといい。多少は寒さを凌《しの》げるでしょう」

言うや否《いな》や、彼は肩にかけていた琥珀色《こはくいろ》の長い布を、ばさりと私の頭に被《かぶ》せる。全身がすっぽりと覆《おお》われるほど長く、まるでアラブのヒジャブみたいだ。

「ちょ、ちょっと待ってください、私は姉じゃ……！　それに、貴方の方がずっと薄着なのに……」

驚く私に、青年は諌《いさ》めるように耳打ちする。

「――しっ。今は黙って俺に従え。ここで捕まりたくはないだろう」

そう言い、彼はなぜか周囲に警戒するような眼差《まなざ》しを向けた。

どうやら彼は、私の姿を隠すために頭に布を被《かぶ》せたらしい。それに、今の口調からすると、さっきの姉うんぬんの台詞《せりふ》も演技だったようだ。

ここで説明する気はないのか、彼は私の手を取って廊下の向こうへ移動するよう促《うなが》してくる。やや強引な、人を従えることに慣れた印象を受ける仕草だ。

よくわからないけど、ここにいるのは確かにちょっと落ち着かないし……

私はちらりと回廊へ視線を戻す。

何せここは、夢の中で不気味な腕に何度も追いかけられた場所なのだ。さっきは実際に苦しい思いもした。あまり長居したい場所でもない。

とりあえず兵士たちも去ったし、状況を理解するには彼に話を聞くしかないだろう。

「わ、わかりました……。とりあえず、向こうに行けばいいんですね？」

「ええ。――では姉上。どうぞこちらへ」

恭《うやうや》しくエスコートされ、落ち着かない気分のまま、私は彼に案内されて行ったのだった。


オーベルと呼ばれた青年が足を向けたのは、回廊を越えた先にある豪奢《ごうしゃ》な広間だった。

そこはたくさんの廊下が交わる中継地点らしい開《ひら》けた空間で、見渡す限りいくつもの扉がある。その先にまた廊下が繋《つな》がっているようだ。それに、天井がすごく高い。現在の状況が本当に映画のロケ中なのだとしたら、かなり大がかりなセットだ。

綺麗だなぁ……と思わず溜息が漏《も》れる。

この建物は、まるで白亜《はくあ》の王宮のようだ。広大でありながら丁寧に造られている。進行方向では燭台《しょくだい》の灯《あか》りに照らされ、壁や柱に彫られた美しい模様がぼんやりと浮き上がっていた。

だが、そんな風景も目の前の青年には見慣れたものらしく、視線さえ向けようとしない。彼の先導のもと歩いていくと、途中すれ違った侍女らしき姿の女性たちが恭《うやうや》しく膝を折って頭《こうべ》を垂れた。彼女たちもまた、裾《すそ》の長いひらひらとした衣装を身に着けている。中世ヨーロッパ風にほんのりアラブのエッセンスが混ざったみたいな、異国情緒溢《あふ》れる服だ。

今は冬のはずなのに、この場所は不思議とあまり肌寒くない。だからだろう、目に入る人々の服装は秋口に着るような薄物に見えた。一人厚手のコートを羽織った私の姿は異質で、まるで本当に洋画の世界に入りこんでしまったような錯覚に陥《おちい》る。

一体、どこまで連れていかれるんだろう……？

広間を通り過ぎ、どんどん奥へ進んでいく中、次第に不安が膨《ふく》らんでいく。ちらりと見遣《みや》った先には、ぴんと背筋を伸ばして歩く青年の広い背中。どうやら彼は、目的地に着くまで言葉を発する気がないようだ。

長い廊下の奥にある扉を抜け、さらにその先にある美しい柱廊《ちゅうろう》を五分ほど歩くと、離れらしき建物に到着した。

中央にある中庭を、廊下と七つほどの部屋で囲む構造になっている。先程までの建物が白亜《はくあ》の王宮だとすれば、今目の前にある建物はさながら琥珀色《こはくいろ》の離宮といった雰囲気だ。

青年に続いてひとつの部屋に入室すると、琥珀色《こはくいろ》で統一された趣味の良い空間が目に飛びこんできた。机や本棚がメインで置かれている所を見ると、書斎なのだろうか。飴色《あめいろ》の家具はどれも金縁《きんぶち》で飾られ、品の良さを醸《かも》し出している。奥には一際《ひときわ》重厚な色合いの机が据《す》えられていた。

琥珀《こはく》地の壁に金色で細かな模様が描かれており豪奢《ごうしゃ》な印象を与えるのに、部屋全体として見れば落ち着いた配色のため、すっきりとした雰囲気でまとまっていた。

扉を閉めると、彼はようやく私に向き直る。

「ここならば問題ないだろう。――さて聞くが、お前は一体何者だ」

「え……？」

私を見据《みす》える黒い眼差《まなざ》しは、凛々《りり》しくも鋭い。

もしかしたら、尋問するために私を連れてきたのかもしれない。だとしたら、ちゃんと誤解を解かなければと、緊張しながら口を開く。

「あの、お邪魔してすみませんでした。さっきも言いましたが、私は滝川あかりという名前で、いつの間にかあの回廊にいたんです。呪文みたいな声が聞こえてきたと思ったら、白い手に捕まって、気づいたらあそこに……」

「俺が聞きたいのは、その声の主《ぬし》のことだ。男だったか、女だったか」

真剣な声に遮《さえぎ》られ、私は慌てて首を横に振る。

「それは……わかりません。姿は見えなかったし、性別が感じられない不思議な声だったから」

「ならば、白い手の方はどうだ？」

さらに問われ、私は間近で見た時の記憶を探りながら慎重に答える。

「あれはたぶん、女の人だったと思います。もしくは、線の細い男性。ほっそりした綺麗な手だったし、首を掴《つか》む力がそんなに強くなかったので」

「首？　見せてみろ」

言い終えるや、すぐに彼は私の顎《あご》を捉え、首元をじっと眺める。

そこにはどうやら掴《つか》まれた時の痣《あざ》が残っていたらしく、青年は納得したように頷《うなず》いた。

「確かに、嘘ではないようだな」

「あ、あの！　すみません、ちょっとお聞きしてもいいですか」

現在の状況について彼は何か知っているようだが、こちらは全く掴《つか》めていないのだ。少しくらいは説明がほしい。

堪《たま》りかねて口を挟んだ私に、青年は不思議そうな視線を向けてくる。

「なんだ」

「その……貴方はさっきの私の言葉を本当に信じてくれたんですか？　あんなにおかしな話をいっぱいしたのに……」

「お前がその姿をしていなければ、恐らく信じなかっただろうな」

「この姿？」

「通常であれば、信じられるはずもない話だ。夢で見た白い手に捕まっただの、この場に突然現れただの。だがお前が真に黒髪黒目の持ち主《ぬし》ならば、このおかしな状況も多少は理解できる」

そう言った彼は私の髪をひと房手に取るや、真剣な眼差《まなざ》しでじっと見つめた。

「お前の両親の名はなんと言う。隠さずに答えろ」

「ええと、父と母の名前ですか？　明彦《あきひこ》と、ゆかりですけど……」

なんだってこんなことを聞かれているんだろう。

何より、見知らぬ男性に髪に触れられている状況が落ち着かなくて、私はそっと身を離しながら質問する。

「あの、さっきからよくわからないんですが、黒髪黒目ならってどういうことでしょう。兵士さんたちも、私の姿にひどく驚いていたみたいでしたし……」

距離を取った私を気にした風もなく、すっと手を戻して青年が答える。

「俺やお前のような髪と目の色が、この世界においてそれだけ稀有《けう》だということだ」

「稀有《けう》？」

「……本当に何も知らないんだな」

小さく息を吐かれ、思わずちょっとむっとして答える。

「わ、わかるはずありません……！　気がついたらここにいたんですから。あの、これは何かのロケなんですか？　だったら、すぐに出ていくので……」

不審者である私を尋問するにしては、青年の言動はどこかおかしい気がした。

だから、今はまだ映画か何かの撮影の最中で、私という闖入者《ちんにゅうしゃ》を加えたまま、彼がお芝居を続行しているのかと思ったのだが――

彼は怪訝《けげん》そうに眉を顰《ひそ》めた。

「ロケ？　なんだそれは」

「だから、今私たちがしているこの会話は、映画やドラマの一部なんじゃないかと思って……」

「エーガもドラマもなんのことかわからないが、とりあえずここはエスガラントの王宮で間違いない」

「エスガラント？」

今度は、私がきょとんとする番だ。

全く聞いたこともない単語だが、青年はさらりと言う。

「今お前が話している言葉だってエスガラント語だろう。だというのに、この国の名前を知らないとはおかしなことを言う」

「そんな……そんな言葉、一度も使ったことがありません！　私が話している言葉だって、日本語のはずでしょう？」

動揺して声を荒らげた私に、青年はさらに訝《いぶか》しげな表情になる。演技でも冗談でもなく、心から不思議に思っている様子の表情だ。

「ニホン語？　そんな言語は聞いたことがない。そもそも、ニホンなどという名の国はないだろう。少なくとも俺が所有している地図の中には、そんな国はどこにも載っていなかった」

「日本が、ない……？」

背筋がぞわりと粟立《あわだ》つ。もしかしたらと思い、けれど考えないようにしていた可能性が、彼と話すほどに明確になっていく。

いつの間にか、見知らぬ異国のような場所に移動していた私。

そしてそこには、見たこともない服装の、日本人じゃない人たちがいて、さらには時刻まで朝から夜に変わっていたのだ。

先程思い浮かんだ単語が、再び脳裏をよぎる。まさか、やっぱり。

「私、異世界にトリップしちゃった……？」

いや、引きずりこまれた訳《わけ》だから、異世界召喚？　どっちなのかよくわからないし、どっちにしろ信じがたい状況だけど、これまで得た情報を整理していくと、自然とその答えに導かれていく。

だって、私が白い腕に捕まったのはほんの一瞬だったのだ。だというのに、次の瞬間には近所の路地から、あの回廊に降り立っていて——

呆然としている私に、青年は静かに口を開いた。

「お前が何に驚いているのかは測りかねるが、ここがエスガラント国であることは間違いない」

「エスガラント……」

「そうだ。……ああ、口で言うより見た方が早いだろう」

彼は窓際へ向かうと、アーチ形の大きな窓を開く。一陣《いちじん》の風がそよぎ、ふっと肌を撫《な》でていった。青年は視線だけを悠然と窓の外に向ける。

「よく見ておくといい。これが俺たちの住まう国。――そして、俺たちの守る国だ」

それは静かな、けれど強い意志が感じられる声だった。窓辺に佇《たたず》む彼は、その眼差《まなざ》しの強さもあってか、まるでこの国を統《す》べる王者のように見える。

促《うなが》されるまま外を見やり、私は思わず感嘆の声を漏《も》らした。

見下ろした先には、家々の灯《あか》りが裾野《すその》のごとくどこまでも広がっていたのだ。

「すごい、大きな町……」

どうやらこの建物はだいぶ高台に建っているらしく、眼下に広がるひとつひとつの家がまるで豆粒みたいに見えた。だが、そこにはちゃんと人が生きている。この町で――この国で、今も息づいているんだ。多くの人々が。

紺青《こんじょう》に染まった空には月が上り、清《さや》かな光で街並みを照らしていた。心を落ち着けようとゆっくり息を吸えば、夜風に混じって異国の花の香りが鼻に届く。

それを吸いこむほどに、さっきまでは感じなかった現実味が――異世界に来たという実感がまざまざと押し寄せてくる。

「ここは日本じゃない、エスガラントという国……」

そんな、なんでこんなことに……

放心状態の私をじっと見つめ、青年はどこか確信した様子で呟《つぶや》いた。

「その様子を見ると、やはりお前は……。――いいだろう。ならば、順を追って説明する」

言うや、彼は部屋の奥に向かって声を張り上げた。

「サイラス、いるんだろう。出てこい。細かな説明ならばお前の方が得手《えて》だ」

「はっ」

返事と共に、奥の扉からすっと現れたのは、亜麻色《あまいろ》の長い髪を首横で結わえた、淡い水色の瞳を持つ青年だった。私より少し年上の、二十三、四歳くらいだろうか。

黒髪の青年が野性味と気品を併《あわ》せ持つ美丈夫《びじょうふ》なら、彼――サイラスさんは柔らかさと落ち着きのある学士風の美青年といった感じで、まるっきり雰囲気が違う。

翡翠色《ひすいいろ》の服を着た清廉《せいれん》な雰囲気の彼は、私に向けて微笑むと、胸に片手を当てて礼の姿勢を取った。

それを横目に、黒髪の青年が彼について簡単に説明する。

「この男は、俺の乳兄弟《ちきょうだい》にして従者だ。今までの会話も奥で聞いていたはずだから、俺にしたような事情説明は必要ない」

「わ、わかりました。従者をされている方《かた》なんですね……」

漫画などでは見たことがあるとはいえ、こうして本物の主従を目にしたのは初めてだ。

どきどきしながら見返すと、黒髪の彼はさも当然とばかりに言った。

「俺はこの国の第二王子なのだから、従者の一人もいなければ話にならないだろう」

「だ、第二王子⁉　貴方、王子様だったんですか……！」

思わずぎょっとしてしまう。確かに、オーベル様と呼ばれるくらいだから、身分の高い人なのかなとは思っていた。でも、まさか王子だなんて……

普通に会話してしまったけれど、今からでも跪《ひざまず》いたりした方がいいのだろうか。

そわそわと落ち着かない気分でいると、彼――オーベル王子に片手を振られた。

「変に畏《かしこ》まらなくていい。お前は俺の契約者になりうる相手だ。オーベルと呼べ」

「い、いいえ、さすがにそれはちょっと……」

これまでの無礼を許してくれたのにはほっとしたけれど、まさか出会ったばかりの王子様を、気安く呼び捨てにはできない。というか、契約者ってなんのことだろう？

首を傾《かし》げた私に気づいたのか、サイラスさんがやんわりと説明に入ってくれた。

「では、オーベル様のご身分や背景も含めまして、私がご説明致しましょう。失礼ながら、先程陰でお二方の会話を伺っておりましたが……お名前は、タキガワアカリ様とお呼びしても？」

「あ、いえ。あかりと呼んで頂ければ。滝川は苗字なので」

フルネームをまるごと名前だと勘違いされそうだったので、慌てて訂正する。

「承知しました。それではアカリ様、どうぞこちらにお掛けになってください」

サイラスさんに部屋の中央の長椅子を勧められ、迷った末にそっと腰を下ろす。

色々驚かされたけれど、とりあえず今は情報収集に専念しようと、どうにか気持ちを切り替えたのだ。

ここが異世界であるらしいことは、どうやら信じる以外なさそうだ。それならここがどんな世界で、どんな国なのかを知っておきたい。

私が聞く態勢になったのを見届け、サイラスさんは静かに口火《くちび》を切った。

「それでは、改めましてご挨拶を。先程ご紹介に与《あずか》りました通り、私はオーベル様の従者、サイラスにございます。失礼ですが、どうやら貴女は我が国の現状をあまりご存じではないご様子。ならば僭越《せんえつ》ながら、この国の概要からご説明させて頂きたいと思います」

ちなみにオーベル王子は、いつの間にか少し離れた肘《ひじ》掛け椅子に腰を下ろして、私たちをじっと眺めていた。

そんな何げない体勢からも、隠せない気品と威厳のようなものが感じ取れる。

（本当に、生粋《きっすい》の王子様なんだなぁ……）

サイラスさんはそんな主《あるじ》の視線を気にした様子もなく、壁に掛かっていた地図を指差した。

「このエスガラントは、広大なマージア世界の、中央大陸に位置する国。オーベル様の御父上であらせられるグラハド陛下のご統治のもと、国力は強く、他国からの侵略も退《しりぞ》け、富を保っております」

そう言って彼が手で示したのは、地図の中でも一際《ひときわ》大きな面積を誇る国だった。隣り合う国々と比べると倍以上の大きさで、海に面していることから、立地にも恵まれていることがわかる。

「しかしながら、万事が安泰とは言い難《がた》い状況です。グラハド陛下は三年前より病の床《とこ》に伏し、今なお人事不省《じんじふせい》の状態。そのため二年前より、王妃エスメラルダ様が一時的に王の代理として国政を担《にな》っておられます」

「王妃様が、王の代理を……」

どうやら、現在はイレギュラーな状態で政治が行われているらしい。

「ええ。ですが、エスメラルダ様の政治は、ひどく偏《かたよ》っておられます。ご自分の祖国ビラードとの交易を何より重視し、彼《か》の国出身の官僚を偏重《へんちょう》すること甚《はなは》だしく、それに意見する者があれば、処罰することに躊躇《ためら》いがございません。ご自分の身を金銀宝石で飾ることにも執心《しゅうしん》され、消費した財源を補うため、民からの税の搾取《さくしゅ》も年々激しくなっております」

「なんだか、問題のある感じの人なんですね……」

もちろん、上に立つ人全てが聖人君子という訳《わけ》にはいかないのだろうが、それにしてもだいぶ利己的な人のようだ。国民の不満は大丈夫なのかなと、つい気になってしまう。

オーベル王子がそこで説明を加えた。

「多少問題があったとしても、現行の法を違《たが》えていない以上、他者が口出しすることは許されない。それだけ我が国において王の権力は強いんだ。重要法律の制定に関しては元老院《げんろういん》に優先権があるとはいえ、政治においては当然ながら最も強い影響力を誇っている」

どうやらこの国には、元老院《げんろういん》という機関もあり、それなりの力を持っているらしい。

中世ヨーロッパに似た雰囲気から、絶対王政なのかなと勝手に思っていたので、やや意外に感じた。

「あの、この国は絶対王政……ええと、王様一人が絶対的な力を持っているという政治体制ではないんですか？」

「王は強大な力を持つが、絶対的とまでは言えないな。現に、王位継承についての法には、関与する権限が与えられていない。その辺りは元老院《げんろういん》の管轄《かんかつ》だ」

「元老院《げんろういん》とは、国内でも見識の深い貴族――その中においてさらに、長老と呼ばれる方々が集《つど》う機関を指します。王が独断で法律を変えることがないよう、行動抑制のため設けられた機関と言えば、わかりやすいでしょうか」

オーベル王子の答えに、サイラスさんが補足を入れる。

「なるほど……王が横暴な行動をしないよう、見張る役割なんですね」

ただ、重要な法律に関する権限しか与えられていないため、そこに抵触しない限りは、元老院《げんろういん》も王妃様の行動に意見することができない、と。うーん、色々ややこしい。

サイラスさんは説明を続ける。

「ですから、立法以外では依然として王のお力が最も強いのです。それ故《ゆえ》、たとえ現状に不満があろうとも、元老院《げんろういん》がエスメラルダ様の行動に意見することは難しい形です」

「それじゃあ、不信任決議みたいなこともできないんですね」

「フシンニンケツギ？」

「ええと、私の国で用いられているルールで、国の代表に仕事を継続してもらうかを決める時の方法です。国民が選んだ議会の投票で、その人がその地位に本当に相応《ふさわ》しいかどうか決めるんです」

大体は問題なく会話できているけれど、時々上手く伝わらない言葉があるようだ。日本の政治を易《やさ》しく噛み砕いて説明すると、サイラスさんが面白そうに頷《うなず》いた。

「なるほど、この国で言えば、多数の民の意見によって王妃様を国王代理の役職から罷《ひ》免《めん》するという訳《わけ》ですか。そうできれば良いのでしょうが、我が国にそのような制度はございません。そもそも元老院《げんろういん》の長老たちにも、王を罷免《ひめん》するほどの力は与えられていないのです」

サイラスさんは改めて真剣な表情になった。

「――さて、エスメラルダ様のお話に戻りましょう。そのようにご自分の利を追求し、民を虐《しいた》げる政治を行われている王妃殿下ですが、またひとつ別の問題があります」

「問題？」

「ええ。国王陛下が病床に伏せられて、もう三年。ついに御子息であるジュール殿下を次代の王に据《す》えるべく、先頃から各所に根回しする行動を取られているのです。ジュール殿下ご自身は聡明な方《かた》ですが、まだ十代初めと幼くもあり……」

そこであることが気になった私は質問をした。

「あの、待ってください。まだ幼い子を次の王にって。王様の実子のうち、一番年齢が高い人が継ぐのではないんですか？」

目の前にいるオーベル王子は、どう見ても十代のジュール殿下より年上だ。多少尊大な所はあれど、上に立つ者の風格のようなものも持っている気がする。

さらに彼は、第二王子と言っていた。ということは、上にもう一人兄がいるのだ。その状況なら、年齢といい経験といい、彼らの方が次の王として余程相応《ふさわ》しいのではないのだろうか。

オーベル王子が椅子から立ち上がりながら、首を横に振った。

「お前の国では長子が跡を継ぐのが一般的なのかもしれんが、我が国では違う。次の王は前王の指名により決まる。法によりそう制定されている」

「ええ。生まれた順番は関係ございません、最も王位に相応《ふさわ》しいと前王に資質を認められ、指名された男児が次代の王になるというしきたりにございます」

「長子相続じゃないんですか。なんだか、色々混迷しそう……」

争いの種を生み出しそうというかなんというか。

まあ、これまではそれで上手く機能していたのだろうし、実際、最初に生まれた子が最も優秀だとは限らないから、理に適《かな》っているといえばそうなのかもしれない。

「ジュールは性質の良い子だが、まだ幼い。もしもあいつが次の王になれば、エスメラルダはジュールを傀儡《かいらい》にし、今以上に国を己《おのれ》の意のままにしようとするだろう。……自分の目的のためならば手段は選ばない、我が子であろうとも食い物にする女だ」

自分で言った言葉に何かを刺激されたのか、後半のオーベル王子の声は押し殺した怒《いか》りめいたものを感じる声だった。やがて彼は気持ちを封じこめるように目を閉じると、静かな声で続けた。

「――だから、別の者が王として立つ必要があるんだ」

「つまり、王妃様の息のかかっていない誰かが、次の王になった方がいいということなんですね」

「ええ。ですが王位に就くには、今申し上げたように前王より生前指名を受けている必要がございます。しかし、陛下の意識は混濁《こんだく》しており、現在では言葉も危うい状況。そんな中では指名など難しく、もしできたとしても効力が危ぶまれるものとなりましょう」

神妙な声で告げるサイラスさんに、オーベル王子は憂《うれ》いを帯びた視線を向けた。

「……父上も、ご自身の状態を理解されていたのだろう。三年前に、自分の状態がこれより回復しないようならば、次期王の選定を元老院《げんろういん》に一任すると言付けをなされていた」

「その言葉を受け――陛下の症状が悪化し、止《や》むを得ないと判断された今、元老院《げんろういん》は『今回のみ王の指名ではなく、彼以外の王族の同意を最も多く得た者を次の王にする』と決定、発表しました」

「王族の同意を得た者を？」

私は驚いて目を瞬《しばたた》かせる。なんとも思いきった方向転換だ。

「ああ。だが王族といえど、どこまでをその定義に入れるかの判断が難しい。基本的には現国王の二親等《にしんとう》以内が王族であると考えられているが、わずかでも王家の血が流れていれば良いというのであれば、それこそどこまでも遡《さかのぼ》れるからな」

「そこで元老院《げんろういん》は、さらに厳密に『現国王から見て二親等《にしんとう》以内であり、なおかつ王族直系の証《あかし》である、黒髪または黒い瞳を持つ者の同意を得ること』と定めました」

「黒髪に黒い瞳……って、待ってください！　それってまさか」

思わず声を上げた私に、オーベル王子は静かに頷《うなず》いた。

「そうだ。お前もその定義に当てはまる。この世界ではそもそも、黒髪も黒目も我が国の王族にしか生まれない。だからこそ崇高《すうこう》にして貴重な色とされている。兵士たちも驚いていただろう……当然だ。黒の容姿を持つ者など、この国に両手で数えるほどしかいないんだからな」

「まさか、そんなに少ないなんて……」

呆然と呟《つぶや》く。日本では、それこそ見渡す限り黒髪といった有り様だったのに、世界によってそこまで違いがあるなんて思わなかった。

しかし、だからこそ兵士たちは明らかに顔立ちが違う私を、オーベル王子が姉上と呼んだことに納得したのだろう。王族にしか、私のような黒髪黒目は生まれてこないから……

ようやく色々なことが腑《ふ》に落ちてきた。

「そういった前提があり、王妃は元老院《げんろういん》の発表が出てすぐに、黒髪黒目の王族――つまりは同意者を得ようと動き出した。自分が国王代理の座から下ろされても、ジュールを王にすれば、自分が権力を掌握《しょうあく》できると思ったんだろう」

「それじゃあ、今の状況とほとんど変わらないですね……」

「そうだ。今まで通り自分の好きに振る舞える状況を、あの女は欲している。さらに最近では手段を選ばなくなってきた。俺たちにまでジュールが王になるため、力を貸せと圧力をかけてきたが、あの女の政治を見てきた俺や兄上が協力などする訳《わけ》がない。……金や名誉につられた叔父たちは、どうやらあの女の味方につくことに決めたようだがな」

吐き捨てるように、オーベル王子が言う。

どうやら数少ない王族のうち、数人はすでに王妃側についている状況らしい。

サイラスさんが顔を曇《くも》らせて後を続けた。

「それだけではございません。間者からの情報によれば、最近では黒髪黒目の者が他国にいないか血眼《ちまなこ》になって探させているご様子です」

「叔父たちを味方につけたとしても、彼らは黒髪か黒目のどちらかしか持っていない——つまり、同意者として完璧ではない。だからこそ、より確実な手札を増やそうと考えたんだろう。少しでも髪や目の色の濃い者がいれば、すぐに連れてくるよう命じてな」

その説明に、思わず呆れてしまう。

「他国って、それじゃもう、王族どころか自国民ですらないのに……本当になりふり構わない感じなんですね。でも、他の国ならいるんでしょうか？　私たちみたいな黒髪黒目の人々が」

「いいや、いないな。この世界において、黒の祝福を受けた容姿の者はエスガラントにしかいない。だからこそ——これまで一度も見つからなかったからこそ、黒髪黒目であることが王族の証《あかし》として効力を発揮するんだ」

そこでオーベル王子は、私に意味ありげな視線を寄越した。

「そして、もうひとつわかったことだが。他国を探しても見つからないため、王妃は遠い異邦の地から黒髪黒目の者を呼び寄せようと、儀式めいたことも行っていたらしい」

「遠い異邦の地から呼び寄せるって、まさか……！」

目を見開いた私に、オーベル王子が頷《うなず》く。

「そうだ。お前が見たという夢だ。実はこの国には似たような伝承が伝わっている。国が荒れた時、異邦の地から黒髪の人間を召喚したという話がな。伝承というより、半分は神話に近いものだが」

「つまり、王妃様が伝承と同様のことを行って、私をこの世界に召喚したということ……？」

そんな、まさかと思う。いくら自分の目的を叶えるためとはいえ、人智を超えた行いだ。

でもそう考える一方で、私を捕まえようとしたあの白い手は、確かに高貴な身分にある人の手だったかもしれないとも思い出す。

水仕事なんて一度もしたことがないような、ひび割れひとつない綺麗な手。そして、私の首を迷わず掴《つか》み、引きずりこもうとした傲慢《ごうまん》さ。

あれが噂の王妃様だと言われると、妙に納得してしまった。

「そうは言っても、それはあくまで俺たちの推測でしかない。怪しい動きをしているといっても、確たる証拠は掴《つか》めていないんだ。あの女はなかなか尻尾を掴《つか》ませない。証拠を口にできそうな者を探させたが、すでに大半が始末されていた」

「始末って……」

凄惨《せいさん》な言葉に、思わず絶句する。

「そういう人間なんだ、あのエスメラルダという女は。それ故《ゆえ》に、母も……」

怒りの籠《こも》った声音で静かに呟《つぶや》いた彼は、だがそこで頭を振って言葉を切り、話の流れを変えた。

「――そのような状況ではあるが、王妃の祖国に呪《まじな》いの文化が根づいているのは確かだ。何かあれば彼女が自分の宮で儀式を行っているという噂も事実だろう」

彼は私に真《ま》っ直《す》ぐ視線を向けた。

「それにお前は、呪文のような声が聞こえたと言っただろう。ビラードの呪術では、感情を殺した声で、昼夜問わず呪文を唱え続けると言われているんだ。それが儀式を成功させるための強い力となるらしい」

その言葉に、男とも女とも知れないあの不思議な声が耳に蘇《よみがえ》ってくる。

静かなのに、まるで回廊に響き渡るように聞こえた声……

目を伏せてあの時のことを思い出していると、サイラスさんも同様に思い浮かべたことがあったらしく口を開く。

「アカリ様は王宮の回廊を夢に見たと仰《おっしゃ》っていましたが、それもまた、我々が王妃様を疑っている理由のひとつです」

「あの回廊も？」

「ええ。ご自分のいる宮へ繋《つな》がる回廊に呼び出そうとしたと考えれば、筋が通りますから。もしも彼女が犯人でなかったとしても、王宮内をよく知る者でなければ、あの場に呼び寄せることは不可能でしょう」

「それに何より、この世界で黒髪黒目の者を誰より欲しているのは、あの女だ。エスガラントでは、王となる者にも同様の資質が求められるが、ジュールはそのひとつを欠いている。息子の立場を補うため、欲する気持ちはわからなくもない」

「えっ……じゃあ、ジュール殿下は黒髪黒目ではないんですか？」

なんとなく、王子たちは全員そうなのかと思っていたが違うらしい。二人が詳しく教えてくれる。

「ええ、ジュール殿下は黒髪に青い瞳をお持ちなのです。お母上の血を濃く受け継がれたのでしょう。だからこそ、王妃様は焦っておられるのかもしれません」

「王族の容姿として瑕疵《かし》ある息子を王にするためには、相応の後ろ盾《うしだて》が――つまりは元《げん》老院《ろういん》が納得するような、黒髪黒目の同意者が必要になるからな」

そう続けたオーベル王子の鋭い視線が私を射抜いた。

「今までの話で、大体の事情は呑みこめただろう。お前が王妃の手で異邦の地から呼び出された人間ならば……いや、仮にそうでなかったとしても。俺はお前と、互いに利害の一致した契約を結びたいと考えている」

「契約……？　そういえば、さっきもそんなことを言っていましたけど……」

不安になって尋ねた私に、彼は厳《おごそ》かな態度で首肯《しゅこう》する。

「そうだ。俺はこの国の憂《うれ》いを晴らすため、お前は己《おのれ》の身を守るため。一時的に姉弟《きょうだい》の契《ちぎ》りを結ぶ契約だ」

「それってつまり、私が貴方の姉として、貴方を王位に就けるための同意者になるということ……？」

そして、その見返りとして、彼が私を保護してくれるということだろうか。

あれ、でもちょっと待って。

「貴方には、お兄さんがいるんじゃ……彼も王位を目指しているんじゃないですか？」

その質問に、オーベル王子は静かにかぶりを振った。

「兄上が王位に就かれるというならば、俺は喜んで従おう。それだけの器《うつわ》のある方《かた》だ。だが、残念ながら彼《か》の人はすでにそれができる状況にない。……王宮から去って久しい方《かた》なんだ」

何か事情があって、だいぶ前に王宮からいなくなってしまったらしい。そんな経緯もあり、オーベル王子は自分自身が王位に就くことを決意したようだ。

「ともかく、そういう訳《わけ》でお前の外見は利用できる。お前を父の落とし胤《だね》と公表し、俺の異母姉《いぼし》として傍《そば》に置けば、周囲は俺が有力な同意者を得たと考えるだろう。そうすれば、俺が玉座へ就く――すなわち、王妃を失脚させることに一歩近づく」

そう口にしたオーベル王子の眼差《まなざ》しは真剣で、冴《さ》え冴《ざ》えとしたものだった。王位に近づく喜びも高揚感も、その瞳には一切見えてこない。まるで王になることよりも、王妃を失脚させることだけが、目的であるような――

彼の事情も気になるけれど、とりあえず今は一度頭を整理したい。

「貴方の言っていることはわかるんですけど……ごめんなさい、少し待ってください」

頭痛を堪《こら》え、私は今の話を頭の中で一生懸命咀嚼《そしゃく》する。

私がこの人のかりそめの姉になる。それはイコール、王女になるということだ。

一般庶民の私が、いきなりこの世界の、異国のお姫様。

うん……彼はさらりと言ってくれたが、やっぱり色々と問題がありすぎだろう。

目の前の二人はともかく、周囲の人たちは、ぽっと出の女をそんな高貴な立場に置くことを簡単には認めてくれないのではないだろうか。むしろ、速攻で王宮から叩き出されたりして――

「あの……やっぱり、どう考えても無理だと思います。顔だって全然似ていないのに、私が貴方の姉になるなんて」

私の至極まっとうな意見を受けて、オーベル王子がかすかに呆れたような声で返した。

「お前は、自分の容姿の特異性をまだ理解していないようだな」

「だって、私のいた国では黒髪黒目なんて珍しくなかったんですから……！　そもそも、どうして私が姉なんですか？　確かに妹より姉の方が同意者としての発言力が増すんでしょうけど、貴方の方が年上じゃ……」

「お前は、会って早々に自分は二十二歳だと自己申告しただろう。俺が二十一なのだから、至極当然のことと思うが」

「二十一……」

あっさりと言われて絶句する。

この堂々として風格ある人が、年下。いや、見た目はもちろん若さ溢《あふ》れる青年なんだけど、中身に年相応の可愛らしさがないというか。……うう、もしかして、私が幼すぎるのかな。

地味にショックを受けるが、今はそれどころじゃない。

動揺を抑えながら、私はごくりと唾を呑みこんでオーベル王子に確認する。

「姉弟《きょうだい》になる契約なんて、本当に本気で言っているんですか……？」

「本気でなければ、こんな酔狂《すいきょう》な提案はしていない。無理を承知で頼むんだ、俺がお前を利用する代わりに、お前も俺を利用すればいい」

「私が、貴方を利用？」

どういうことだろうと視線を向ければ、強い意志の滲《にじ》む眼差《まなざ》しが私を見据《みす》えていた。

「そうだ。この世界で、我が国以外に黒髪黒目が生まれる国などない。お前がその姿を偽装しているのではなく、且《か》つ父や叔父たちの落とし胤《だね》ではないというのならば、この世界ではないどこかからやってきたことになる。――お前の先程の発言と、俺たちの推測が確かであればな」

「だから、何度も言いましたけど、さっきの話は本当で……！」

憤然《ふんぜん》と拳《こぶし》を握る私を、オーベル王子は片手ですっと制した。

「――わかっている。お前の目に嘘はないようだ。だが現時点で、お前のその姿以外にそれを証明する術《すべ》がない。ニホンという国がどこにあるのか立証することができないのだから。それはつまり、お前には現状、身を寄せる当てがないということになる」

「それは……確かにそうですけど」

痛い所を突かれ、ぐっと詰まった私に、彼はさらに畳《たた》みかけてくる。

「加えて言えば、お前の見た目は、この国内外で非常に悪目立ちする。このまま市井《しせい》に身を置いたとしても、いずれ王宮の争いに巻きこまれていくだろう」

「争いに、巻きこまれる……？」

「そうだ。俺がお前を欲するように、自分の目的のため、お前の存在を欲する者は幾人《いくにん》もいるんだ。逆に言えば、お前を邪魔に思い排除しようとする者も出てくる」

「つまり、ここを出て町や村で生活すれば、いずれ黒髪黒目の存在を邪魔に思う人に、消されるかもしれないってことですか？　だから、貴方を利用して身を守れと……」

　私の声は、かすかに震えていた。

　普通に暮らしているだけで、命を狙われる。それは、今までの安穏《あんのん》とした生活を思えば信じられない状況だった。だが、王子である彼がこうして事情を説明し、わざわざ私を手元に置こうとする以上、本当の話なのだろう。

　正直に言えば、王宮の陰謀に巻きこまれるのなんてまっぴらごめんだ。怖いし、どんなことが起こるのかもわからない。

　ただ、もし少しでも安全な所にいたいなら――たぶん私は、オーベル王子のもとにいるべきなのだ。彼は王族らしい尊大さのある人だけど、決して非情ではなかった。

　権力や暴力で私に無理やり言うことを聞かせたりせず、事情を説明した上で、互いに利害の一致した契約を結びたいと言っている。私を利用しようとする他の誰かが、彼と同じように私の意思を尊重した対応を取ってくれるとは思えなかった。

何より、今の私には家もお金もない。もし彼の手を突っぱねてここを出ていっても、きっと貧しい生活に身を落とすことになるだろう。

そして、恐らく元の世界に戻ることもできないまま、誰かに命を狙われて……

ぞっとして横に首を振る。

「私——絶対に死にたくない。日本に帰りたいです」

目を見てはっきり告げた私に、オーベル王子が満足そうに頷《うなず》く。

「それがお前の望みならば、ニホンとやらを見つけるために契約を結び、俺を利用すればいい。お前が俺の姉上である限り、俺は弟としてお前を守る」

それは甘く魅惑的で、同時に危険な誘い。頷《うなず》いたら、きっと私の日常は劇的に変わる。わかっていても、頷《うなず》かない訳《わけ》にはいかなかった。だって私は、とにかく生きていたい。元の世界に戻って、家族や友人たちとまた笑い合いたいんだ。

それに、日本に戻る方法を探すためには、少しでも危険を遠ざけ、安定した生活基盤を構築しておく必要があった。だから、ごくりと唾を呑みこみ、掠《かす》れる声で口にする。

「わ……わかりました。——私、ここにいる間は貴方の姉になります」

「いい答えだ」

オーベル王子が、ふっとかすかに目を細めた。

微笑むというにはささやかすぎるけれど、私が初めて見る、彼の笑みだった。

人を威圧するような鋭い眼差《まなざ》しを向けるより、こういう表情の方がずっといいのに。

ついそんな風に思ってしまう。

向き合う私たちに、それまで黙って横に控えていたサイラスさんが礼をする。

「では、私も今日より貴女様にもお仕えさせて頂きます。私のことはサイラスとお呼びください。黒鷹公《くろたかこう》の姉上、アカリ様」

「黒鷹公？」

「俺の通り名だ。そう呼ばれることもあるが、さっきも言った通り、お前はオーベルと呼べばいい。これから姉弟《きょうだい》になるのだから敬語もいらない」

彼は私の手をすっと取ると跪《ひざまず》き、手の甲に恭《うやうや》しく口づけた。

彼の眼差《まなざ》しが、強く不敵な光を放っていたからだろうか。甘い仕草のはずなのに、少しも甘さを感じさせない――まるで、忠誠の誓いのような口づけだった。

「貴女が望む限り、俺は鷹のように鋭い爪で貴女を何者からも守りましょう。――よろしくお願い申し上げます、我が姉上」

「は、はい！　こちらこそよろしくお願いします、オーベル王子。じゃなくて……ええと、オーベル。それに、サイラス」

名前で呼べと言われたことを思い出し、ぎこちなくも言い直す。

出会ったばかりの男性を呼び捨てにするのは少し――いや、だいぶ落ち着かないけれど、二人はそれでいいという風に頷《うなず》いたので、もう慣れていくしかない。

だって私は、今日から彼のかりそめの姉になると決めたんだから。

私がいなくなったことになっているだろう日本の状況についてはすごく心配だけど、大学が春休みに入っていたことだけは不幸中の幸いだ。なんとかオーベルとの契約を果たしながら戻る方法を見つけて、春休みが終わるまでに日本に戻りたい。

というか……ちゃんと、戻れるよね？

一瞬、不安になるが、ここで弱気になっていちゃ駄目だ。来ることができたんだから、きっと戻ることだってできるはず。――うん、きっと大丈夫。

自分に無理やり言い聞かせる。

こうして緊張でドキドキしつつも、私の「姉上」としての奇妙な日々は始まったのだった。

第二章　王女特訓

日本にいる父さん、母さん、お元気ですか？

私はひょんなことから異世界に来てしまったみたいですが、なんとか元気です。

そういえば昨日、いきなり弟ができたんです。びっくりしちゃった。

彼は男らしい褐色《かっしょく》の肌の美形で、自信に満ち溢《あふ》れている不敵な感じの人。ひとつ年下ということで私を姉上と呼んでくれるけれど、ちょっと偉そうな人だから、話していて落ち着かない気分になるんだ。

それもそのはず、彼はこの国の第二王子で、さらには黒鷹公という二つ名もあって……

墨色の石板に、チョークに似た蝋石《ろうせき》でそこまで書くと、私は思わず両手で頭を抱える。

「だ、だめ。どう書いても妄想癖《もうそうへき》が強い女になっちゃう……！」

異世界と書いた辺りからすでにイタい雰囲気が漂《ただよ》っていたけれど、オーベルのくだりは、もはや完全に妄想を書き連《つら》ねた夢見る乙女の文章だ。事実なのに、まるで自分が乙女ゲームのキャラクター設定でも書いているような気分になる。

それでいくとオーベルの設定は、王子様キャラでありながら俺様キャラであり、さらには弟キャラでもある、エキゾチックな美形といった所か。要素が詰まれすぎだから、せめてどれかひとつにしてほしい。

がっくりと肩を落とすと、私が座る席の横に立っていたサイラスさん——いや、サイラスが小さく笑った。

「アカリ様の御身《おんみ》に降りかかった一連の事態は、実際に不思議なことばかりですからね。私には想像しかできませんが、文字に起こせば、さらに夢まぼろしのような出来事になられましょう」

「うん……思った以上に破壊力があった」

夢まぼろしというか、夢なら早く覚めてほしいというか。

——今私たちがいるのは、あの後、オーベルが私用にと用意してくれた一室。

昨日オーベルに連れてこられた琥珀色《こはくいろ》の部屋はやはり彼の書斎だったそうで、そこから廊下沿いに数室離れた場所にあるのがこの部屋だ。

この離宮には、この部屋を含め、全部で七つの部屋と中庭がある。それら全てが、第二王子であるオーベルに与えられた宮なのだという。元々は彼の母親に与えられたものだったが、彼女が亡くなったことで、息子である彼のものとなったらしい。

今の私では、王女として公《おおやけ》に披露《ひろう》できる段階にないため、王宮の母屋からやや離れたここで、しばらく教養と宮廷作法の特訓をすることになったのだ。

何せ、この国の文化や歴史も知らなければ、王族として――いや、この国の人間として最低限の礼儀作法さえ身に着いていない私。いくら黒髪黒目が王族の証《あかし》と認知されていても、このままでは、本当に王族かと周囲に疑われてしまうだろう。

実際、王族どころかこの世界の人間ですらない訳《わけ》だけれど、オーベルとの約束を果たすためにも、自分の身を守りつつ日本に戻る方法を探すためにも、もうはったりを押し通すしかない。

しばらく存在を伏せられることになった私は、日中この部屋で特訓し、夕方になると隣の寝室に移って就寝する形だ。

もちろん完全に伏せておくのは難しいから、表向きはオーベルの客人として他国の貴族が滞在していることになっている。

「必要があれば、どんな道具でもすぐに取り寄せましょう。人もできうる限り寄せつけないようにします。ですから姉上は、ご自分の教養を磨くことだけに専念してください」

そうオーベルが言った通り、室内はとても静かで喧騒《けんそう》とは程遠かった。

真ん中に勉強用の机と椅子が置いてあり、部屋の隅《すみ》には休憩用の長椅子。ダンスなどの練習もできるよう、あまり家具を置かずにゆったりと広いスペースが取られている。

そんな環境で今朝から始まった、王女特訓の授業。

まずは私の文字書きレベルを見る必要があるため、どんなことでもいいから石板に書いてみてくれとサイラスに言われ、これまでの出来事を彼にもう一度説明しつつ書いてみた。その結果、完成した手紙調の文章に自分で悶絶《もんぜつ》していたという具合だ。

私の石板を覗《のぞ》きこんだサイラスが、おやという風に眉を上げる。

「ああ……やはり、私にはアカリ様の書かれた字は読めないようです」

「これ、エスガラント語には見えないの？」

「ええ。私には不思議な線の羅列《られつ》に見えます。丸みを帯びた線と言いますか……これが、アカリ様の世界の文字なのですね。興味深いことです」

しみじみと言った彼は、言葉以上に興味深そうな態度で私の書いた文字を眺める。

オーベルと初めて会話した時、私が話しているのはこの国の言葉、エスガラント語だと言われた。自分では日本語を話しているつもりなのに、どういった作用からか、彼らにはこの国の言葉に聞こえているらしいのだ。

だから、私が書いた日本語も、彼らから見ればエスガラント語に見えているのかなと思ったのだけど、どうやらこれはありのまま、日本語に見えているようだ。なんでだろう。

石板を前に首を傾《かし》げていると、考え深げに目を伏せたサイラスが口にした。

「推測ですが……アカリ様を引きずりこんだという手が関係しているのかもしれません」

「あの手が？」

きょとんとした私に、サイラスが頷《うなず》く。

「ええ。アカリ様があの手に捕まった——言い換えれば、召喚された時のお話をお聞きしてから、気になっていることがございまして。過去に一度だけ行われたという、召喚の儀について少々調べてみたのです。すると、興味深い記載が見つかりました」

「そういえば、オーベルが過去にそういう伝承があったって言っていたけれど……。お願い、サイラス。詳しく教えて……！」

もしかしたらそこに、元の世界に戻るヒントがあるかもしれない。

身を乗り出した私に頷《うなず》いて、彼は近くにある本棚へ歩み寄る。

「私が気になったのは、アカリ様が白い手に捕まった時、熱い何かが身体の中に流れてきたと仰《おっしゃ》っていたことです。私はその時に、召喚主《ぬし》からアカリ様へ、力の一部が分け与えられたのではないかと考えました」

「召喚主《ぬし》の力が、私に？」

「ええ。異邦の地から何者かを呼び寄せる——それは簡単な業《わざ》ではございません。実際に、この国でも行われたのは、ただ一度きりと言われています。そのような大それたことをするのですから、召喚主《ぬし》も相応の犠牲や対価を払う必要があると考えるべきでしょう」

サイラスは本棚から一冊の書物を手に戻ると、あるページを私に開いて見せた。

そこには、魔法陣の前に立つ魔術師らしき老人が、苦しげにもがく姿が描かれている。

「過去の召喚の際も、召喚主《ぬし》は召喚対象へ、己《おのれ》の力を分け与えたと書かれています。この時の力は、魔力だったそうです。アカリ様の場合は、召喚主《ぬし》の知識やこれまでの記憶だったのかもしれません」

「つまり、この世界で生きてきた人の知識や記憶の一部が流れこんだから、私はこの世界の言語が話せるようになったってことなのね……」

「そして、この国において魔力を持つ者は、王族と王族の伴侶《はんりょ》だけです。かつては全ての人間が魔力を使えたようですが、今その能力を持つのは、もう黒色に深く関わる者のみ。それこそが、黒の容姿を持つ王族が尊《とうと》ばれる由縁《ゆえん》ともなっています。すなわち……」

「……私を召喚した犯人が、王妃様である可能性がより高まった、ってことでもあるのね」

そこに考えが行きつき、私は思わず小さく息を吐く。

王族と、その伴侶《はんりょ》しか持ちえない魔力を対価に、私を召喚。

にわかには信じられないことだが、不思議と納得できる気もした。白い手に掴《つか》まれた時、喉《のど》を伝って熱い何かが入ってきて、身体の中を暴れ回る感覚があったから。

あれが知識や記憶の奔流《ほんりゅう》なのだとしたら、聞き覚えのない言語を私がすらすら話せる現状もなんとなく理解できる。

それに――

「あっ、もしかして、エスガラント語の会話ができても筆記ができないのは、喉《のど》周辺に魔力が注がれた所為《せい》？　手は喉《のど》から離れた場所にあるから、同じような効果は得られなかったってこと？」

「恐らくは。全ての魔力を注がれていれば、筆記も可能になったのかもしれません。また、いくつかの文献から推察する限りでは、召喚主《ぬし》が召喚者に力を分け与える行為は、儀式の代償という他に、アカリ様の心身をこの世界に留め置く意味合いもあるのだと思います」

「この世界に、留め置く？」

「ええ。アカリ様は、マージアにおいて異質な存在。不安定な存在である貴女に王族の魔力を注ぐことで、この世界の事物として安定させる。いわば、重石《おもし》のような作用と申しますか」

「なんか風船みたいな存在なんだね、私って」

サイラスの説明に、ちょっと複雑な気分になって苦笑する。

ちなみに、彼の書いたエスガラント語を見せてもらったが、それは私でも読み解けた。

一見すると、アラビア語に似た文字にしか見えないのだけど、じっと眺めているうち、文字の意味がぼんやりと頭に浮かんでくるのだ。例えば、〝国〟〝栄え〟というように。

口から発した言葉や、目で見た言葉は自動的に翻訳される……つまり、喉《のど》から近い部位には、召喚主《ぬし》の力の効果が及んでいるらしい。

サイラスの言う通り、私がこうして異世界の人たちと意思疎通できているのは、恐らく、私を無理やり引きずりこんだ犯人の力が流れこんだお陰なのだろう。

「うう、ちょっと複雑な気分……」

私を攫《さら》った犯人の力が自分の中に残っているかと思うと、正直少し気持ちが悪い。けれど、使えるものは使っていかなきゃと気持ちを切り替える。

それにしても、サイラスの話を聞いていると、召喚術は本当に難しいものなんだなと思う。いや、人を異界から召喚する術が簡単では困るのだけど。

でも、それだけの対価を支払っても、その人は私をここへ引きずりこみたかったのだろう。たぶん、何か強い望みを果たすため――

私に向かって執拗《しつよう》に手を伸ばしてきた白い腕を思い出し、ぞくりと身を震わせる。

自然と伏し目がちになり、気がつけばぽつりと呟《つぶや》いていた。

「……でも、どうして私だったんだろう。この世界とはなんの関係もないはずなのに」

例えば、私が以前この世界に来たことがあって、再召喚されたというならまだわかる。

でも、ただの大学生である私にそんな特殊な過去があるはずもなかった。

他に考えられるとすれば……

「もしかして、本当は別の誰かを呼ぼうとしたのに、間違えたとか？　うーん、でもあの時、周りには誰もいなかったしなぁ……」

そもそも、その前に何度も同じ夢を見せていたのだから、やっぱり私をピンポイントで狙って召喚しようとしたのだろう。夢を見せた理由と、なぜ私を選んだのかはわからないけれど。

この辺りはもう、本人に聞くしかないことだ。考えることを諦めて息を吐く。

「本当に不思議。私みたいな黒髪の人なんて、日本ではありふれているのに」

「私には、アカリ様のお話の方が余程、驚嘆致しますよ。このような見事な御髪《おぐし》と瞳の方《かた》がいたる所にいるなど、想像するだけで恐れ多く感じます」

感じ入ったように言うサイラスの方が、私からすると近づくのも恐れ多いほどの繊細《せんさい》な美形なので、本当に感覚が違うのだなと苦笑してしまう。黒という色はきっと私が思う以上に、彼らにとって高貴な色なのだろう。

確かに冬の夜空のようで綺麗だけれど、私はもっと明るい色の方が好きだ。例えば珊瑚色《さんごいろ》や薄紅色《うすべにいろ》みたいな、柔らかくてあったかい、心がぽかぽかするような色。

そこで、あっ、そうだと思い出す。

「ねえ、サイラス。今私が着ている服なんだけど……」

今着ているのは薄紅色《うすべにいろ》のドレス。胸元に金糸《きんし》を織り交ぜた鮮やかな花の刺繍《ししゅう》が施《ほどこ》されている。

胸から腰までは細く絞られたシルエットで、腰から下へいくほどに、裾《すそ》がふんわりと広がっていた。丈長《たけなが》の上フリルもついているため、足元は隠れて見えない。

そんな地面に引きずるほどのドレスに、さらに装飾用の長い布を組み合わせるのが、この国の正式な衣装らしかった。

肩から掛けても足元に届いてしまうその布は、装飾が多いストールといった感じだ。時には肩に掛け、首に巻き、王族の壮麗な衣装をさらに際立たせる。こちらもまた金糸《きんし》や銀糸で豪奢《ごうしゃ》な縁飾《ふちかざ》りが施《ほどこ》され、これだけでひとつの芸術品のようだ。

「どうかなさいましたか？」

「ええと、できたら別の服に替えてもらえたらと思って」

優雅で素敵な衣装なのだが、これから特訓をするとなると、汚しそうで気になってしまう。だから、もう少し汚れてもいい服に変えてもらおうと思ったのだ。

私の言葉にサイラスは、ああ、と納得したように頷《うなず》いた。

「そうでしたね。とり急ぎその御衣装をご着用頂いておりましたが、すぐにアカリ様に相応《ふさわ》しいものをご用意致しましょう。上質の絹を使った、それは手触りの良いものを……」

「あ、ううん！　そうじゃなくて。これはこれで素敵だから気に入ってるんだけど、できればもっと質素な服を貸してもらえたらなと思って……」

慌てて訂正していると、そこに男らしく低い声音が加わった。

「ほう……そのようなことを仰《おっしゃ》るとは、どうやら姉上にはまだ、王族としてのご自覚が足りなくていらっしゃるらしい」

「オーベル……！　い、いいじゃない。服くらい」

驚いて声の方に振り向けば、扉を開けたオーベルが悠然と歩いてくる所だった。

昨日姉弟《きょうだい》になる契約をした時から、彼は私に対して目上の女性に対するような口調を使っていた。とはいえ、堂々とした態度やはっきり物を言う部分は変わらず、あまりそういうタイプの男性に免疫のない私はちょっと身構えてしまう。

そんな私を面白そうに見遣《みや》りながら、彼は目の前までやってきた。騎士のような凛々《りり》しい詰襟《つめえり》の黒服が、彼の逞《たくま》しい体躯《たいく》によく似合っている。

「たかが服といえども、姉上を形作る要素のひとつとなり得ましょう。これから王族として振る舞って頂くというのに、あえてみすぼらしい恰好をしたいとは、なんとも酔狂《すいきょう》なことを仰《おっしゃ》る」

「別にみすぼらしい恰好が好きな訳《わけ》じゃなくて。ただ、汚してしまうと思ったのよ。だって、これから色々特訓するんでしょう？　折角の綺麗な衣装を駄目にしてしまいそうだったから」

こちらの意図を懸命に伝えるが、オーベルの態度はにべもない。

「だからこそ、あえて美しい服を纏《まと》う必要があるのです。細心の注意を払い、静かに裾《すそ》を持って足を運べば、泥の上を歩こうが汚れはしません。姉上に身に着けて頂きたいのは、そうした落ち着きと気品ある所作なのです」

「それ……本当に私にできると思うの？」

落ち着きと気品って、私からだいぶ遠い感じの言葉だ。

思わず眉根を寄せて真面目に尋ねた私に、オーベルはぬけぬけと答える。

「できなくとも、やって頂かなければ困る。それとも姉上は、赤子のように抱き上げて運ばれる方がお好みでしたか？　ならば仕方ない、さっそく俺が手ずからお運びして……」

「あ、歩く！　自分の足で歩きます！　服もこの綺麗な衣装のままで大丈夫だから！」

担ぎ上げられては堪《たま》らないと、長椅子の後ろへ隠れながら慌てて返す。

見れば、かすかに俯《うつむ》いたオーベルは口元に片手を当てて、くつくつと笑っていた。

どうやらからかわれたらしい。思わず、むうっと恨みがましい目を向けてしまう。

……薄々感じていたけど、今はっきりわかった。

オーベルは、なんかちょっと意地悪な人だ。それに、さらりと皮肉を混ぜてくるから、そういう会話に慣れていない私はつい翻弄《ほんろう》されてしまう。

もう遊ばれてたまるかと、長椅子の陰から彼の方を警戒するように覗《のぞ》き見ていると、さらにくっと笑われる。

「……今の姉上を見ていると、服よりも余程、木の実を与えたくなる」

どうやら、人慣れない小動物のようだと言いたいらしい。……失礼な。

一人膨《ふく》れていると、サイラスが苦笑しながら会話に割って入った。

「オーベル様。あまりからかわれてはアカリ様がお気の毒です。……そういえば、まだ騎士団のお仕事の途中でいらっしゃるのでは？」

「ああ。今日の稽古《けいこ》はすでにつけてきたから心配いらない」

「稽古《けいこ》？」

ようやく陰から出て尋ねた私に、サイラスが教えてくれる。

「オーベル様は、我が国に二つある騎士団のひとつ、ヴェルダ騎士団の団長も務めていらっしゃるのです。敵を見逃さない鋭い眼差《まなざ》しと、猛禽《もうきん》の爪を思わせる勇猛果敢《ゆうもうかかん》な戦いぶりを讃《たた》えられ、黒鷹公とも呼ばれております」

「貴方、王子だけじゃなく騎士団長もしてたんだ……」

それで今日は騎士服だったのかと、からかわれた恨みも忘れ、素直に感心してしまう。

王族だからと言って、誰もがその地位につける訳《わけ》ではないだろう。

服の上からでもわかる形良くついた筋肉といい、隙のない身のこなしといい、彼が身体を鍛えていることは私でも見て取れる。騎士団長という肩書きはきっと、彼が日々の努力で得た地位なのだ。そう思うと、忙しい合間を縫って来てくれた彼に、態度が悪かったかなと反省する気持ちも湧《わ》いてくる。

私は顔を上げると、努めて明るい声で言った。

「あの、私なら大丈夫。こうしてサイラスもついてくれているし。オーベル、騎士団に戻ってもらっても大丈夫だよ」

するとオーベルは片眉を上げて飄々《ひょうひょう》と嘯《うそぶ》いた。

「おや、殊勝《しゅしょう》なことを仰《おっしゃ》る。しかし、お気遣いは無用です。新米騎士に稽古《けいこ》をつけるより、姉上を特訓する方が余程骨が折れそうですからな」

うう、どこまでいっても、オーベルはああ言えばこう言うだ。

うん……確信した。やっぱり、私の弟は、皮肉屋で可愛くない。


そんな風に時折オーベルとささやかな応酬をしながらも、私の特訓は少しずつ進んでいった。

午前中はサイラスがつきっきりで私に授業を行い、夕方頃からは仕事が終わったオーベルが加わるという流れが自然とできる。

ちなみに今行っているのは、ドレスを着た状態で美しく振る舞う所作の練習。

サイラスは長く王族に仕え続けていることと本人の教え上手も手伝って、男性でありながら、身分の高い女性が取るべき基本的な所作をわかりやすく教えてくれた。

「アカリ様。王族として、他を圧倒させるような巧みな弁舌は振るえなくとも構いません。言葉ではなく立ち居振る舞いにこそ、その方《かた》の本質は表れます。ですから、アカリ様にもそうした所作をまず身に着けて頂きたいのです」

言葉通り、彼らは勉強よりも所作を学ぶことに多くの時間を割り当てようとしていた。

実際、裾《すそ》のひらひらした衣装を着ると、今までの自分がいかに適当に歩いていたかを思い知らされた。綺麗な服はそれを着る人の凛《りん》とした佇《たたず》まいがあって初めて、本当に綺麗な服になるのだろう。

今着ている蒲公英色《たんぽぽいろ》のドレスもひらひらした生地のため、少しの風でも裾《すそ》がふわりと風に攫《さら》われそうになる。早足なんてもってのほかだ。背筋を伸ばしてしずしずと歩き、レースが施《ほどこ》された袖が美しく見えるよう、腕を動かす所作にも気を配る。

一つ一つは単純な動作でも、そうした状態を全て維持したまま椅子に座ったり立ち上がったり、お辞儀したり、果てはサイラスにエスコートされて歩いたりと、何度も同じ動作を繰り返していくと、結構な体力を消費した。これを毎日欠かさず行っていくのだという。

それと並行して教わったのは食事の作法で、これはオーベルが教えてくれた。向かい合って座るテーブルの前には、綺麗に並べられたいくつもの料理。美味しい匂いを漂《ただよ》わせるそれらを見据《みす》え、オーベルは説明する。

「よろしいですか、姉上。食事を出されても、決してすぐに手をおつけにならないように。品がないからということではなく、毒を仕込まれている可能性を常に頭に置いて行動してください」

毒殺される恐れまであるのかと青褪《あおざ》めた私に、オーベルは真剣な顔で続ける。

「毒殺を懸念《けねん》しているのもありますが、理由はもうひとつ。王族の身でありながら、そういった危険を少しも念頭に入れていない振る舞いをすることが、要らぬ疑いを招く恐れがあるからです。上に立つ立場の者だからこそ、あえて取らねばならない行動というものがある」

だから、たとえ知人から差し入れられた食事でも、必ず疑ってかかるように。毒見を待たずにどうしても何か口にしなければならない時は、銀食器に入ったものを選ぶように——

実際に食事を進める段になっても、彼は一つ一つの注意を欠かさなかった。

きっと普段から、そうして油断せず過ごしているのだろう。実際に教える段階になると、オーベルの皮肉や毒舌はなりを潜《ひそ》め、良い教師ぶりを発揮していた。

オーベルとの夕食が終わると、私は自室に戻り、侍女の手を借りて湯浴みする。

誰かに手伝われてお風呂に入るなんて恥ずかしくて落ち着かない。けれど、王女の振りをするなら慣れなければならないことだと自分に言い聞かせ、目をぎゅっと瞑《つぶ》ってその時間をやり過ごす。

お風呂から上がり、寝台にぼすんと横になると、ようやく一日が終わるのだった。

そんな特訓を続けること、五日目。夕方になってサイラスの授業も終わり、そろそろ特訓部屋から隣の寝室に戻ろうかと考えていると、オーベルがやってきた。

サイラスはすでに仕事で王宮へ戻っていたので、今は二人きりだ。

「あ、オーベ……」

言いかけた私の台詞《せりふ》が、驚きに止まる。オーベルが颯爽《さっそう》と歩み寄ってきたかと思うと、なぜかいきなり私の足元にすっと跪《ひざまず》いたからだ。

前にも一度された体勢ではあるけれど、常に堂々としている彼に従順な騎士よろしく跪《ひざまず》かれると、やけに落ち着かない気持ちになる。

「あの、どうしたの？」

「姉上。こういう時は黙って手を差し出すものです。高貴な女性に挨拶する際、男はその手の甲に口づける名誉を賜《たまわ》るため、足元に跪《ひざまず》く。その時にまごつかれては困る」

戸惑う私に返ってきたのは、相変わらず遠慮のないオーベルの声。どうやらこれは、不意打ちに慣れさせるための練習だったらしい。

彼の歯に衣《きぬ》着せない物言いにも慣れてきた私は、首を傾《かし》げてそっと手を伸ばした。

「ええと……こんな感じでいいの？」

「ええ。できるだけしとやかに。そして、それがさも当然であるかのように、優雅に微笑むこと」

「当然のように……」

そう言われても、根が小心者の私が、彼みたいに悠然と振る舞うのは難しい。

こんな感じかな？　と、ぎこちないながらも上品な笑みを意識して微笑むと、オーベルが流れるような仕草でそっと甲に口づけた。

「――ご挨拶できて光栄に思います、我が姉上。今日も貴女はお美しい」

いつもの態度から考えて、これは絶対に彼の本心ではないだろう。何せ彼にとっての私は、姉どころか、ただのからかい甲斐《がい》のある小動物みたいなものなのだから。

だが、男らしい微笑みを浮かべ、低く落ち着いた声音で言われると、心からそう思っているかのように聞こえるから不思議だ。皮肉さえ言わなければ、彼は本当に文句の付け所のない美丈夫《びじょうふ》なのだ。

褐色《かっしょく》の肌に男らしい美貌を備えた、極上の男。それに加え今は、黒地に金糸《きんし》で縁飾《ふちかざ》りのついた騎士服姿というオプション付きだ。ただでさえ騎士や王侯貴族といった単語に弱い私には、今の彼の恰好はひたすらに心臓に悪い。

「あ、ありがとう」

落ち着かない鼓動《こどう》をなんとか鎮《しず》めつつ答えれば、すぐ駄目出しが返ってくる。

「そこは、『ありがとう。お上手なのね』です。褒《ほ》め言葉を自然に受け取った上で、さりげなく日常会話に持っていければなおよろしい」

「わ、わかった。……ありがとう、お上手なのね。それにしても、今日は天気が良いのね」

「姉上。外は数刻前から曇《くも》っています。そこについておられる目は節穴《ふしあな》ですか」

ずけずけと言われ、思わず笑顔が引きつりそうになった。

いやいや、ここは笑顔、穏やかな笑顔だ。今の私は王女。たとえそう見えなくても王女。

半《なか》ばやけになりながらも、なんとかゆったりと微笑んで返事を口にする。

「ありがとう、オーベル……貴方は今日も皮肉がお上手ね」

せめてもの意趣返しにと言い返したが、オーベルは不敵に笑うだけだ。

「それは褒《ほ》め言葉と受け取っておきましょう。さて、次はダンスの練習です。森を駆ける小さな生き物を思わせる姉上ならば、きっと驚くほど軽やかに舞ってくださると信じています」

……うん、よくわかった。皮肉屋に皮肉はきかない。むしろ倍になって返ってくる。

まったく、私の弟様は一筋縄ではいかないらしい。だからといって負けてたまるかと、私はぐっと拳《こぶし》を握って闘志を燃やすのだった。

それから数日は、オーベルが忙しくて来られなかったため、サイラスと二人で静かに勉強を進めた。今日サイラスが読み聞かせてくれたのは、この国の簡単な歴史と文化。

この世界は、先日聞いた通り、魔法のような超常的な力がほぼ存在しない、中世ヨーロッパに似た雰囲気の世界らしかった。

古い時代には魔法が普通にあったが、時代と共に廃《すた》れていき、今はエスガラントの王族とその伴侶《はんりょ》にかすかな魔力が宿るだけ。それもあり、王族——中でも特に、魔力が強いとされる黒髪黒目の王族は、人智を超えた存在としてさらに尊《とうと》ばれているそうだ。

そして、魔法が消えても廃《すた》れなかったのが、儀式や呪《まじな》い。

例えば日照りが続いた際、雨乞《あまご》いの儀式を行ったり、病気の治癒《ちゆ》祈願の儀式を行ったり。

そうした呪《まじな》い文化が今なお盛《さか》んなのが、王妃の祖国であるビラードだ。何かというと祭壇を囲み、儀式めいたことを行う慣習があるらしい。

以前サイラスは、かつてエスガラントでも黒髪の人間を召喚する儀式を行ったことがあると言っていたが、その後の調べではやはり、儀式は百年以上も前に、ただ一度行われただけのようだ。

もし魔法を使ったのだとしても、異邦の地から人を召喚する行為はそれだけ難しいことで、つまりはそんな不確かな儀式に頼らざるを得ないほど、私を召喚した人――恐らく王妃は切迫した状況にあるということになる。

今朝の授業での、サイラスとの会話を思い出す。

「過去の召喚の儀で黒髪の人間が召喚されたという話についても、実を言えばまだまだ謎が多いのです。何しろ、そうした儀式が行われたことは確かに文献に記載されていますが、どのような手順で召喚したのか、詳細な内容はどこにも記載がありませんでしたから」

「そんな……本当に少しも残ってないの？」

「ええ。召喚方法に拘《かか》わる部分だけが不自然に見つからない所を見るに、当時の人間が秘匿《ひとく》しようとしたのかもしれません。どこかに隠されているのか、それとも燃やされてしまったのか。古い書物を漁《あさ》っていけば、もしかしたら何か情報が得られるかもしれませんが……」

「そっか……ありがとう、サイラス。色々教えてくれて」

先行きは険しそうだ。少し落胆を覚えたけれど、これからしっかり探していけば、何かヒントを見つけられるかもしれない。頑張ろう、と気持ちを奮《ふる》い立たせる。

だって、実際私はこうして召喚されてきたのだ。だから、帰る方法だってきっとどこかにあるはず。

そう信じることが、この世界で私が立ち続けるための希望であり、やる気の種でもあった。

――と、できるだけ明るく楽天的に振る舞おうとしているけれど、その実、私の心の中は不安でいっぱいだった。

周りにいるのは、これまで見たことも話したこともない風貌や身分の人たち。加えて、今までと全く違う風習や文化。もしかしたら日本に戻れないかもしれないという不安だって、どうしても心の奥底から消えていかない。

だから、できるだけ能天気に振る舞うことで、私は心の均衡《きんこう》を保とうとしていた。だって暗い方向に考えても、きっと明るい未来は掴《つか》めない。それに憂鬱《ゆううつ》な顔をしていたら、周りにいてくれる数少ない人たちからも距離を取られてしまうだろうから。

夕方になり授業が終わった後、過去の召喚の儀式のことが気になった私は、サイラスから借りた本を自室で読んでいた。それはこの国の歴史を簡潔にまとめた書物で、少しだが召喚についての記載がある。

机に座り、燭台《しょくだい》の灯《あか》りを頼りにページをめくっていく。

そこには、過去の召喚の様子が挿絵つきで載っていた。

「うーん、やっぱり詳しいことは何も書いてないのね……」

儀式の手順はもちろん、召喚された人の名前や、どういう人物だったかとか、そういう基本的な情報ひとつ書かれていない。挿絵から考えて、召喚者はどうやら女性らしいとわかるだけ。

強《し》いて言うなら、先日サイラスが教えてくれた通り、「召喚主《ぬし》の力が分け与えられたことにより、その者は一時的にこの地に留め置かれた」ということぐらいだ。

あとは、召喚されたその人が、後に消息を絶ったらしいことがそれとなく記載されていた。

「どこに行ったんだろう？　ちゃんと戻れたのかな、この人……」

もしくは――その人も誰かに邪魔者扱いされて、消されたとか？

一瞬、背筋にぞくっと寒気が走る。恐ろしい考えを振りきるように、私は慌てて首を振った。

「まさか、そんな……そんな訳《わけ》ないよね。今ほど、複雑な政治情勢でもなかっただろうし」

そう、私が今危険な状態に陥《おちい》っているのは、黒髪黒目の人間が王位継承に深く関わるという異常事態になったからだ。

同じ状況でないのなら、そうそう命を狙われるようなことにはならないだろう。

きっとこの人は、無事に戻る方法を見つけて、ちゃんと元の世界に戻ったのだ。ならば、私だってその方法を見つけていつか日本に帰れるはず。

自分に言い聞かせ、ぱたんと本を閉じる。

その時、ふいに部屋の扉を叩く音が響き、思わず心臓が飛び跳ねた。

「だ、誰!?」

「俺です、姉上」

扉越しに聞こえてきたのは、オーベルの声だった。

ほっとして扉へ向かうと、開いた先には、最近ようやく見慣れてきた黒い騎士服姿のオーベルがいた。普通なら、先日から私についてくれている侍女か兵士が取り次ぐのだけれど、見当たらないのを見ると、きっと彼が人払いをしたのだろう。

「オーベル……びっくりした。どうしたの？　こんな夕方に」

「それは失礼。驚かせるつもりはなかったのですが。ここ数日顔を出せなかったもので、姉上のご様子を伺いに参りました」

「ああ……気にしてくれてたんだ」

たぶん、仕事帰りにそのまま立ち寄ってくれたのだろう。

しばらく一緒に過ごしたことで、彼の生活サイクルは大体把握できていた。

午前中は王子や騎士団長として書類整理などの政務をこなし、それが終わると王宮内にある騎士団の鍛錬場《たんれんじょう》に稽古《けいこ》をつけに行く。鍛錬《たんれん》が終わる夕方から夜頃に、彼はいつも私の授業へ足を運んでくれていた。

今日も忙しい合間を縫い、律儀に様子を見に来てくれたのだろう。

そう――彼は意地悪なように見えて、その実、律儀な人でもあるようなのだ。

「横から口出しする者がいた方が、姉上の集中力も高まるでしょう」と彼は飄々《ひょうひょう》と言うけれど、彼に休みらしい休みがないのは短い付き合いでもすぐにわかる。

でも、オーベルが私の前で疲れを見せることはなかった。

時に毒舌で茶々を入れながらも、私の振る舞いに気になることがあれば、後で必ずなぜそれが駄目だったのかを説明し、何が正解なのかをきちんと教えてくれる。

最近では、会話に皮肉を混ぜるのも、私の闘争心を刺激するためにあえてそうしているのでは？　と感じることもあるくらいだ。そう考えてしまうほど、彼は私のやる気を引き出すのが上手い。

それに、彼は自《みずか》ら動く手間を一切惜しまない。私に手ずから教えるのも厭《いと》わないらしく、高い身分にもかかわらず、気づくとこうして自分から歩み寄ってくれている。

（なんだか不思議な人……）

思わずじっと見上げていると、オーベルが首を傾《かし》げた。

「姉上。俺の顔に何かついていますか？」

「ううん、別に……あ、そうだ。何か用事があったのよね」

「用事というほどではありませんが、所作の確認をかねて少し散歩でもいかがかとお誘いに上がりました。とりあえず、中庭にでも出ましょうか。まだ夜は更《ふ》けていないとはいえ、妙齢のご婦人の部屋に入るのはさすがにできかねる」

ちらりと廊下へ視線を向けて促《うなが》すオーベルの態度を不思議に感じて、首を傾《かし》げる。

私が日本で住んでいた狭いワンルームならまだしも、今与えられているのは広い部屋だ。お茶をするための瀟洒《しょうしゃ》なテーブルや椅子もあり、姉弟《きょうだい》間で話をする程度ならここでも別に問題ないのではと思ったのだが。

「私はここでも大丈夫だけど……。姉弟《きょうだい》なのに、一緒の部屋にいてはまずいの？」

「姉弟《きょうだい》であっても、です。高貴な女性はたとえ家族が相手でもみだりに自室に入れないものです。……まあ、姉上が何か間違いが起こっても良いというのであれば、お邪魔しますが」

ふいにオーベルが男の色香を感じさせる低い声で言い、私は思わず動揺する。

「そ、そうね。王女らしくしないといけないものね！　ええと、じゃあ、すみやかに移動しましょうか。うん、早く行こう」

慌てて扉を閉め、ぎくしゃくとロボットのような動きで先を行けば、後ろからくつくつという笑い声がかすかに聞こえてきた。

うう……どうやらまた、からかわれたらしい。

なんかもう、悔しいというより単純な自分が情けなくなる。

彼は色男だから、恋愛経験だってきっと豊富なのだろう。姉と呼びはしても、彼の目に私は、ただのからかい甲斐《がい》のある初心《うぶ》な子供みたいに見えているのかもしれない。

実際、その考えがあまり外れていない所がまた情けない。

しかし、翻弄《ほんろう》されるのは悔しいけれど、こういうやりとりを少しだけ楽しいと思う自分もいた。

私には兄弟がいないので新鮮に感じているというのもあるかもしれない。こんな風にからかわれることも遠慮なく言い返すことも、今までほぼなかった経験だから。

そんなことを思いつつ、夕暮れの静謐《せいひつ》に満ちた廊下を二人で歩いていく。

見通しが良い場所にさしかかると、夕陽に照らされた中庭が目に飛びこんできた。

離れにあるためそこまで規模は大きくないが、趣味良く緑が刈られ美しい風景を形作っている。

　思わず目を奪われ、私は廊下の切れ目から中庭へ歩み出た。

「わぁ、綺麗……！」

　冬ではあるけれど、この世界は日本にいた時よりずっと暖かく、雪が降る所も見たことがない。だから、視線の先に見えるのは、草木の緑が煙《けぶ》るように広がる庭園だ。

　暖かいとはいえ、やはり花はほぼ咲いておらず、それが少し寂しい。そんな中、枝についた小さな赤い実を見つけた。私は顔を綻《ほころ》ばせ、背後から歩み寄ってきたオーベルに尋ねる。

「ねえ、オーベル。この赤い実、少しだけ摘んでいっても良いかな？」

「実と言わず、何を摘んで頂いても構いませんが」

「良かった、ありがとう」

　それは、セイヨウヒイラギに似た、可愛い赤い実。クリスマスリースにつけるとしっくりくるような丸い小さな実で、ぎざぎざした葉っぱもいい感じだ。

　実際に、蔓《つる》や葉と組み合わせてリースを作っても楽しいかもしれない。久々にハンドメイド心が刺激され、ワクワクしてくる。

　主《おも》に石鹸《せっけん》を手作りしていた私だけれど、それ以外の雑貨を作るのも大好きなのだ。

どの実を摘もうかなと選んでいると、オーベルが後ろからひょいと覗《のぞ》きこんできた。

「部屋に飾るのですか？」

「そう。花を飾れたら一番良かったんだけど、今は咲いてないみたいだから。でも、これはこれで色々なものと組み合わせやすいし、可愛いかなって」

それに、と私は続ける。

「私のいた所では、誕生日や記念日に、大切な人に花をあげる風習があるんだ。おめでたい日に贈るものっていう印象が強いからかな。だからこういうのも、見てると飾りたくなるの」

言いながら葉っぱを触っていると、ぎざぎざした棘《とげ》の部分が指先に当たった。思わず「痛っ」と手を引っこめる。

すると、オーベルが後ろから私の手を取って下ろし、代わりに実を摘もうとしてくれた。

「オーベル……」

「——姉上、どうか少しだけ動かずこのままで」

後ろから半ば抱き締められるような体勢ではあるが、彼は身体《なか》が触れないよう一定の距離を保ってくれているため、それは本当に紳士的でスマートな所作だった。

口は悪いのに、なんでこう女殺しみたいな行動を彼はさらりとできるのだろう。

ちょっと謎だ。

私のかすかな動揺を余所《よそ》に、オーベルは実を葉っぱごと摘み取って手渡すと、すっと身を離した。

「あ、ありがとう」

「いえ。確かにこの国でも、市井《しせい》ではそうして生花《せいか》を贈り物にしていると聞いた覚えがあります。貴族間でも大輪の花を贈ることは稀《まれ》にありますが。俺からすれば、すぐに枯れるものをわざわざ手土産《みやげ》にするとは、また珍妙なことをと思います」

その心底不思議だと言わんばかりの言葉に、ついふふっと笑ってしまう。きっと彼にとっては、贈り物といえば宝石や美しい服が真っ先に思い浮かぶのだろう。

やっぱり生まれ育った文化が違うんだなぁと思う。

「確かにすぐに枯れてしまうけど、だからこそ、それまで飾って大切に眺めようと思うんじゃないかな。花には、その時に贈った人の気持ちが生きているから」

「気持ちが生きる……ですか」

「そう。『これを贈ったら、あの人は笑顔になってくれるかな』『あの人には、この色の花束が似合いそう』――そんな風に相手のことを深く考えて、花を選ぶから」

私が石鹸《せっけん》作りを始めたきっかけもそんな感じだったなと、ふと気づく。

高校時代手荒れのひどい友人がいて、彼女はいつも塗り薬が欠かせない状態だった。私にできることはないかと考えていた所、手作り石鹸《せっけん》がそうした手荒れに効果的だと聞いて、試しに作ってみようと思ったのだ。

贈った石鹸《せっけん》は幸い効果があったらしく、その子にとても喜ばれた。そんなことがあり、さらに色々な種類が作りたくなってのめりこんだ。

はちみつやゴートミルクを使った、ほんのり甘い香りのもの。

ローズマリーやラベンダーの精油を混ぜこんだ、華やかな香りのもの。

贈る相手の顔を思い浮かべて作るたび、なんだか楽しくなって。

そんな作業とは無縁そうなオーベルは、目の前で肩を竦《すく》めている。

「ですが、いずれ枯れるのでしょう。花と共にその気持ちとやらも。それでは贈った甲斐《かい》がない」

彼らしい直截《ちょくさい》な言葉に、私は摘んでもらった赤い実を見ながら、くすりと微笑んで答える。

「だから、何度でも贈るんじゃない？　そうすれば、いつだって一番新鮮な想いを届けられるし、持っていくたびに会いたい人の顔を見ることができるから」

「ああ、なるほど……男が恋しい娘に会いに行くための恰好の口実にもなるという訳《わけ》ですか」

「そういうこと。あっ、オーベル見て！　あそこに一輪、花が咲いてる」

言いながら、つい私が指差したのは、少し離れた先にある木の枝に咲いた花。冬に咲く品種なのか、青い牡丹《ぼたん》のような花がひっそり咲いているのが目に入ったのだ。

あれをオーベルに贈ったら、花をもらう嬉しさがなんとなく伝わるんじゃないだろうか。

ふと、そんなことを思いつく。

それに、青く清冽《せいれつ》な雰囲気のそれは、男性に渡しても違和感がなさそうに思える。

よし、渡してみようと、ワクワクして一人頷《うなず》いた。彼の住む宮に咲く花を彼へのプレゼントにするというのはおかしい気がしないでもないが、摘む許しももらえた訳《わけ》だし、その辺りには目を瞑《つぶ》ろう。

だってそうでもしなければ、この世界で何も持たない私が贈り物をするなんて当分無理そうだし、それにこういうのは、出所《でどころ》よりもその時の気持ちだ。

自分でもオーベルに教えられることが見つかって嬉しくなる。

木の傍《そば》にある生垣《いけがき》によいしょと上り、枝に手を伸ばした私に、オーベルがやや驚いた様子で、制止の声をかける。

「姉上、そこは危ない。気になるものがあるなら俺が取りましょう」

「大丈夫、ちょっとだけ待ってて。そんなに高くないし、すぐに摘んで下りるから」

笑顔で返すと、私はさらに背伸びをして高い枝に手を伸ばす。

本物の王女様ならこんなことはしないだろうとは思いつつも、今は授業の時間外だし、オーベル以外の目もないし、見逃してもらおう。できるだけ優雅に……と所作には一応気をつけている。

そうこうするうちになんとか花に手が届き、無事に摘み取ることができた。

「やった、オーベル見て！　すごく綺麗な青……」

嬉しくなって彼を振り返った所でバランスを崩した。喜びのあまり、足元への注意が疎《おろそ》かになっていたらしい。あ、まずい、と思った時には、ぐらりと視界が傾《かし》いでいた。

そんな私に、オーベルがとっさに手を伸ばす。

「姉上……！」

「わっ」

次の瞬間には、逞《たくま》しい身体に受け止められていた。

私の腕は彼の頭にすがりつくような形になっている。そんな不安定な体勢の私を、オーベルは自身の肩口近くで抱き留めるようにして支えてくれていた。

「あ、ありがとう……オーベル」

あと少しで怪我をしていたかもしれない恐怖と、急に近づいた体温にどぎまぎしながらそう返す。

私の体重を受け止めてもなおびくともしない逞《たくま》しい肩や胸。弟である前に、彼が一人の大人の男であることを今更ながらに気づかされる。

そう——普段は私と子供みたいな言い合いをしていても、彼は本当は、大人の男なのだ。私を抱き留めるなんて造作もないくらいの、逞《たくま》しい男の人。

それを意識した途端、先程とは別の意味で、次第に鼓動《こどう》が速くなっていく。

何これ、なんか心臓がおかしい。

ほっとしたのだろう。耳元でオーベルが嘆息《たんそく》するように息を吐いた。

「……姉上は、本当に二十二歳なのですか？」

「ご、ごめんなさい……落ち着きがなくて」

明らかに私が悪いので、ひたすらに身を縮めて謝ると、オーベルが首を横に振った。

「いえ、そういう意味ではなく」

「え？」

そこで、自分と彼の現在の体勢の危うさにようやく気づく。

そういえば、慌ててしがみついたから、さっきから彼の頭をぎゅっと胸に抱き締めるような形になっていて――

「これではまるで、十四、五の少女のようだと……」

「――!!」

意味を悟った私が、真っ赤になって彼の腕から飛び降りたのは、仕方がない流れと言えよう。

「ああ、もう……できることなら昨日の自分を忘れてしまいたい」

翌日、私は昨晩の居《い》た堪《たま》れなさを引きずって、机に力なく突っ伏していた。

王女特訓も、今日でもう十一日目。

心に傷を残していたのは、もちろん昨日の自分の失態と、オーベルのあの余計な一言だ。

いや、生垣《いけがき》から落ちかけて迷惑をかけた私が悪いんだけど。文句を言える立場じゃないのは重々承知なんだけど。それでも、成人女性にあの台詞《せりふ》はないだろう。

確かにスタイルがいい方じゃないとはいえ、そこまで幼児体型でもないと思うのに。

でも、思い返せば、私の周りの侍女たちも、皆すらりとしつつ出る所は出た体型だったから、やっぱり私が年齢の割にちょっとこう、あれなのかもしれない。

もう少しある部分に栄養を回した方がいい感じというか。

「うう。こんなことまで、カルチャーショックを受けたくなかった……」

異世界文化は、時に残酷だ。

そんなショックはあれど、私の王女特訓は順調に進んでいた。

徐々に知識が増え、できることも増えていくのは素直に嬉しい。

だが、そうした生活を送り始めて結構な日数が経《た》ったためか、午前の授業が終わった私はややぐったりしていた。

「まずい、なんか頭がパンクしそう……」

教わる内容が、初歩から中級編に移ってきたからだろうか。詰めこんだ知識や所作が、ふとした拍子にぽろぽろ頭から零《こぼ》れていきそうになる。

それに、ずっとこの離れの中で授業や特訓ばかりを繰り返していたため、ほんの少しでいい、どこか別の場所で息抜きがしたいという気持ちが湧《わ》き起こってきていた。

そういえば、十日間真面目に特訓し続けたことで、先程オーベルから王宮内の庭園までなら足を延ばしても良いと許可をもらっていたことを思い出す。

昨日花を摘んだ離れの中庭より、さらに広いという王宮の庭園。そこなら王宮内でも人があまり来ず、まだ安全な場所だからと。

ちなみに今日の午後は、教師役のサイラスに急用ができたため、ほぼ自習のようなものだ。

この絶好の機会を逃す手はない。

「うん……よし！　せっかくだし、今日は庭園まで行ってみよう」

ささやかな楽しみを見つけ、徐々に気持ちが浮き立ってくる。

もちろん、まだ正式に姉としてお披露目《ひろめ》されていない今、黒髪の私が王宮を練り歩いては騒ぎになってしまうので、薄水色のドレスに合わせ、青いヴェールを被《かぶ》ることにした。

寡婦《かふ》が身に着けるヴェールのように顔全体を隠す形で、頭から下へいくほど淡い水色へと変化するグラデーションがかかっている。そのため、被《かぶ》ると上手く髪と目の色をごまかせる意匠だ。

今の私は王宮の人たちからすれば、ただの黒鷹公の客人。ひっそりと行動しなくてはならない。

そうして人目を避ける恰好でお供の侍女と二人、訪れた庭園。緑深いその庭には、森のような清々《すがすが》しい空気が漂《ただよ》っていた。

こちらは冬に咲く花も植えられているらしく、緑の中、所々に鮮やかな青や紫の色が覗《のぞ》いている。それに、想像していたよりも広く、緑の小道がかなり先まで延びている所を見ると、ちょっとした植物園くらいはありそうだ。

この王宮ってどれだけ広いんだろうと、ドキドキしてくる。

ともあれ、新鮮な空気が心地良くて、私はうーんと伸びをした。

「やっぱり自然の中にいると、ほっとするー」

その仕草が微笑ましかったのか、後ろにいる侍女のミランダが、ふふっと笑った。

「本当に、清々《すがすが》しくて心地良うございますね」

ミランダは、私がここに来て二日目に、オーベルが連れてきてくれた侍女だ。

結い上げた栗色の髪に緑の瞳の、しっとりしたお姉さんという雰囲気の女性。紺色《こんいろ》の侍女服が落ち着きのある彼女によく似合っている。たぶん、私より少し上の二十五、六歳くらいだろう。

下手に王妃の目を惹《ひ》きつけないためにも、私の側《そば》にはあまり多くの人間を置くことができない。そのため、私の世話のほとんどを一人でこなせるくらい有能な人を連れてきてくれたらしい。

事実、彼女は私の着替えの手伝いや髪結いなど、なんでも手際よくこなしてくれた。

急な人材調達だったけれど、本当に良い人を選んでくれたのだなと思う。

けれど、私が本物の王女どころかこの世界の人間ですらないことは、できる限り人に知られないようにしておきたいというオーベルたちの考えのもと、彼女にも本当のことは明かしていない。

ミランダは親身に仕えてくれるので心苦しくなる時もあるけれど、自分の命を守るためと割りきって王女の振りを続けるしかないとも思っていた。

「ねえ、ミランダ。良かったら、あそこの木の下で少しだけ休んでいかない？」

「ええ。それがよろしいかと存じます。では、すぐに布をお敷き致しましょう」

私の誘いにミランダが微笑んで頷《うなず》いた時。視線のずっと先――紫色の百合《ゆり》みたいな花が両脇に咲く道の向こうから、女性たちの一団が歩いてくるのが見えた。

豪奢《ごうしゃ》なドレスを着た女性の後に、五人の侍女がしずしずと付き従っている。中庭散策というよりも、何か儀式をしているかのような厳《おごそ》かな足取りだった。

途端に、ミランダの顔がはっと強張る。

「王妃殿下……！」

呟《つぶや》いた彼女は、私を隠すようにすっと前に立ちはだかる。

あそこにいるのが、王妃様？

まさかこんなに早く遭遇することになるとは。視線の先で、女性たちの一団が徐々に近づいてくる。目を奪うのは、豊かな金髪をなびかせ、引きずるほど裾《すそ》の長い薄紫のドレスに身を包んだ女性。

そのドレスは地色が見えなくなるほど、金糸《きんし》でふんだんに刺繍《ししゅう》が施《ほどこ》されている。肩にかけた装飾用の長い布もまた、芸術品のように複雑な刺繍《ししゅう》が施《ほどこ》されていた。

年齢は三十代くらいだろうか、美しさと気位の高さを同時に感じさせる冷たそうな顔立ちだ。彼女の後ろに付き従う侍女たちも、綺麗だがどこか冷たそうに見える。

庭の緑に目もくれず歩いていた金髪の女性——王妃は、ふと私たちのいる方へ視線を向け、私の姿を見るや眉を顰《ひそ》めた。すぐに彼女は真っ直《ます》ぐにこちらへ向かってくる。

「アカリ様、国主様の御前です。どうか私のように頭をお垂れください」

「あ、ええ」

ミランダの囁《ささや》きにならい、私も見様見真似《みようみまね》で跪《ひざまず》く体勢を取った。頭を下げてドキドキしながら微動だにせずにいると、やがて衣擦《きぬず》れの音が近づき、目の前でぴたりと止まる。

目前に来た王妃が、冴え冴《さざ》えとした声で尋ねてきた。

「——そこな布を被《かぶ》った女子《おなご》、面《おもて》を上げよ。見ない顔だが、そなた何者じゃ。なぜここにおる」

「私は……」

どう答えるのが正解だろう、と一瞬迷う。彼女が本当に私を召喚した犯人なら、こうしてすぐに接触してきた意味もわかる。一度取り逃がした私を捕まえに来たのだろう。

だが、確定事項ではない。それに、彼女はまだ私の正体に気づいていないようにも見えた。それなら、自分から下手なことは言わない方がいいだろう。

向かいからひしひしと感じる威圧感に緊張しながら、私は顔を上げて口を開く。

「わ、私は……数日前よりオーベル殿下にお世話になっております、アカリと申します。こちらに足を踏み入れる許可を頂き、このたびお邪魔しました」

私がオーベルの姉であることは隠しつつも、それ以外は事実を口にする。

緊張に身体を強張らせていると、王妃が眉を上げた。

「ほう……オーベル王子がな。噂では、素性不明の女を自分の離れに囲っているらしいと聞いたが。妾《わらわ》に顔を見せられぬほど、そなたは醜《みにく》いのかえ？」

彼女はゆるりと意味ありげな視線を私に向ける。すでに私の正体を見抜いていて、あえてなぶっているようにも見えた。

「いえ、そういう訳《わけ》では……」

「王妃様は、顔を見せるようにと仰《おつしや》っているのです。早くなさい」

王妃の後ろにいる侍女たちが、厳しい声で口にする。

――駄目だ、やっぱり顔を隠したままでは許されそうにない。

一瞬ミランダに視線を向けると、今は従ってください、という風に真剣な表情で頷《うなず》かれた。私の姿が見られることもまずいが、それ以上に王妃の命令に背《そむ》くことがまずいのだろう。

覚悟を決めて、私は口を開いた。

「それでは……あの、失礼致します」

緊張しながら、顔に被《かぶ》っていたヴェールをするりと外す。

私の容姿が露《あら》わになった途端、王妃が息を呑む音が聞こえた。

「そなたは、まさか……」

「黒髪に黒目……!?　まさか、そのようなことがあるはずが……！」

侍女たちも動揺した様子で囁《ささや》き合っている。

そんな中、隣で跪《ひざまず》いていたミランダが覚悟を決めたように顔を上げた。

「王妃殿下、お話の最中に口を挟む無礼をどうかお許しください。こちらの方《かた》は、黒鷹公の姉上様であらせられる、アカリ様にございます」

「黒鷹公の姉上、じゃと？」

理解不能な言葉を聞いた、という風に王妃が眉根を寄せる。

「左様にございます。グラハド陛下の秘された御子《みこ》にして、黒鷹公オーベル様の姉上。

これまでは日も当たらず市井《しせい》に御身《おんみ》を隠されておいでででしたが、これからは弟君であらせられるオーベル様のお力になりたいと、こうして王宮においでくださったのです」

ミランダの硬い声での説明をどう受け取ったのか、しばらく王妃は恐ろしいほどの無言だった。

やがて彼女は、ひやりとするような声で呟《つぶや》く。

「ほう……なるほど、そういうことか。オーベルめ、上手くやったことよのう」

次に彼女は、私に向けて不気味なほど優しい猫撫《ねこな》で声で話しかける。

「のう、アカリとやら。妾《わらわ》はそなたと腹を割って話してみとうことがある。——そこな侍女、そなたはここから去れ」

「えっ……」

ミランダに向け、邪魔そうに手を振った王妃に、私は驚いて目を向けた。

突然の命令に、私以上に身を硬くしたミランダは、緊張した声で口にする。

「恐れながら、王妃殿下。私がいなくなっては、アカリ様のお側《そば》をお守りする者が誰も……」

そんな彼女を睥睨《へいげい》し、王妃が威圧をこめてさらに告げる。

「聞こえなんだか？　妾《わらわ》は去れと言うておる」

「……ご無礼を、申し上げました。この場を失礼させて頂きます」

ミランダは震える声で口惜しげに言う。そして私に申し訳なさそうな眼差《まなざ》しを向けた後、深々と礼をしてその場を去った。

王妃の命令はやはり絶対なのだろう。それを理解していても、気を許した侍女が離れ、一人で見知らぬ女性たちに囲まれる状況は心細かった。

ミランダが消えた方向を満足げに見遣《みや》ると、王妃は私に一歩近寄った。

「のう……アカリ。先程の話じゃが。そなた、オーベルのもとになどおらず、妾《わらわ》のもとへ来やれ」

「王妃殿下のもとへ、ですか……？」

——来た、と思った。

彼女が話に聞く通りの性格で、私の召喚主《ぬし》である可能性が高いなら、きっとそうした誘いをかけてくるだろうと思っていた。だが、多少の心構えはできていたとしても、やはり緊張する。

「そうよ。妾《わらわ》のもとへ来れば、そなたの望むものをなんでも与えようぞ。富でも領地でも、両手に持ちきれぬほどの宝石の山でもな」

微笑んだ王妃の申し出に、私は驚いて首を横に振る。

「いえ、そんな高価なものを頂く訳《わけ》には……」

「何、遠慮は無用じゃ。国の蓄《たくわ》えが減ろうが、民草《たみくさ》に今より多く税を課せば良いだけのこと。そなたにいくら金や銀を分け与えようともすぐに潤《うるお》う。——何より、オーベルは信用のならん奴じゃ。あやつよりも、妾《わらわ》の方が余程良くしてやれるじゃろうて」

優しげに囁《ささや》かれた言葉に、この人は本当に国のお金を自分のものとしか考えていないのだと思い知らされる。

足りなくなれば、民から搾取《さくしゅ》すればいいだけの、自分の自由になるお金。でも、それはこの国の人たちが汗水流して納《おさ》めたお金だ。決して彼女一人のものじゃない。

そして——たぶんそれは、誰かがやんわりとでも伝えないといけないことだ。

だから私は、勇気を出して口を開いた。

「……頂けません、それはこの国の大切なお金です」

そして私は、彼女を真《ま》っ直《す》ぐに見上げ、続きを口にする。

「もし私を殿下のもとへお誘いくださるというのなら、ご自身が汗水流してお作りになったものを褒美《ほうび》として、私を誘ってください。それならば私も検討させて頂きます」

「そなた、妾《わらわ》に向かってなんという口を……！」

王妃の唇がわなわなと震えていた。

心臓がドキドキと煩《うるさ》い。はっきり言いすぎたかなと思う。でも、これだけは言っておきたかった。私はこの国の民じゃない。それでも、トップの人の行動でどれだけ国民が苦しむかは、日本でも、世界の様々な悲しい情勢を見て知っていたから。

しばらく怒りに震えていた様子の王妃だったが、やがて苛立《いらだ》つ気持ちを、私を下に見ることで落ち着かせたらしい。嘲《あざけ》るように口にする。

「……ふん、ほんに哀れなことよな。お前など、オーベルのただの手駒でしかないというのに」

「え……？」

「いかに黒毛の見事な毛並みの馬といえど、走れなくなれば道端《みちばた》に捨てられるだけ。それも知らずに無邪気に飼い主《ぬし》に懐いて、愚かなものよ。今だって、あのオーベルの手飼いの侍女はそなたを置いてさっさと消えたではないか」

「それは……」

ふいに胸を突かれた気がした。

ミランダがこの場を去ったのは、王妃がそう命じたからだ。彼女の立場では、他に選択肢などない。そう理解していても、もう一方で別の思いが胸に浮かぶ。

現状、私はオーベルたちのことを信用している——正しく言えば、信用したいと思っている。彼らの事情を私にきちんと説明した上で契約し、私の身を保護してくれているからだ。

でもその裏で、これはあくまで一時的な契約なのだから、王位継承が成った後は捨てられるのでは……と、どこかで不安に思う自分もいた。

――私はまだ、オーベルたちのことをほとんど知らない。

動揺した私の様子を見逃さず、王妃は不気味なほど優しい声で続けた。

「のう、アカリ、今しがたの無礼は許して進ぜよう。王宮に召し上げられることもなく、暗く貧しい場所で一人過ごして、ずっと寂しかったのであろうな。妾《わらわ》にはそなたの気持ちがよくわかる」

王妃が白く美しい指先を伸ばしてくる。

慈愛に満ちた声と言葉。なのに、なぜか恐ろしく感じられて、私は思わず後じさった。もしかしたらそれは、目の前の手が、私を捕まえたあの白い手に重なって見えたからかもしれない。

王妃は豪奢《ごうしゃ》な指輪や腕輪をじゃらじゃらとつけているため、それに隠れて手の甲がよく見えない。けれど、その下にはきっと、私を捕まえようとしてできた火傷《やけど》の痕《あと》があるんじゃないだろうか。

このまま捕まったら、闇のように深い何かに呑みこまれてしまう気がする。

けれど、恐怖で上手く身体が動かない。

ついに王妃の手が、私の手首を捕まえようとしたその時――

ふいに、褐色《かっしょく》の腕が後ろから私をぐいっと力強く引き寄せた。

「え……？」

「義母上《ははうえ》。我が姉上を困らせるのは止《や》めて頂きたい」

耳元に聞こえたのは、男らしく張りのある声。私は驚いて背後を振り仰ぐ。

「オーベル……！」

そこには、よろめいた私の身体を力強く胸元に受け止め、王妃と対峙《たいじ》する彼の姿があった。出会った時と同じ、堂々とした彼の姿。

心配するなというように私を一瞥《いちべつ》した彼は、さらに王妃に言い募《つの》る。

「姉上は、この王宮に来られてまだ日が浅い。義母上《ははうえ》がいかにお心優しく聡明な方《かた》でも、こうも長く高貴な輝きに当てられては参ってしまいましょう。大地に恵みを与える太陽の光も、強すぎては草花を枯らす」

あと一歩という所で邪魔が入ったためか、王妃が忌々《いまいま》しそうに返す。

「相変わらず、詭弁《きべん》の上手い男よの。……そなた、そこな娘を真実姉と思うておるのかえ？　陛下からそのような話を聞いたことなど、妾《わらわ》は一度とてないぞ」

「黒髪黒目が王族にしか生まれないことは、義母上《ははうえ》の方がよくご存じでしょう。それに父上が現在寵愛《ちょうあい》する貴女の前で、若い頃に愛した女の――さらにはその女が産み落とした娘の話などなさるはずもありません。そのように秘匿《ひとく》されていた故《ゆえ》、今になって姉上の存在が知れたのです」

「ほう……今、この時になってか」

意味ありげに強調する王妃に、オーベルが抜け抜けと言う。

「今、この時だからこそです。市井《しせい》に身を隠していらした姉上を無事保護することができたのは、誠に僥倖《ぎょうこう》でした。あと少し遅ければ、毒蛇《どくじゃ》のような人間に捕えられていたことでしょう」

「確かに、蛇のように全てを己《おの》が腹に入れようとする者はどこにでもおるが」

「仰《おっしゃ》る通り、そういう輩《やから》はそこかしこに蔓延《はびこ》っている。しかし俺は、毒蛇も毒花も姉上に近づける気は一切ありません」

言いきったオーベルは、飄々《ひょうひょう》と皮肉る口ぶりとは違い、燻《くすぶ》るような怒《いか》りが籠《こも》った眼差《まなざ》しを王妃に向けていた。

それを直視した王妃は、なぜか一瞬息を呑んで、黙りこむ。

なんだろう……よくわからないけれど、二人の間にひどく張り詰めた空気を感じる。

緊張して見守る中、やがて王妃は、興味を失ったようにくるりとこちらに背を向けた。

「――ふん、もう良い。長々と話して飽いたわ。妾《わらわ》は部屋に戻る」

去り際、王妃は最後に一度振り向いて口にする。

「アカリと言ったな。せいぜい気をつけるが良い」

「え……?」

「美しい花には、毒があれば棘《とげ》もある。同様に、勇猛《ゆうもう》な鷹には鋭い爪がある――己《おのれ》の身体を傷つけるほどの凶暴な爪がな。せいぜい傍《そば》を飛ぶ鳥に怪我をさせられぬよう気をつけるがいい」

目を細めて言い捨てると、彼女は侍女を引き連れ、今度こそ庭園を去っていった。

なんだったんだろう、今の言葉……オーベルのことを当てこすったようだったけど。

気になるが、それよりも安堵《あんど》の気持ちの方が勝《まさ》った。王妃と侍女たちの姿が緑の陰に消えて完全に見えなくなると、私はようやくほっと息を吐く。

「ありがとう……オーベル」

お礼を言う私に、向き直ったオーベルが真剣な眼差《まなざ》しで尋ねてきた。

「いえ、当然のことです。それよりも姉上、一体何があったのです」

「ミランダと庭園で少し休もうとしていたの。そうしたら、王妃様たちが向こうから歩いてきて……。あっ、そういえば、オーベルはどうしてここに？」

「そのミランダが部屋に駆けこんできて、報《しら》せてくれました。詳しいことを説明する時間はないが、とにかく姉上の身が危険だと」

「そう、それで……ごめんなさい、お仕事の途中に」

やっぱり、ミランダは私を見捨てた訳《わけ》じゃなかった。ちゃんと動いてくれたんだ。

ほっとした気持ちで、私は首を横に振る。

「大丈夫、危ないことはなかったから。でも、少し疲れたみたい。今日はもう部屋に戻ろうかな」

そう、危ないことは何もなかった。こうしてオーベルが助けに来てくれたことだし。

けれどそれとは別に、胸の中に小さなしこりのようなものが残っていた。

王妃に言われたあの言葉――お前は利用され、捨てられるだけなのだという言葉が、どうしても胸から消えなくて。その一方で思い浮かぶのは、先程私を引き寄せたオーベルの力強い腕。私を守るように、しっかりと受け止めてくれた。

それがもし、私を利用するための偽《いつわ》りのものだったとしたら……

そんな気持ちの揺らぎが、ふと胸に生じる。

私の心の内を知るはずもないオーベルが隣で頷《うなず》いた。

「それがよろしいでしょう。姉上の存在を知られた今、王妃が新たにどう出てくるか対策を練る必要もある。——きっと執拗《しつよう》に迫ってくるでしょう。あの蛇のような女は」

遠くを眺めながらそう口にするオーベルの眼差《まなざ》しは、どこか冷え冷えとしていた。

さっき王妃と対峙《たいじ》した時と同じ、冷たい怒《いか》りを宿した瞳だ。

なんだろう……彼のこの、燻《くすぶ》る炎のような怒《いか》りは。

彼は先日、王妃が為政者《いせいしゃ》として相応《ふさわ》しくないから、王の代理の座から下ろしたいのだと言っていた。でも今の様子を見ると、二人の間にはそれ以上の確執《かくしつ》があるように思える。

彼が王妃を許せないと思う、何か別の理由が——

じっと見上げていると、すぐ視線に気づいた彼に問い返された。

「いかがされましたか、姉上。俺の男ぶりに見惚《みと》れてしまいましたか」

「男ぶりって……そんなこと自分で言う人、初めて見た」

いつもの自信に溢《あふ》れた口調で返され、私は幾分肩の力が抜ける。

「さて、事実を口にしただけですが。世の中には、事実であっても言葉にできない男が多いということでしょう。まったく腑甲斐《ふがい》ない」

「それは、オーベルが腑甲斐《ふがい》ありすぎるんだと思う」

思わずくすりと笑ってしまう。

先程の疑念は、きっと杞憂《きゆう》だ。

そうして自分の不安に蓋《ふた》をするように他愛ない話をしながら、私はオーベルとともに離れへ戻ったのだった。

＊＊＊

本宮にある、王妃エスメラルダの宮。

薄暗い幕に覆《おお》われ、寝室の奥に隠されたその部屋には、陶器が壊れる、がちゃがちゃという音が盛大に響き渡っていた。王妃が苛立《いらだ》ちのままに、テーブルの上の花瓶や茶器を手で払いのけたのだ。

「ええい、オーベルめ！　まんまと横から奪いおって……!!」

床に広がる硝子《ガラス》や陶器の破片の前で、息を荒らげる。身の内では、怒《いか》りと焦りがとぐろのように渦巻いていた。

本当なら、自分が見つけるはずだったのだ。黒髪に黒い瞳を持つ人間を。

――あの、アカリという娘を。

そして、息子のジュールが王になるための同意者として、華々しく表に出すはずだった。だが、欲しかったそれは今、オーベルの手の中。しかもすでに調教されているらしく、生意気にも自分に噛みつく様子も見せた。

本当にいつも邪魔ばかりしてくれる。母が母なら、子も子とはこのこと。

オーベルの実母である、今は亡きアーニャのことを思うと、エスメラルダは焼けるような屈辱と悔しさを感じた。

自分がこの国に嫁《とつ》いだ時、すでに正妃として君臨していた女性。美しく聡明な女性だと、誰もがアーニャのことを褒《ほ》め讃《たた》えた。そんな彼女の二番手として側室に収まった自分は、常に彼女と比較され、惨《みじ》めな思いばかりをしていた。

アーニャがこちらを気遣い優しく話しかけるほどに、その惨《みじ》めさは募《つの》っていく。

そして、アーニャの産んだ息子が二人とも黒髪黒目であるのに、それよりもだいぶ遅くに自分が産んだのは、黒髪に青い瞳の子供が一人だけ。言葉にせずとも、周囲の人々がまた自分を彼女の下に見たことがわかった。

祖国ビラードでは、類稀《たぐいまれ》な美姫《びき》としてもてはやされてきた自分が、この国では二番手扱い。それは、ビラードという国自体がエスガラントの下に見られることにも繋《つな》がる。

我慢ならなかった。

だからこそ、目の前にある障害を――アーニャをなんとしても取り除いてやろうと思った。

その思惑は成功し、今自分は彼女に成り代わり、正妃としてこの国に君臨している。

たとえ王代理の任を解かれようとも、自分の後を継いでジュールが王となれば問題ない。そう――自分が手掛けた政《まつりごと》は、息子であるジュールこそが引き継ぐべきなのだ。

そして、それを完璧なものとするには、やはり必要なのだ。

あのアカリという娘が。

「なんとしてでも手に入れてみせる……見ておれよ、オーベル」

憎々しげに呟《つぶや》く。そんな彼女の背を、薄い幕の向こうから悲しげに見る眼差《まなざ》しがあった。

「母上……」

黒髪に青い瞳の少年が、ぽつりと呟《つぶや》く。

そして彼は俯《うつむ》いて胸元でぎゅっと右手を握ると、そっとその場を去る。

後には、王妃の紡《つむ》ぐ呪詛《じゅそ》の言葉だけが残され、それは夜が更《ふ》けても止《や》むことはなかった。

第三章　疑惑

中庭で王妃と遭遇した事件から数日、私の周りでは少し変化があった。

まず最初に、私に仕える侍女と警備の兵士が数人増えた。

私が住む部屋はオーベルが住む離れの一角にある。その入り口や廊下は、元から数人の兵士が詰めていたのだが、彼らとは別に私の部屋を守る兵士も数人追加されたのだ。

侍女も、ミランダに加えて二人増えた。

もうひとつ変わったのは、オーベルがあまり私のもとへやってこなくなったこと。

初めは、王子としての政務や、騎士団の仕事が忙しいのかなと思っていた。

だが、どうもそれだけではないようで、彼は夜になっても、こちらへ姿を見せなかった。それはサイラスも同様で、ここ数日、彼らとは満足に顔も合わせていない。

今朝も忙しいようで、サイラスが申し訳なさそうに一瞬だけ顔を出した。

「申し訳ございません、アカリ様。少々手間取る用事がございまして、今日の午後はお伺いすることができないようです。代わりに、信頼のおける教師をお送りしますので」

彼が告げた通り、昼を過ぎた頃、老齢の先生が私のもとへやってきた。

彼はジファという名の小柄なお爺《じい》さんで、禿《は》げ上がった頭に白髭《しろひげ》が豊かな、いかにも好々爺《こうこうや》といった雰囲気の人だ。亡くなったおじいちゃんを思い出し、なんだか懐かしい気分になる。

教え方も上手で、説明に面白いたとえ話を混ぜこみ、上手く歴史へ興味を向けさせてくれた。それをありがたく思いながらも、数日前から沈みかけていた私の気分が晴れることはない。

「はて、アカリ様。いかがされましたか？　どこか心ここにあらずなご様子ですのう」

「あ、いえ、そんなことは……」

いつの間にかぼんやり石板を眺めていた私は、声をかけられて慌てて顔を上げる。

すると彼は皺《しわ》に囲まれた目元を細め、同情したように口にした。

「アカリ様がこの宮に来て、まだ二週間と聞いております。さぞ心細いことでしょう。されど、オーベル殿下もお忙しい方《かた》。この爺《じい》だけでは寂しいでしょうが、しばらくは我慢してくだされ」

「そんな、寂しいなんて……先生が来てくださって、すごく励みになっています」

首を横に振り、本心からそう返す。

オーベルとサイラスを除けば、私の周りにいるのは数人の侍女と兵士だけ。

ミランダはまだ気軽に話すことができたけれど、それ以外の侍女や兵士はこちらが話しかけても恐縮してしまい、会話らしい会話ができなかったのだ。そんな中、普通に話せる彼の存在はありがたい。

ちなみに、彼のことはジファ先生と呼んでいる。

王女だから、彼のことも呼び捨てにしないといけないのかな？　と心配に思ったけれど、教師であれば王族が敬語を使ってもおかしくはないらしい。

だから、今も大学の教授に接するように、肩の力を抜いて会話をしていた。

「アカリ様には、ただでさえ心を許せる者が少ないですからのう。もう少し、側付《そばづ》きの侍女を増やしても良いのではと思うのですが」

「でも、すでに三人も側《そば》に置いて頂いていますから」

微笑む私に、ジファ先生が顔を曇《くも》らせて首を横に振る。

「それが少ないと申しておるのですよ。王族の女性ともなれば、最低十人は必要なもの。髪を結うにもお召し替えにも、何人いても足りないほどなのですから」

「そうなんですか……」

——知らなかった。

オーベルも自分の側《そば》にはほぼサイラス一人しか連れていなかったから、三人もつけてもらった私は、てっきり多い方なのかと思っていた。

だが、どうやら違うらしい。

「男性と女性とでは、支度《したく》にかかる時間が大幅に違いますからな。化粧をし、髪も結わねばならないのですから男の倍は必要でしょう。護衛とて、もっとつけねば危ない」

「あ、あの。でも、オーベルもほとんど護衛をつけていないみたいですから……」

「オーベル様ならば、ご自分で身をお守りになれますからな。むしろ、ヴェルダ騎士団の黒鷹公たるあの方《かた》に下手な者が護衛につけば、逆に邪魔になります。それもあり、サイラス殿の他はあまりお側《そば》に置かれないのでしょう」

そこでジファ先生はやや心配げに続ける。

「しかし、アカリ様には身を守る術《すべ》がないのですから、あのような兵士の数では……。よろしければ、儂《わし》からオーベル様に進言致しましょうか？」

「あ……いえ、大丈夫です、お気持ちだけで。ありがとうございます」

私は丁重に断った。下手に進言しては、彼の立場が悪くなるのではと思ったのだ。

そして胸の内では、先日湧《わ》いた不安が徐々に大きくなっていた。

——ねえ、オーベル。私に侍女を少ししかつけないのはどうして？

先日聞いた時は、王妃様に私の存在を悟られないようにするため、侍女を厳選して配置しているのだと言っていたが、彼女に知られた今も、侍女は大して増えていない。

兵士に関しても、ジファ先生の目から見ると不安に感じるほど少なかったとは。

それはもしかして……王妃様が言ったように、私が用済みになれば捨てるだけの駒だから？

だから、侍女や兵士もあまりつける必要がないし、さらに言うことを聞いている今は、会いに来ることもなくなった？

だんだんと、あらゆることを悪い方向に考えてしまう。

違う、考えすぎだと思いたいが、それを否定できるほどの材料が今の私にはなかった。

その不安を打ち明けられるような人もまた、いない。

私の側《そば》にいるのは、全員がオーベルの家臣なのだ。もし彼に対する不安を相談しても、全員が「そんなことはございません」と否定するだけだろう。たとえ心の中でどう思っていたとしても。

無意識に目を伏せる。

早く王女らしくなって、オーベルとの約束を果たせたらと思っていた。それが彼と結んだ契約であり、そうすることで私が元の世界に戻れる日も近づくのだと思っていたが。

でもこのままだと、もしかしたら――

「……リ様、アカリ様？」

「あっ、すみません。ぼうっとしてしまって」

見上げれば、先生に横から覗《のぞ》きこまれていた。慌てて目の前にある本に視線を戻す。

「ごめんなさい、先生。続きを教えて頂けますか？」

「いえ、今日はこれで終わりと致しましょう」

「あの、少し考えごとをしていただけで、私はまだ……」

「いやいや、お慌て召されるな。責めている訳《わけ》ではございませんからの。疲れが溜まっている時にご無理をなさってはいかんと判断しただけです。心が疲れている時は、どんなに美しい文章も頭が受けつけぬもの。勉学とは心に多少の余裕があって初めて、水のように浸《し》みこむものですからの」

「先生……」

「さて、今日の所はこの辺りで帰らせて頂きます。今晩はゆっくり休まれるとよろしい」

「はい……ありがとうございました」

お礼を告げた私に穏やかに微笑むと、ジファ先生は荷物をまとめて帰っていった。

彼の後ろ姿を見送ると、特訓部屋から隣にある自室に戻る。

天蓋《てんがい》付きの寝台と縁飾《ふちかざ》りのついた瀟洒《しょうしゃ》な鏡台のある、淡い薔薇色《ばらいろ》で統一された、優雅な造りの部屋だ。それなのに、今は全てが寒々しく見えた。なぜか一瞬、ここが私を閉じこめる檻《おり》のように思えて。

「どうしよう……だんだん、わからなくなってきてる」

傍《そば》にある椅子に腰掛け、かすかな声で呟《つぶや》く。

オーベルたちのことが、そして自分の気持ちがよくわからなくなっていた。

たぶん私は、自分で思っていた以上にオーベルたちに心を預けていたのだろう。

ここに来て一人ぼっちだった私に、最初に手を差し伸べてくれた人たちだったから。

利害が一致しただけの関係でも、私を必要としてくれたから。

オーベルは皮肉屋で遠慮がなかったけれど、だからこそ新鮮で、そんな彼に言い返すのが楽しくもなってきていて――

だがここに来て今、信じかけていたものが――今立っている足元が崩れ落ちそうで、怖くなる。

「……ちょっと、外の空気吸ってこよう」

このまま部屋にいても、悪い方にばかり考えてしまいそうだ。少し散歩でもすれば、気が紛《まぎ》れるかもしれない。

そう考えた私は、力なく椅子から立ち上がると、部屋を出たのだった。

窓の外を眺めながらゆっくりと廊下を歩いていく。離れの廊下を進み、王宮の母屋へと続く道を進んでいくと、やがて本宮へと辿《たど》り着いた。

今は、午後二時頃だろうか。窓から差しこむ陽射《ひ》しが明るい。

後ろには、部屋を出た時から二十代の若い兵士が一人付き添ってくれていた。最近新たについてくれるようになった人だ。

王妃に存在がバレた今、私がオーベルの住まいである離れに留まっている理由はなくなり、こうして王宮内の様々な場所に足を延ばすことができるようになった。

もちろん侍女や兵士を連れていくことは必須だったが、それでも出掛けられる範囲が広がったのは嬉しい。

壮麗な王宮の廊下をあてどもなく歩いていると、ある扉が目に入った。

これまで視界に映っていた扉と違い重厚な造りで、芸術品のように細かな模様が彫《ほ》られている。誰か偉い人の部屋なのだろうか。

じっと見つめていると、後ろから兵士が教えてくれる。

「アカリ様。そちらは黄金《おうごん》の間《ま》と申しまして、王家の宝物保管室になります」

「ああ、宝物がたくさん置かれているのね……」

それなら、下手に近づかないほうが良いだろう。

離れようとすると、彼は丁寧に教えてくれた。

「あ、いえ。こちらはただ保管するだけではなく、歴代の宝物を眺める目的で設計された展示室でもあるのです。王族の方《かた》であれば誰でもご自由に足を踏み入れられる部屋ですから、きっとアカリ様の目も楽しませてくれるでしょう。よろしければ、お立ち寄りになってはいかがでしょうか」

私の沈んだ気分を察してか、彼はそう熱心に提案してくれる。

「そうね……うん、せっかくだし、そうしてみようかしら」

確かに気分転換に良いかもしれないと頷《うなず》けば、兵士がほっとしたように言う。

「では、私はこちらに控えておりますので。何かございましたらすぐにお呼びください」

「ええ、お願い」

そう答え、部屋の中に入る。

目に入ったのは、鮮やかなエメラルドグリーンと金色でまとめられた内装だった。

この宮殿は、一つ一つの部屋に色彩のテーマでもあるのだろうか。オーベルの部屋が琥珀色《こはくいろ》で統一されていたように、ここは壁一面が爽《さわ》やかな緑色で、窓枠や家具は金で縁《ふち》取《ど》られている。緑と金の、美しくも洗練された雰囲気の部屋だ。

部屋自体にも見惚《みと》れそうなのに、さらにその中央の硝子棚《ガラスだな》や壁の棚には、数多くの宝物が飾られていて目を奪われる。私は入り口近くの棚から、ゆっくりと眺めていくことにした。

壁際の棚には、銀製の像や、血のように赤い硝子《ガラス》製の酒杯。シノワズリーな雰囲気を感じさせる、細かな花模様の花瓶もあった。どれも美しく、贅《ぜい》を凝《こ》らしたものであることが伝わってくる。

眺めているうちに、前にサイラスからちらりと聞いた、王妃の祖国ビラードの話を思い出す。ビラードは目の前にあるような美術工芸品の生産が盛《さか》んで、エスガラントにとって良い貿易相手国であるらしい。

そのため、すでにオーベルの母であるアーニャ王妃がいたグラハド陛下が、ビラード国王からの申し出を断りきれず、彼の娘であるエスメラルダを側室に迎え入れたという経緯があったという。

友好国との繋《つな》がりを保持し、国をより磐石《ばんじゃく》なものとするために。

けれど、そうして迎え入れた側室が、前王妃亡き後こうして王妃となり、さらには国王代理としてエスガラントの政治を揺るがしているなんて、なんとも皮肉な話だ。

最近では、王妃が目に見えてビラード以外の国――特に隣国であるシグリスを邪険にするようになったため、国境で小競《こぜ》り合いが頻発《ひんぱつ》しているらしいし――

「でも、先のことなんて誰にもわからないものね……」

呟《つぶや》きながら展示品を眺めていると、ふいに入り口の方から声が聞こえてくる。

先程ついてきてくれた兵士が、廊下で誰かと会話しているようだ。

「殿下、申し訳ございません。今は、王女殿下が中をご覧になっている最中で……」

「大丈夫。邪魔はしないよ。僕は姉上にご挨拶したいだけなんだ」

恐縮した様子の兵士の声に次いで聞こえたのは、澄んだボーイソプラノ。

――え？

驚いて視線を向けると、ちょうど麗《うるわ》しい容姿の少年が室内に入ってくる所だった。

背は百六十三センチの私と同じか、それよりわずかに高いくらい。

肩より上の長さで切られたさらさらとした黒髪に、繊細《せんさい》に整った容姿もあって、声を聞かなければ少女と間違えてしまいそうだ。睫毛《まつげ》が長く、それがまた小作りな美貌を際立たせている。

オーベルの服に似たデザインの青磁色《せいじいろ》の服を着て、その淡いブルーに合わせたのだろう、肩には白に近い薄い水色の布を垂らし、手にも同色の手袋を嵌《は》めている。

そんな清廉《せいれん》な衣装を纏《まと》った彼は、黒髪の下、青い瞳を輝かせて私を見つめていた。

その容姿の配色に、先日聞いたもう一人の王子の名が自然と思い浮かんだ。

「貴方はもしかして……ジュール殿下ですか？」

「ええ、そうです。姉上、お会いしたかったです」

そう嬉しそうに微笑んだジュール王子は、私に歩み寄るや、跪《ひざまず》いて手の甲に口づける。

私は慌てて、手を引っこめようとした。

「は、初めまして、あかりと申します。あの、殿下。私に対してそのような挨拶は……」

「僕は貴女の弟なのだから、ジュールで結構です。オーベル兄上のことも、名前で呼んでいらっしゃるのでしょう？」

「確かに、オーベルのことはそう呼んでいますが……」

だが、彼とオーベルとでは立場が大いに違う。

オーベルは私が本当の姉ではないと理解した上で、演技しているのだ。実の姉だと純粋に信じているだろうジュール王子に姉上と呼ばれると、ただひたすらに申し訳ない気持ちになる。

王女の振りを全《まっと》うすると腹をくくった私だけれど、それでも罪悪感が消えた訳《わけ》ではないのだ。

「すみません、やっぱりお会いしたばかりで呼び捨てさせて頂くのは心苦しいので……」

恐縮する私に、彼は立ち上がりながら頰を膨《ふく》らませた。

「ずるいな、兄上ばかり特別だなんて。でも、呼び捨てが無理なら何か別の……。あっ！じゃあ僕がアカリ姉様と呼びます。それなら、僕だけの呼び方だ」

そんな風に明るい笑顔を見せられると、ふっと肩から力が抜けてしまう。彼の笑みにはなんだか、人の心を解きほぐす力があるようだ。

私は気づけば、小さく笑って口にしていた。

「わかりました、では私は今日から、ジュール殿下の姉様ですね」

呼び捨ては抵抗があるけれど、私が愛称で呼ばれる分にはまだ受け入れやすいと思ったのだ。

とりあえずそれで満足したのか、ジュール王子が声を弾《はず》ませる。

「やった。――あ、そういえば、姉様。兵士をどこかに使いに出したのですか？」

「え？」

「今、入り口に一人しかいなかったから。使いに出されたのかと思ったのですが、違いましたか？」

ジュール王子は不思議そうに首を傾《かし》げた。

やっぱり王族の目から見ると、護衛が一人だけというのは異常に感じるのだろう。

だが、私付きの護衛は元々少ない。今日の当番は二人だけだったので、自室の前に見張りを残すと、一人しか連れてくることができなかったのだ。

代わりにミランダがついてこようとしたけれど、侍女である彼女には私の指示でそのまま部屋に留まってもらっている。

「あの、それは……」

視線を落とし、一瞬返事を躊躇《ため》らった私に何か感じたのか、彼は心配げに眉を顰《ひそ》める。

「姉様……何かお悩みなのですか？　もし僕でよろしければ、ご相談に乗ります」

「そんな、悩みなんて」

まだ幼い彼に、変に心配をかけてはいけないと思い、慌てて話を切り上げようとする。

だが、彼はそれを違う風に受け取ったようで、物憂《ものう》げに目を伏せた。

「母上のことで、姉様や兄上が僕を信用できないのはわかります。大きな声では言えないけれど、母は、僕を王位に就けたくて仕方がないみたいだから」

「殿下……」

まさか彼が、自分の母の思惑をこんなにはっきりと口にするとは。

言葉を失う私に、彼は悲しそうに微笑んだ。それは、何かを悟っているような、年齢に似合わぬ諦観《ていかん》の笑みだった。

そして彼は、展示された宝飾品を眺めながら静かに言葉を紡《つむ》ぐ。

「でも、僕は……できることなら、オーベル兄上に次の王になって頂きたいんです。僕は、あの人のように勇敢ではない。……ただ弱虫な人間だから。王冠を頭に載せられても、たぶん僕はその重みで潰れてしまう」

その呟《つぶや》きは、彼の本心からの思いに聞こえた。

考えてみれば、彼もまた難しい立場にいるのだ。本人が望むと望まざるとにかかわらず、母親が自分に王冠を被《かぶ》せようとするのだから。

それ故《ゆえ》、オーベルたち兄弟にも無邪気に歩み寄れなくて……だからこそ、こうして私に話しかけてきたのかもしれない。

私は自分の思いをそっと口にする。

「……本当に、荷が重いことってたくさんありますよね。決して望んだ訳《わけ》ではないのに、急に重大な役割を与えられたり。……困ってしまうし、なぜ自分なのだろうと考える時があります」

「姉様にもおありなのですか？　そういうことが」

目を瞬《またた》かせたジュール王子に頷《うなず》き返す。

「ええ。きっと殿下ほど大変ではないですが。静かに町で……市井《しせい》で暮らしていたのに、突然この王宮で王女の振る舞いを学ぶことになって。びっくりしたし、私には荷が重いとも思いました」

思えば、本当に驚くことの連続だった。

急に王族になるように言われ、こんな風に王子様と親しく話すことになって。しかも、その彼の母親に命を狙われているなんて。今でもまだ信じられないし、夢なら覚めてほしいと思う。

――だが、これは現実だ。私が乗り越えなければならない現実。

それに、決して悪いことばかりじゃない。思い出して、私はくすりと微笑んだ。

「……でも、楽しいこともあるんですよ。オーベルはいつも皮肉ばかり言うけれど、私が勉強の成果を出すと、少しだけ笑って褒《ほ》めてくれるんです。『姉上、悪くはない。その意気です』って」

本当に、褒《ほ》める時も偉そうなんだから。でも、彼らしいといえば彼らしい。

そんなことを思いながら、私はジュール王子に向き直る。

「それがたぶん、今の私にとっての、暗がりに咲く花なんです」

「暗がりに咲く、花……？」

「ええ。怖いことや辛いことがあって周りが真っ暗闇に見えた時、それを探すようにしているんです。そうして心がぽっと明るくなるような何かを見つけたら、今が少しだけ楽しくなるから」

「花を、探す……自分だけの花を」

まるで初めて物語を聞いた子供みたいに、彼は目をぱちぱちさせている。

やがて何かを考えていた様子の彼は、小さく息を漏《も》らした。

「姉様……今のお話で、僕は少しだけわかった気がします」

「わかった、ですか？」

「ええ。市井《しせい》に身を潜《ひそ》められていた姉様が、なぜ今、こうして兄上の手で見つけ出されたのか。――きっと、姉様もまた、暗がりの中で花のように咲いていたからです」

「え!?　いえそんな、私はそんな綺麗なものじゃ……」

驚いて否定する。だって私は、今だって目の前の彼を騙《だま》しているような人間だ。

王族どころか、この国の民でもない異世界の人間なのに、こうして保身のために王女の振りをして。

だからこそ、過分な褒《ほ》め言葉はどうしても受け取れなかった。

けれどジュール王子は静かに続ける。

「……いいえ、僕にはわかります。だから、姉様はきっと……」

　その先に、何を言おうとしたのだろうか。言いかけた彼は、途中で言葉を押しこめるみたいに首を小さく横に振る。

「ジュール殿下？」

　不思議に思って呼びかけると、彼は顔を上げ、話題を変えるように明るく言った。

「――そうだ、姉様。これからご一緒に、オーベル兄上の所へ行ってみませんか？」

「オーベルの所に？」

「ええ。僕一人だと、兄上のお姿を拝見することもままならないんです。兄上に近づいてはいけないと、母に強く言われていて……。僕の従者たちもその言葉に忠実なものだから。でも姉様と行動することは止められていないので、ご一緒ならきっと大丈夫だと思います」

　それはもしかすると、王妃が私を懐柔《かいじゅう》するための策略なのかもしれない。だが彼自身には思惑などなく、ただ本当に兄の傍《そば》に行きたいだけのようだ。

　まるで子犬みたいに目を輝かせている様子に、なんだか微笑ましくなってしまう。

　先程からの会話でも感じていたことだが、オーベルたちの言葉通り、彼は本当に性質の良い少年なのだろう。そう思った私は、そっと頷《うなず》いた。

「そうですね……では、一緒にオーベルの所に行ってみましょうか」

同時にこれは、私にとってもいい機会のように思えた。ここ数日会えていない彼に会いに行き、不安に思っていたことをそれとなく尋ねてみよう。

そうすれば、この胸にあるモヤモヤもきっと晴れるような気がして。

「じゃあ決まりだ。行きましょう、姉様」

ジュール王子が弾《はず》んだ声を上げた。

そうして彼と二人、兵士と従者を引き連れてオーベルのもとに向かうことになった。

ジュール王子の話によると、オーベルは今の時間、王宮の東にある彼の執務室にいることが多いらしい。騎士団の派遣を求める嘆願書《たんがんしょ》など、依頼書の類《たぐい》が多く届くため、それを早い時間に処理しなければならないのだという。

「兄上、お元気でいらっしゃるかな……」

隣を歩く少年のワクワクした声に、私はくすりと微笑んだ。

「きっと元気に働いていると思いますよ。元気すぎて、たぶん今も、周囲にいっぱい皮肉を言ってるんじゃないでしょうか」

「あっ、姉様の前でも、兄上は毒舌を振るわれるんですか？　女性に対して、ひどいな」

「でも、オーベルの皮肉がなりを潜《ひそ》めたら、それこそ心配してしまいそう。だって、それがないと『彼だ』っていう気がしないんですもの」

「あは、それは言えてる！」

二人で顔を見合わせて、ふふっと笑う。こんな風に、なんのてらいもなく笑い合える時間は、この世界に来てからほとんどなくて、私はいつの間にか楽しくなっていた。

「殿下は、オーベルのことをとても慕っていらっしゃるんですね」

微笑ましくなって言うと、ジュール王子はわずかにはにかんだ微笑みを見せた。

「……ええ。だってオーベル兄上は、僕にとって一番身近で頼りになる兄弟だから」

「一番身近？」

「そう。オーベル兄上の上にはリュシアン兄上もいらっしゃるけれど、あの方《かた》は早々に王位継承権を放棄して王宮から離れてしまわれたから。だから……僕には少し遠い人なんです。お話ししたことだって両手で数えるぐらいかもしれない」

「そういえば、王子は三人いらっしゃるんでしたね……」

だというのに、第一王子であるリュシアン王子については、オーベルとの間でもこれまでなぜかほとんど話題に出てこなかったので、なんとなく二人兄弟のような感覚でいた。

そうか。前にオーベルが兄は王宮から去ったと言っていたのは、王位継承権を放棄して、ここから離れた所で生活していたからなのか……

身体が弱いとか、何か事情がある人なのだろうかと気になり、そっと尋ねてみる。

「あの、ジュール殿下。実は私、リュシアン殿下についてはよく存じ上げなくて。よろしければどのような方《かた》か教えて頂けますか？」

「もちろんです。姉様にとっても腹違いの兄にあたる方《かた》なのですから」

ジュール王子は口元に片手を当て、考え考え語り出した。

「リュシアン兄上は、僕とはお歳が一回り近く離れていて、今年で二十四歳になられます。王位継承権を放棄されてからは、グラスメイ公爵として国の北東にある領地を守っておられて。お人柄は……ううん、どう説明したらいいのかな。女性にとてもお優しい方《かた》で、時に優しすぎるというか」

表現に困っている様子を見ると、どうも言葉にしにくい人柄のようだ。

度が過ぎたフェミニストみたいな感じなんだろうか。

そんな風に会話をしながら歩いていると、執務室まであと少しという所で、ふいに後ろから声をかけられた。

「ジュール様」

「え？」

揃《そろ》って振り返れば、従者姿の見慣れぬ男が、ジュール王子の足元に跪《ひざまず》く所だった。

「こちらにいらっしゃいましたか。お母上がお探しです。すぐに宮へお戻りください」

「そんな……せっかく、姉様とお出掛け中だったのに」

肩を落とす彼に、従者は淡々とした声で返す。

「恐れながら、殿下にはなさるべきことが多くおありかと存じます。王族の男子たるもの、女人《にょにん》と違い、勉学に剣の稽古《けいこ》にと、いくら時間があっても足りないほどなのです。どうかお聞き入れを」

どこか含みのある口調で言いながら、従者は冷めた目で私を見遣《みや》る。自分の主《あるじ》とは違い、お前は王位を継げないただの女なのだと言いたいのだろう。

そんな従者を宥《なだ》めるように、ジュール王子がやんわりと答えた。

「そうだね。王族には、すべきことがたくさんある。姉様が日々勉学に励んでおられるように、僕も自分を磨かなければならない。――申し訳ありません、姉様。それでは、僕はここで」

「いいえ、ありがとうございます。ジュール殿下」

さりげなく私をフォローする態度に、彼も無邪気なようでやはり聡明な少年なのだなと思う。

ジュール王子を見送ると、私は自分の兵士と共に、当初の予定通りオーベルのもとへ向かうことにした。ジュール王子と話したことが良い気分転換になり、やや足取りも弾《はず》む。

だが、辿《たど》り着いた先に、オーベルの姿はなかった。

近くを歩いていた侍女に聞けば、少し席を外すと言って先程部屋を出ていった所らしい。

「どこに行ったんだろう……ちょっと探してみよう」

辺りをきょろきょろ見回しながら歩いていくと、やがて離れた廊下の向こうに、オーベルとサイラスの姿がちらりと見えた。急な相談事でもあったのか、柱の陰で声を潜《ひそ》めて会話しているようだ。

兵士にここで待っていてほしいと小声でお願いし、私は一人、彼らにそっと近づいた。

「オ……」

「……それからオーベル様、アカリ様の件ですが」

声をかけようとした所で自分の名が聞こえ、私は慌てて口を噤《つぐ》む。

なんとなく行きづらくなってしまい、とりあえず柱の反対側に身を潜《ひそ》めることにした。

すると、サイラスのかすかな声がより鮮明に聞こえてくる。

「さすがに、今の状況はお可哀想なのではないでしょうか。それとなく現状をお伝えした方がよろしいのでは……」

「下手なことを言っても、無駄に期待させるだけだろう。姉上にはその時が来た時に伝えればいい」

可哀想……？　無駄に期待？　一体なんのことだろう。

訳《わけ》がわからないがなんだか胸騒ぎがして、私は思わず聞き耳を立てる。

いつの間にか、心臓がばくばくと煩《うるさ》く音を立てていた。

これは彼らの私的な会話だ。聞いちゃいけない、でも聞きたい。そんな相反する気持ちを抱えたまま私は耳をそばだてる。

オーベルの声が、やけにはっきりと耳に入ってきた。

「姉上には、いずれここから消えてもらう。――そのために、俺たちに今できることは、彼女のもとに行くことじゃない。その時が来るまで秘密裏に動くことだけだ」

――消えて、もらう？　何それ。

頭の中が一瞬、真っ白になる。

視線の先では、まだ彼らの会話は続いていた。サイラスが目を伏せて口にする。

「……それが、オーベル様のお決めになられたことでございますれば」

かった。

「ああ。わかったなら、この話はもう終わりだ」

オーベルが一方的に会話を切り上げ、二人は廊下の向こうへ消えていく。

彼らの姿が完全に見えなくなっても、私は呆然とその場に立ち尽くすことしかできなかった。

「私に、消えてもらう……。私、消されるの？」

広い回廊にぽつりと声が落ちた。

弟として私を守ると告げた人に。穏やかな笑顔で勉強を教えてくれた人に。

悲しめばいいのか、憤《いきどお》ればいいのかわからなかった。ただ、ここに留まっているのが急に怖くなって、私は気がつけば足早にその場を後にしていた。

突然離宮に戻ると言ったため、付き添いの兵士からは一体何事かと心配されたが、大事な用事を思い出したのだと言ってごまかした。

そのまま自室に戻り一人になるや、私は急いでクローゼットを漁《あさ》る。

まず初めに、今着ている裾《すそ》のふんわりした丈長《たけなが》のドレスから、飾りが少なく丈も短めの、紺色《こんいろ》のワンピース調のドレスに着替えた。

次にクローゼットの奥から引っ張り出したのは、ここに来た時に私が着ていた服。臙《えん》脂色《じいろ》のニットにチョコレート色のスカート、さらにコートに焦げ茶のブーツ、財布。それらを袋に入れ、考えた末、最後に装飾用の長い布を数枚足した。

私の差し当たっての全財産と、逃げるための道具。それが袋に入れた全てだ。

なぜそんな行動を取ったのかといえば、とにかくできるだけ急いで、ここから逃げ出さなければと思ったからだ。

消されることは、もちろん怖い。けれど、それ以上に恐ろしく感じたのは、わずかでも心を許した人たちが私を消そうとする――その姿を目《ま》の当たりにすることだった。

本当に私はこの世界に一人ぼっちなのだと、残酷な現実を突きつけられる気がして。

それでも……ミランダにだけは不安を打ち明けてみようか。ふとそんなことを思う。

オーベルの部下とはいえ、日々のやりとりを重ねていくうち、彼女は私がこの世界で唯一気軽に話せる女性となっていた。

心根の優しい女性だから、今回の計画に組みこまれていない可能性もあるのではないかと思ったのだ。事実、彼女は、私が異世界人であることをオーベルたちから知らされていない。

それに、逃げると決めた今でも、できることなら彼らを信じたい。私の思い違いだと、誰かに言ってほしい気持ちが湧《わ》く。私は荷物を持ったまま、そっと奥の扉へ向かう。

そこには侍女たちが控える小部屋があった。私が呼べば、すぐにお茶を準備したり、衣装を用意したりできるよう、大体はミランダが控えてくれている。

いつもは外から声をかけるだけで、私から部屋に近づいたことはなかった。

「あの、ミランダ……？」

扉を小さなノックの後に開いてみたけれど、その場に彼女の姿はなかった。

奥にお茶を準備するための簡易的な厨房《ちゅうぼう》があったはずだから、そこだろうか。私はまた歩を進める。

そして奥にある扉をかすかに開き、中を覗《のぞ》くと、ミランダの後ろ姿が見えた。

テーブルに向かって立ち、何かを真剣に見つめている様子だ。話しかけづらい雰囲気に躊躇《ためら》った瞬間。扉に少し身体がぶつかり、蝶番《ちょうつがい》がきぃと音を立てた。

「誰!?」

ほんの小さな物音だったのに、ミランダは驚くほど俊敏《しゅんびん》な動きで振り返った。

そんな彼女の手にあったのは、小ぶりだが鋭い刃先を備えたナイフ。

瞬時に懐《ふところ》から取り出したのだろう素早い動きと、今まで見たことのない彼女の硬い表情に、私は思わず一歩後ずさり、掠《かす》れた声で返事をする。

「あ、あの、ごめん。ミランダ。お仕事の邪魔をしてしまって」

「アカリ様……」

目を見開いた彼女は、今の姿を恥じるようにすぐに右手を下ろし、柔らかな笑みを浮かべた。

「こちらこそ、申し訳ございません。アカリ様がお戻りになるまでしばらくかかると伺っていたので、何者かが忍びこんだのかと早合点《はやがてん》してしまいまして」

そう言いながら彼女は、ナイフと共に、さっきまで凝視《ぎょうし》していた何かにさりげなく布を被《かぶ》せた。隙間からちらりと見えたそれに、私は目を見開く。

なぜなら、そこにあったのは――

「アカリ様、どうかなさいましたか？」

はっとして、私はとっさに返す。

「あ、ううん……」

「もしかして、お茶のご準備でしたでしょうか。すぐに支度《したく》致します」

そう言うミランダの表情はいつも通り優しげだ。本当に私を気遣っているように見えて、何も言えなくなる。目に見えるものが、人が、何が正しいのかますますわからなくなって。

私はぎこちなさを自覚しつつも微笑んだ。

「……ううん、違うの。ただこれから、また出掛ける予定だから、それを伝えておこうかと思って。さっきね、黄金の間でジュール殿下にお会いしたんだ」

「ジュール様に？」

「そう。オーベルたちが言っていたように、素直で聡明そうな男の子だった。それで……そう、彼に王女として色々勉強している所だと言ったら、勉強道具を見せてほしいと言われたの。どんなことをしているのか興味があるんですって」

所々つっかえながらも、思ったよりは、すらすら言うことができた。

そんな私の言葉に、ミランダはほっとしたように答える。

「まあ……それで、お荷物を持っていらっしゃったのですか。仲良くなられたのですね」

「うん、だからちょっと出掛けてくる。あ……心配しないで。護衛もちゃんと連れていくから」

「畏《かしこ》まりました。どうか、あまり遅くならないうちにお戻りくださいませ」

ミランダが深々とお辞儀して私を見送る。

それを見ていると胸が苦しくなって、私は彼女から視線を外し、そっと部屋を出た。

頭の中では、彼女がさっき布の下に隠したものの光景が浮かんでいた。

――先日、私が庭園で被《かぶ》った青いヴェール。

それが滅茶苦茶に引き裂かれた状態で置かれていたのだ。そして、ナイフを構え、険しい表情で私を見据《みす》えたミランダの姿。それが何よりも雄弁に答えを語っているように思えた。

もしかしなくとも、彼女もまた私を消そうとしている一人なのかもしれない。

私は縋《すが》るように荷物を胸にぎゅっと抱えると、その場を足早に駆け去ったのだった。


そのまま、離れの宮を出る。

付き添いを申し出た兵士に、荷物をお持ちしますと何度も言われたが、「軽いから大丈夫。それに貴方に持ってもらうと、いざという時、護衛として動けなくなるでしょう」と言って、やんわり断った。兵士は心配そうにしながらも、私の後ろを大人しくついてきてくれている。

先程と同じく、離れと本宮を繋《つな》ぐ渡り廊下を歩いていく。本宮は今日も人が多く、途中で何人もの侍従や侍女とすれ違った。

階段を上り二階に出た所で、私は後ろの兵士に声をかける。

「ごめんなさい、少しだけここで待ってもらっていい？」

「は……ここで、でございますか？」

不思議そうに問い返した彼に、困った様子で廊下の奥を視線で示す。そこには、陰になる場所にひっそりと二並びの扉が設置されていた。

「そう、ちょっと……障《さわ》りがあって」

途端、私の言いたいことを察したらしく、兵士は顔を赤らめてびしっと姿勢を正した。

「し、失礼致しました！　はい、自分はここで待機しております」

「ううん、こちらこそごめんなさい。すぐに終わるから」

私が視線で示したのは手水《ちょうず》――要するに、お手洗いの扉だ。

この場所には一度入ったことがあるが、個室の中に人がギリギリ潜《くぐ》り抜けられる大きさの窓があった記憶がある。

手水《ちょうず》は一階にもあるのだが、そこは人の出入りを警戒してか、極小窓しか設置されていなかった。そもそも、一階は王宮の入り口にあるので、ただでさえ警備が厳しい。

だから、もし王宮から脱出するなら、ここが一番良さそうだと踏んだのだ。

婦女子の手水《ちょうず》は当然ながら男子禁制のため、兵士も迂闊《うかつ》に近寄れない。もし私が長時間出てこなくても、お腹の調子が良くないのではと判断され、しばらくの間は不審に思われないだろう。

――たぶん、チャンスは一度きり。失敗できない。

心の中で呟《つぶや》き、個室に入った私は、持ってきた袋の中から長い布を取り出した。服と一緒に持ってきた、装飾用の長い布だ。いつも肩や首に掛けている布の中でも、できる限り装飾が少なく、厚地のものを選ぶ。

これを結び合わせ、ロープを作ろうと考えたのだ。

布を手に持って広げていると、ふと、この二週間弱の特訓が思い浮かぶ。

「これ、ひらひらするから綺麗に歩けなくて、何度もオーベルに叱られたんだよね……」

特に、初めに身に着けた軽い素材の長布は、少し動いただけで、ふわっと風に攫《さら》われそうになるため、私はそれを制御しようとややおかしな動きをしてしまっていた。

その様子を見たオーベルに、『姉上、それは魔物を呼びよせる舞ですか』と言われて膨《ふく》れたのも、まだ記憶に新しい思い出だ。ちなみに一通りからかった後、オーベルは丁寧に所作を教えてくれた。

『姉上、裾《すそ》は両手で静かに持って……ええ、そうです。そうして、足捌《さば》きはこのように』

いつだって彼はそんな風に、皮肉な口調の裏で根気強く丁寧に教えてくれた。まるで本当に、不器用な姉を放っておけない、世話焼きな弟のように。

――でもそれは、私がそう思いたかっただけなのかもしれない。

それに、もうここに戻ってくることはないんだから……忘れなくちゃ。

一度ぎゅっと目を閉じて迷いを振り切ると、私は急いで再び手を動かした。

まずは長布を捩《ね》じり、強度を高めるため紐状にしていく。そして三本用意したそれらを、固く結んで繋《つな》いでいった。布は一枚につき三メートルほどあるから、全て繋《つな》げればそこそこの長さになる。

これくらいあれば……うん、なんとかいけそうだ。

出来上がったその紐の先端を、手水《ちょうず》内にある柱にぐるぐると巻いた後、ぎゅっと結ぶ。その後、反対側の紐の先を、窓の外に垂らせば完成だ。

窓の外を覗《のぞ》きこむと、地面近くまで紐の先が伸びていた。地面に着くまではいかないが、そこからジャンプして飛び降りても、怪我はしなさそうな程度の距離だ。

ここは人気《ひとけ》のない庭に面しているため、今も幸い周りに人の姿は見えない。

「良かった。これならなんとか降りられそう……」

強度が若干心配だけど、そこはもう、できるだけ慎重に降りていくほかない。

手荷物が入った袋を窓の外にぽんと投げ落とすと、次は自分の番だ。

紐を両手で握った状態で、窓枠をゆっくり潜《くぐ》っていく。幅はギリギリだったが、ちょっとずつ身体を進めればなんとか出られそうだ。

「よいしょ……っと」

腰回りが少しきつかったけれど、なんとか外に這《は》い出ることに成功した。

すると、肌を撫《な》でる風と共に眼下に広がったのは、大きな庭園。

一瞬、高さにくらっとしたが、ぶんぶんと頭を振って恐怖を打ち消す。

「とにかく、早く降りないと……よし、行こう！」

そうして、ぐらぐらする紐を握り、足を壁の窪《くぼ》みに這《は》わせながら、少しずつ下へ降りていく。

どれくらいかかっただろう。握り締めた手と、バランスを取ろうとする足が強張り、背中を一筋の汗が流れ始めた頃、ようやく地面に足を着けることができた。

――やった、上手くいった。

ほっとしたが、ここからが本当のスタートだ。

私はまず地面に落とした荷物を拾うと、ひとつ残しておいた長布を取り出し、スカーフよろしく顔周りに巻きつける。髪を完全に隠し、目元も見えなくなるよう幾重《いくえ》にも。

そして辺りを見回し、人がいないことを確認すると、迷わずそこから駆け出した。

脱出に使ったロープはそのままだから、私が逃げ出したことはいずれ知れるだろう。

とにかく今は、できるだけ遠くに移動しなければならない。

近くにあった材木置き場らしき小屋の陰に隠れ、そこから少しずつ、身を屈《かが》めて王宮の入り口へと移動していく。そこには当然ながらたくさんの人が歩いていた。

裏口に回っても、こちらはこちらで王宮の厨房《ちゅうぼう》近くにあるため、食材を運ぶ業者などが頻繁《ひんぱん》に行き来している。

この分だと、誰にも見咎《みとが》められず王宮を抜け出して町へ辿《たど》り着くのは難しそうだ。

「どうしよう……」

布で髪色は隠せている。服だって比較的地味目なものを選んできたから、普通にしていれば呼び止められることもないはずだ。だが、たとえ王宮を抜け出せたとしても、結構距離のありそうな町まで徒歩で向かうのはさすがに難しい気がした。

見下ろす足元には、王女用の瀟洒《しょうしゃ》な靴。華奢《きゃしゃ》な作りのこれでは、あまり長い距離は歩けないだろう。かと言って、日本から持ってきたブーツに履き替えれば、今度は悪目立ちしてしまいそうだし。

一体、どうしたら……

悩みつつ辺りを見回していると、厨房《ちゅうぼう》の裏口に、また一人新たな業者がやってきたのが目に入った。野菜売りらしいそのおじさんは驢馬《ろば》に乗り、後ろに大きな荷車をガタゴトと引いている。

驢馬《ろば》を停《と》めた彼は、厨房《ちゅうぼう》の扉を叩くと、中から出てきた料理人と会話し始める。

「いつもお世話様です。ご注文の野菜をお届けに参りました」

「おお、ありがとうさん。そこに置いていっておくれ」

中年の料理人は忙しいようで、片手を上げるや、忙《せわ》しなく中へ戻っていってしまった。

いつものことなのか、野菜売りのおじさんは気にした風もなく、戸口の脇に野菜の入った木箱をいくつも積み上げていく。全て積み終えると、今度は近くに重ねて置いてあった空き箱を、順に荷台に載せ始めた。

納品と、前回届けた商品の容器回収を同時に行っているのだろう。木箱を荷台に載せ終えると、その上に分厚い布を被《かぶ》せ、おじさんはまた戸口の方へ歩いていく。

恐らく、料理人が厨房《ちゅうぼう》から出てくるのを待っているのだろうが、なかなか出てくる気配がない。

私は、これがチャンスであることに気づいた。今なら、荷台に隠れられる。

おじさんが後ろを向いている隙にじりじりと歩み寄り、荷台にそっと膝を乗せた。

そのまま木箱と木箱の間に体育座りのような体勢で身を収め、分厚い布を元通り被《かぶ》せれば、出来上がりだ。あとは見つからないよう、できる限り息を殺しているだけ。

十分ほど経《た》った頃。ようやく料理人から報酬《ほうしゅう》を受け取ったらしく、おじさんが戻ってくる気配があった。ごとん、と荷台が動いた様子を鑑《かんが》みるに、彼も驢馬《ろば》に乗ったのだろう。

荷台を振り返ったらしいおじさんの独り言がかすかに聞こえてきた。

「うん？　なんだか布が盛り上がっているような……」

私はぎくり、と身を強張らせる。

だが、気の所為《せい》だと思ったのか、ちょっとの間を置いた後、彼は手綱《たづな》を引いて驢馬《ろば》を歩かせ始めた。一瞬いやな汗を掻《か》いた私は、荷台の中でほっと安堵《あんど》の息を吐く。

そうして荷車にごとごとと揺られ、私は王宮から脱出したのだった。

時折聞こえる驢馬《ろば》の鳴き声と、絶え間なく聞こえる荷台が揺れる音。舗装《ほそう》されていない土の道を進んでいるため揺れは大きく、時には目が回りそうなほど横に揺さぶられた。

それでも、見つかる危険を冒《おか》して徒歩で行くことに比べれば、荷台での移動は快適なものだった。おじさんと驢馬《ろば》には申し訳ないけれど、とりあえず行ける所まで連れていってもらおうと思う。

荷物を抱き締めたまま揺られ続け、二十分ほど経《た》った頃だろうか。ガタゴトという音に混じって、かすかに賑《にぎ》やかな声が聞こえてきた。どうやら町に着いたらしい。

おじさんが驢馬《ろば》を操《あやつ》る速度もゆっくりしたものになる。

覆《おお》いの下からこっそり覗《のぞ》き見ると、そこには賑《にぎ》やかな町並み——市場らしい風景が広がっていた。もしかしたら家に直行するのではなく、ここで仕入れをしてから帰るつもりなのかもしれない。

それなら、買った品をこの荷台に載せるだろうし、この辺りで降りておかないとまずそうだ。よし、人がいなそうな場所とタイミングを狙って……

心の中でカウントし、ここだ、というタイミングで、えいっ！　と荷車から飛び降りる。

ゆっくりな動きとはいえ、移動中の荷車から飛び降りたので、ちょっとバランスを崩して転びかけたが、なんとか怪我をせずに済んだ。

おじさんも気づかなかったようで、きょろきょろと楽しげに辺りを眺めている。

ただ、ちょうど通りかかった人には、ぎょっとされた。

「な、なんだ？　いきなり人が……」

「驚かせてごめんなさい、ちょっと転んじゃったみたい」

私は服についた汚れをぱんぱんと払うと、平静を装《よそお》ってそう返す。

通行人の青年は少しの間、目を白黒させていたが、やがて気にしないことにしたのか、それとも関わり合いにならない方がいいと判断したのか、首を捻《ひね》りながら向こうに歩いていった。

ほっとしてその背を見送った後、私は改めて町を眺めた。

ここは恐らく、この世界に来た日、オーベルが窓から見せたあの城下町なのだろう。

彼が守ると言っていた町並みが、今ここにある。

活気があって、賑《にぎ》やかな町だ。頭に布を被《かぶ》った私を気にすることもなく、たくさんの人が目の前を通り過ぎていく。そして、そこかしこで聞こえる、競《せ》りや物売りの威勢のいい声。皆、日々の生計を立てるために仕事に精を出しているのだろう。

「私もなんとか、生活していかなくちゃ……」

私は胸元のペンダントをぎゅっと握った。

オーベルたちのもとから離れた今、あるのはちっぽけな自分の力だけ。仕事も住まいも、全て自分の手で見つけなければならない。

「……大丈夫、きっとできる。なんだってやって生き抜いていくんだから。それで、元の世界に戻る方法を見つけるんだ」

自分に言い聞かせるように呟《つぶや》くと、さっそく周りの店に目を向ける。

まず見つけなければならないのは、日々の糧《かて》を得る仕事だ。

とにかくお金を稼がなければ、家を借りることはもちろん、今日の夕飯だって食べられない。この国の雇用状況はよくわからないが、住みこみで働かせてくれるような所がもし見つかれば、なんとかそこで雇ってもらえるよう掛け合いたい。

まずは、どんどん当たっていかなきゃだ。

そう思い、私は求人の張り紙がされた店を見つけるや、すっと深呼吸をして店番に話しかけた。

「すみません。そこの張り紙を見たのですが、どうか私を雇って頂けませんか？」

「あんたを？　そりゃまあ、人手はあれば助かるけど……」

「皿洗いでも掃除でも、なんでもします。めいっぱい働きますから、どうか雇ってください！」

日本での就職活動を思い浮かべながら、私は勢い良くお辞儀した。

その後二時間、様々な店を回り歩いたが、残念ながら雇ってくれる店はついに見つからなかった。

「やっぱり駄目か……」

会話するうちに徐々に理解していったのは、やはり髪や顔を隠した私の風体が怪しすぎるらしいということだ。だからといって黒髪黒目を晒《さら》しては大騒ぎになってしまう。最悪、王宮へ連絡されかねないので、髪と目は隠し通すしかない。

だから、「顔に大きな傷があって、この布は取れないんです。すみません」と伝え、その姿のまま、できるだけ礼儀正しい態度を心がけて交渉した。

――だが、結果は散々なものだった。

果物屋で店番をしていた中年女性にも声をかけたが、返ってきたのは顰《しか》め面《つら》だった。

「悪いがねえ。顔も見せられないいんじゃ、話にならないよ」

「申し訳ありません。ですが、身体は丈夫なので、どんな力仕事でも頑張ります。だから、どうか雇って頂けたら……」

言葉の途中で煩《うるさ》そうに手を振って遮《さえぎ》られる。

「まあ、顔に傷があるのは気の毒だと思うけどね。でもこっちも客商売だから、若い娘なら特にいい笑顔を見せて接客してほしいんだよ。顔も見せられないいんじゃ、使いものになりゃしないね」

「……わかりました。お時間を頂いてすみません。他を当たってみます」

次に行った食堂でも、壮年《そうねん》店主にすぐに首を横に振られた。

「皿洗いでもなんでもしますって、あんた、そんな布を被《かぶ》ったまま皿を洗うのかい？　割っちまいそうで心配だよ」

「すみません、この布はどうしても取れないのですが、その分一生懸命働きますので……！」

「悪いが、他を当たるこった。信用してほしいなら、まず顔を出して目を合わせて話をしてからだろ。うちで働きたいやつは、他にも山ほどいるんだよ」

彼らの言うことはもっともで、それ以上返せる言葉もなく、私はぺこりと頭を下げては店を去った。

こうなったら一度、思いきって目元だけ晒《さら》してみようかとも思った。光の加減で茶色に見えたりもするので、もしかしたら大丈夫かもしれない。

だが、すぐに止《や》めた方がいいと考え直した。

なぜなら、この世界に来た時、兵士やオーベルたちがあれだけ驚いていたのを思い出したから。

王妃だって、私の容姿を見るや態度をがらりと変えた。私にとっては見慣れた容貌でも、この世界では黒というだけで価値が生じるのだ。そんな火種を生んでしまう姿を、こんなに人目が集まる場所で晒《さら》せるはずがなかった。

「本当に、黒髪黒目は市井《しせい》では生きづらいんだね、オーベル……」

荷物をぎゅっと胸に抱き締めたまま、ぽつりと呟《つぶや》いてしまい、すぐに慌てて首を振る。

もう彼のことは考えないようにしようと思っていたのに、自然と口に出てしまっていた。

なぜだか、彼と過ごした日々が頭から離れなくて——

「結局、姉弟《きょうだい》の振りも一人相撲《ひとりずもう》だったのに……なんでこう、思い出しちゃうんだろう」

そう独り言を言った時、急に後ろからぐいっと手首を引かれた。

「え⁉」

振り返ると、そこには三十代ほどの男が立っていた。その辺りにいる人々と同じ町民姿だが、ぼさぼさ頭の下、なぜかにやついた表情でこちらを見ている。

「おい、姉ちゃん。そんな所に立ちっぱなしでどうしたよ。花売りか？」

「花売り？」

「身体を売ってんのかって聞いてんだよ。見りゃあ、なんの品物も持ってねえようだし」

「か……い、いえ、そんなことはしていません！」

どうやら商品を持っていないのに道端《みちばた》にぼうっと立っていたため、娼婦と勘違いされたらしい。慌てて否定するが、男はこちらの話を聞こうとしなかった。

「どうだかねえ。あんた、さっきから色んな店に頼みこんでは断られてたじゃねえか。金に困ってるんだろう？　なんなら、俺が買ってやってもいいんだぜ」

どうやらこの男は、先程までの私の様子を遠くから眺めていたらしい。

思わず背筋がぞわっとする。

「あの、結構です。これからちゃんと、勤め先を見つけますから」

「まあまた、そんな強気なことを言って。あんた細っこいが、見りゃあ身体つきだってそう悪くないんだから、その布を取りゃ、きっと顔だってそれなりに……」

「や……やめ――!!」

距離を取ろうと抗《あらが》うが、腕を掴《つか》まれ、頭に巻いていた布を乱暴に剥《は》ぎ取られてしまう。

布の中に押しこめていた長い黒髪が、風にさらりとなびいた。

それを目にした男は、何を見たかわからないといった様子で、ぽかんと目を見開いている。だが、やがて理解した様子で、声を震わせて騒ぎ出した。

「こりゃあ、こりゃあ……黒髪に黒目だ!!」

男の大声に周りの人たちまでざわめき出し、好奇の視線がいくつも私へ向けられていく。

「本当だ、ありゃあ、なんとも見事な黒髪じゃないか……!」

「でも、あんな王族の方《かた》がおられるなんて聞いたこともないよ」

「染めたんじゃないかい？　なんとまあ、不敬なことを……」

聞こえてくるのは、驚きと好奇、そして責めるような声。

「ち、違う……違うんです！　これは、その……」

突き刺さるような視線の数々に、私は怖くなって顔を伏せた。右手は掴《つか》まれているし、左手には荷物があるので、隠すにはそうするしかなかったのだ。

たぶん、この町の人にとって、見たこともない黒髪の人間は、本物の王族ではなく王族の振りをする犯罪者のように映るのだろう。

それも当然かもしれない。この国に王女がいたなど、王宮の一部の人間はまだしも、世間では全く知られていないのだから。

なんとか姿を隠したいが、剥《は》ぎ取られた布は男が持ったままだし、腕もまだ振りほどけない。そんな中、人垣の向こうから一人、屈強な男が進み出てきた。禿《は》げ頭で顔に傷がある、明らかに堅気《かたぎ》と思えない風体《ふうてい》の男だ。

彼はこちらに歩み寄るや、私を捕まえていた男の肩をぐいと掴《つか》んで振り向かせる。

「おい、随分と面白《おもし》れぇことしてんじゃねぇか」

「なんだ？　この娘は俺がこれから……」

だが町人の男は、屈強な禿《は》げ頭の男に胸元を掴《つか》まれて竦《すく》み上がる。

「あぁ？　俺とやろうってのか？　邪魔だ、てめぇはとっとと消えろ」

「う、ぐ……ひっ……ひぃぃ!!」

持ち上げられ、男は地面に乱暴に投げ飛ばされる。恐れをなしたのか、彼はそのまま逃げ出した。

そうして邪魔者を追い出すと、禿《は》げ頭の男は舌なめずりしながら、私へ歩み寄ってくる。

「こりゃあいいものを見つけたぜ。王妃様へのいい土産物《みやげもの》になる」

「王妃様って……きゃあ!!」

手首を掴《つか》まれ、無理やり男の胸元近くに引き寄せられた。

「あんたはこれから、俺の金づるになるんだよ。ひひっ、こりゃあ、だいぶふんだくれるぞ」

男はさらに私を引き寄せ、自分の肩の上に担ぎ上げようとする。

「いやっ！　やめて、誰か助け……！」

縋《すが》るように周囲を見渡すが、返ってくるのは好奇の視線だけ。同情の目を向ける人もわずかにいたが、私と目が合うと皆、一様《いちよう》に顔を逸《そ》らしてしまう。揉《も》めごとに巻きこまれたくないのだろう。

その瞬間、本当にこの世界で私は一人なのだと、愕然《がくぜん》とした気持ちになった。

助けてくれる人は、誰もいない。それはそうだ、だって知り合いなんてどこにもいないのだから。

それに、オーベルたちだって私を殺そうとして――

「やだ、やだ……!!」

「おい、うるせぇぞ!! 暴れるな!」

感情が抑えられなくなって叫んだ私に、男が怒鳴って手を振り上げる。

殴られる、そう思った瞬間。すぐ横を、ひゅっと一陣《いちじん》の風が通り抜けていった。

――黒い、旋風《せんぷう》のような風。

「え……?」

「ぐわぁ!!」

驚いて目を瞠《みは》ったその視線の先で男が呻《うめ》き声を上げ、右手を押さえながら地面に崩れ落ちていく。一瞬、何が起こったかわからないまま、私は顔を上げた。

するとそこには、かすかに息を弾《はず》ませたオーベルの姿があった。黒い騎士服に身を包み、手には剣を握っている。息を整えながら彼は、私へ視線を向けた。

「姉上、お怪我はありませんでしたか」

「オーベル……なんで、ここに」

私は貴方たちにとって、ただの駒なんじゃ。

戸惑う心のまま、私は掠《かす》れた声で口にする。

「怪我はしてない。あの、オーベル、私……」

「それは重畳《ちょうじょう》。――姉上、詳しい事情は後で聞きます。今は、とりあえず俺の後ろへ」

彼は私をさっと背に庇《かば》うや、男へ視線を戻す。

見遣《みや》った先には、右腕を押さえながらゆらりと立ち上がる禿《は》げ男の姿があった。

「てっめえ、よくもやりやがったなぁ……」

痛みに顔を歪めているが、血が滴《したた》っている様子は見られないから、恐らくオーベルは剣の柄《つか》で打ち据《す》えたのだろう。怒り冷めやらぬ様子の男だったが、オーベルの姿をはっきり視線に入れるや、ぎょっとした顔になった。

「てめぇ、いや、貴方は……！」

狼狽《うろた》えた男に、オーベルが目を細めて不敵に言い返す。

「ほう。俺の顔は知っていたか。ならば話は早い。お前が今連れていこうとしたこの方《かた》は、我が姉上。知らぬこととはいえ、まったく命知らずな真似をする」

「あ、姉上⁉　そんな、まさか……」

呆然と呟《つぶや》く男だけでなく、周囲にいる民衆たちも驚きでざわめいている。

「姉上様……」「黒鷹公様の……」と、さざめくような声が幾度も耳に入る。

オーベルは朗々《ろうろう》と通る声で告げた。

「まさかではない。黒髪黒目の人間が王族の他にいるものか。貴様は今、それに手を上げたのだ」

「そ、そんな、俺は……」

「――わかったなら、ここからすぐに去れ。我が騎士団の刃《やいば》の露《つゆ》と消えたいと言うなら別だがな」

「ひ、ひぃ……!!」

冷え冷えとした眼差《まなざ》しで見据《みす》えたオーベルに、ようやく自分の状況を理解したらしい。恐れをなした様子で、男は慌てて逃げ去っていく。

民衆たちは、驚きながらもどこかほっとした様子で囁《ささや》き合っている。そんな中、剣を腰に収めたオーベルが振り返り、私のもとへ歩み寄ってきた。

「まったく……俺の姉上は風の妖精のようにどこへでも行くから、危なっかしくて目が離せない」

呆れたような、それでいて安堵《あんど》したような声。

言うや否《いな》や、オーベルは私を抱き上げた。いわゆるお姫様抱っこという状態だ。

気が抜けた所為《せい》か、不意打ちに対応できず、私はそのまま彼の胸の中に収まってしまう。

「えっ、あの、オーベル……!?」

「姉上が逃げ出さないよう、しばらくこうしていましょう。また目の前から消えられては敵《かな》わない」

「あ、あの、もう逃げたりしないから。だからお願い、下ろして……！」

恥ずかしくて暴れるが、彼は私の反抗を黙殺《もくさつ》し、周囲の人々に視線を向ける。

民衆たちはいつの間にか、オーベルと私に向けて深く跪《ひざまず》いていた。先程までの好奇の視線とは明らかに違う、恐れ多いものを目にするような表情だ。

そんな彼らに、オーベルは張りのある声で告げる。

「お前たちには徒《いたずら》に騒がせてすまなかった。姉上は、どうやらこの市の賑《にぎ》やかさに惹《ひ》かれ王宮を抜け出されたご様子。ここにはそれほどまでに、姉上の目を引くものがあったのだろう。これからも我ら王族の誇りとなるよう、素晴らしい市を続けてくれ」

オーベルの言葉に、恐縮していた人々が笑顔になり、わっと嬉しそうな声を上げた。

きっと彼は、私の一連の逃亡劇を王族の他愛ないお忍びだったのだと、民衆に印象づけようとしたのだろう。

落ち着けない彼の腕の中。そんな彼に密《ひそ》かに感心する私なのだった。

その後、近くに繋《つな》いでいたオーベルの馬に相乗りさせられ、戻ったいつもの離れにて。

部屋に入るや否《いな》や、彼は私を長椅子に座らせ、両腕を組んで立ちはだかった。

「さて、姉上。一体どういうことかお聞かせ願えますか」

微笑んではいるが、目が笑っていない。口を割るまで絶対に逃がさない、という圧力を感じる。獰猛《どうもう》な獣のような表情の彼の後ろには、こちらを心配げに見守るサイラスの姿もあった。

オーベルが私を探しに来たということは、今回の件が私の自主的な逃亡であるとバレてしまった訳《わけ》で。どうしてそんな真似をしたのかと、尋ねているのだろう。

彼らに抱いた疑念はまだ完全に解けた訳《わけ》ではないものの、もしかしたら私の勘違いかもしれないと、気持ちは少しずつ変わってきていた。

いつだって余裕を崩さなかったオーベルが、息を切らして私を探しに来てくれたこと。柄《がら》の悪い男との間に入り、迷わず助けてくれたこと。たぶん……そこに、私の求める答えがあるのだろう。

それに何より――やっぱり私は、彼らのことを信じたい。

そう思い、オーベルの前に神妙な態度で座った私は、そっと口を開いた。

「実は……数時間前、貴方の執務室に行ったの」

「俺の執務室に？」

この答えは予想外だったらしく、オーベルが軽く目を瞠《みは》った。

私がこれまで彼の執務室に足を運ぶことはなかったから、意外だったのだろう。

「そう。黄金の間でジュール殿下とお会いして、一緒にオーベルの顔を見に行こうって話になって。でも、向かった執務室に貴方の姿はなかった」

「ええ。それで？」

「それで……探したら廊下の隅《すみ》にサイラスと貴方がいて、貴方たちの会話を聞いてしまったの。私に消えてもらうって。それで……消されるんだと思ったら、ここにいるのが怖くなって」

「なるほど……そういうことでしたか」

額《ひたい》を片手で押さえて息を吐き、オーベルはまた私へ視線を向けた。

「あとは？　なんでもいい、気になったことは全て話してください」

促《うなが》され、おずおずと続ける。

「それと、何人かに言われたの。私につけられている侍女や兵士の数が少なすぎる、その人数は異常だって。だから……私はいずれ消す人間だから、そうしているのかなと思って」

オーベルが獰猛《どうもう》な獣のように笑った。

「ほう。つまり、姉上はただの駒で、死のうがどうなろうが構わない。だから適当な守りにするよう俺が指示したと、そういうことですか」

「そ、そこまではっきりとは言われなかったけど……！　でも、私は王宮の警備体制をよく知らないから、そうなのかなって考えてしまったの」

「――まったく、余計な口を出す輩《やから》がいる」

嘆息《たんそく》したオーベルの様子に、私の迂闊《うかつ》な発言の所為《せい》でジファ先生たちに迷惑をかけてしまうのではと、思わず慌てた。

「ち、違う！　私が勝手に不安になったの。それで、みんなが心配してくれて……」

そんな私を、オーベルが片手で、すっと制した。

「落ち着いてください、姉上。その者たちを罰するつもりは毛頭ありません。感じたことを素直に口にしただけなのでしょうから。それに実際、傍《はた》からはそのように見えたであろうことも理解できます」

「なら、どうして……」

どうして、そんな風に周りに不審を抱かせるような状況にしたのだろう。

困惑のままに見上げた私に、オーベルははっきりと口にした。

「どう言葉を重ねても貴女を不安にさせるだけなのでしょうが、まず一言言います。俺は貴女を殺す気など微塵《みじん》もない」

「オーベル……」

目を見開いた私に、彼はふいと視線を逸《そ》らし、少しだけ言いづらそうに口にした。

「あれは……いずれ貴女に消えてもらうつもりだと言ったのは、事が終わり次第、姉上をこの王宮から遠ざけ、元の世界に返すつもりだという意味で口にしたのです」

「私を、元の世界に？」

予想だにしない答えに、言われた言葉を呆然と繰り返す。

まさか彼らが、私を日本に戻すことまで考えてくれているとは思わなかったのだ。

だって、元々関わりもないのに、私にそこまでする義理はない。

だが、それは本当のことらしく、オーベルの後ろに控えていたサイラスが神妙に頷《うなず》いた。

「ええ。これまでお伝えせず、大変申し訳ございません。事情をお話しした方が良いのではと思いながらも、オーベル様が仰《おっしゃ》る通り、変に期待を持たせて失敗すればかえって酷《こく》なのではという考えもございました。アカリ様を元の世界にお戻しする方法を探れど、必ず見つかるとはお約束できないことでしたので」

サイラスはそっと目を伏せて続ける。

「それでも、ご不安にさせたことには変わりありません。申し訳ございませんでした」

「う、ううん……こちらこそ、早合点《はやがてん》してしまったみたいでごめんなさい。あの、でもサイラス、じゃあどうして警備を少なくしたの……？」

おずおずと尋ねた私に、いくらかほっとした様子でサイラスは続ける。

「なぜかと申しますれば……アカリ様が王妃殿下とお会いになられたあの日以来、周囲で不審な出来事が増えたためなのです」

「不審な出来事？」

聞き返すと、今度はオーベルが頷《うなず》いた。

「そうです。あの日以来、俺の宮の周辺で怪しげな人影を見るようになりました。――もちろん、中に入りこませるような愚は犯しませんが、おかしな気配は途切れることがない。恐らく王妃が、姉上のことを探らせるべく人を動かしていたのでしょうが」

「そういう訳《わけ》で、アカリ様が無事お役目を終えられた後、すぐに元の世界にお送りすることができるよう、手段を探していたのです」

さらにサイラスは続ける。

「また、アカリ様付きの侍女を増やそうと致しましたが、そちらにも不審な人間が紛《まぎ》れこもうとする傾向があったので、下手に雇えずにおりました。人を増やすことも重要ですが、それ以上にアカリ様の身に万が一のことがあってはいけませんから」

「そんなことが……」

どうやら私の知らないうちに、王妃の魔の手がすぐ傍《そば》まで伸びてきていたらしい。

やや青褪《あおざ》めた私に、オーベルが静かに口にする。

「姉上を懐柔《かいじゅう》するため、甘い言葉を囁《ささや》く人間を側に置こうとしたのか。それとも、いっそのこと害そうとしたのか……どちらなのかはわかりかねますが。だからこそ、下手な人間を側付《そばづ》きにする訳《わけ》にはいかなかった。侍女がそうなら当然兵士もです」

「そうだったんだ……ごめんなさい。そんなことがあったなんて、少しも気づかなくて……」

何も知らずに、勝手に二人を疑っていた。そんな自分が情けなくなってくる。

「謝罪なさらないでください。私たちも気づかれないように動いていましたから。ミランダにも、アカリ様にご心配をお掛けしないよう密かに動くことを命じておりました」

「ああ見えてミランダは小剣が使えます。ですから、姉上の側《そば》には侍女兼護衛がついているようなもの。あれはサイラスの従姉弟《いとこ》ですから、そういう意味でも誰より信頼が置ける。だから彼女が側《そば》にいれば当面は凌《しの》げると踏んでいたのですが」

「ミランダって、護衛もできるんだ……」

言われてみれば、たおやかで優しげな風貌に反して、凛《りん》と背筋の伸びた佇《たたず》まいをしていた。

俊敏《しゅんびん》な動きには驚いたけれど、あれは彼女が護衛でもあったからなのか……理解して、ほっと息を吐く。

それに、彼女が隠した、滅茶苦茶に切り刻まれた私のヴェール。

あれはもしかしたら――

「あの……もしかしたらだけど、私の部屋の近くに、不審なものが投げこまれたこともあった？」

「不審なものとは？」

「その、切り刻まれた私の衣服や小物とか、壊されたりしたものとか……。ミランダが、そんな感じのものを見ている所に出くわしたことがあって」

「ああ……お目に入れてしまいましたか。申し訳ございません。そういったものがあれば、すぐに片付けるよう伝えていたのですが。ミランダは侍女として責任感が強い所がありまして、恐らくは検分《けんぶん》して犯人の手掛かりを掴《つか》もうとしたのでしょう」

申し訳なさそうに答えたサイラスに、なるほどと納得する。

あのヴェールを切り刻んだのは、ミランダではなく別の誰か。それもおそらく、王妃の手の者。

ミランダが顔を強張らせていたのは、ヴェールを見て私に危害を加えるかもしれない人間を察知し、ぴりぴりしていたからだったのだ。

なんだ……そうだったんだ。

私は、殺されそうになっていた訳《わけ》じゃなかった。むしろ、守られていたんだ。

ささくれ立っていた気持ちが治まっていくのを感じながら、さらに私は尋ねる。

二度と誤解をしないよう、気になったことは今、全部聞いておいた方が良いと思ったのだ。

「オーベル、もうひとつだけ聞いてもいい？　じゃあ、貴方たちが最近、私の所にあまり来なかったのは……？」

「先程も少し申しましたが、姉上を元の場所に戻すべく、方法を探っていました。文献を探すとなれば王宮の重要書物を保存した閉架《へいか》図書室が最適ですが、あそこは王族しか入れない。奥にある持ち出し禁止の書物を閲覧《えつらん》するには、俺が直々《じきじき》に足を運ぶほかなかったのです」

つまり彼は、騎士団の仕事が終わった後も、私のためにずっと図書館で探し物をしてくれていたらしい。サイラスはサイラスで、そのフォローに追われて忙しくしていたのだろう。だから、私の所に来られるはずもなく――

彼らの気持ちを嬉しく思うのと同時に、なぜそこまでしてくれるのだろうと不思議にもなる。

「あの、とてもありがたいのだけど、どうして貴方たちはそこまでしてくれるの……？」

私が彼らの古くからの友人や深い恩義のある相手というならわかるが、そういう訳《わけ》でもない。ただ、一時的に利害が一致して契約を交わしただけの人間だ。

そこまで気を配ってくれるのが、どうにも不思議でならなかった。

だが、オーベルははっきりと口にする。

「姉上。それは愚問というものでしょう」

「え……？」

驚いて見返す先には、オーベルの強い眼差《まなざ》しがあった。

不敵で何者にも臆《おく》することのない、真《ま》っ直《す》ぐにこちらを見据《みす》える黒い瞳。

「俺は貴女を守ると誓った。それは、貴女が俺を王位に導くため、同意者になると決めてくださったからだ。――それはつまり、この国の民を救うことへも繋《つな》がる」

彼は揺るぎない声で続ける。

「民を救う手助けを約束した貴女を、この俺が守らないはずがない。そして守るとは、最後に安全な場所に送り届けるまでを意味します。他の人間がどう思おうが、少なくともそれが俺にとっての『貴女を守る』ということです」

「オーベル……」

彼らしい真っ直《ます》ぐな言葉に、私は呆然と彼の名を呟《つぶや》くことしかできなかった。

正直な所、この世界にいる間、私の寝食を世話するだけでも、彼は破格の扱いをしてくれていると思う。

だが、それだけでなく、彼は私の未来――元の世界に戻ることまでをも考えてくれていた。それが、本当の意味で私を守るということだからと。

そしてその根底には、この国の民を守りたいという強い気持ちがあった。彼は本当に……真の意味で王族なのだ。姿かたちだけでなく、その奥底に流れる精神が。

だから彼は、自《みずか》ら動くことを迷わず、また厭《いと》わないのだろう。それが、国と民を守ることに繋《つな》がるから――

理解するほどに、今まで目の前にあった薄い靄《もや》が、すっと晴れていく気持ちだった。

同時に自分が情けなくもなってくる。

周囲が真っ暗闇に見えても、目を凝《こ》らしてちゃんと明るい花を見つけようと思っていたのに。ジュール王子にだってそう言ったのに。

それなのに、私はいつの間にか自分の孤独にばかり囚《とら》われていた。オーベルや周りの皆は、私のことを考えて動いてくれていたのに。それに気づきもせずにただ一人俯《うつむ》いて。

だからこそ、今こそ彼らを真《ま》っ直《す》ぐに見据《みす》えて口にする。

「オーベル、サイラス。ごめんなさい。そして……ありがとう」

私のことを考えてくれて。そして、大事なことに気づかせてくれて。

今回の件がなかったら、きっと私はいつまでだって自分の檻《おり》の中に閉じ籠《こ》もり続けていただろう。ちょっとしたことで不安になって、目の前の状況から逃げ出そうとして。

ふと、自分は彼らの思いに何を返せるだろうと考える。

私はオーベルの姉であろうと努力をしたが、それは言ってしまえば、形だけのものだった。そうするしかないから仕方なくする、ただの演技としての姉。

彼の姉たる王女として、及第点をもらえるくらいの所作を身に着けよう。そう思ってはいたけれど、本当にただそれだけで、実際に姉としての気持ちで彼を気遣おうとしたことなんてなかった。

でも、今は私もオーベルのように、ちゃんと民のことを、そして彼のことを考えて行動したい。

だって、私は彼の姉に――「黒鷹公の姉上」になると決めたんだから。

私は、すっと息を吸った。一度ぎゅっと目を閉じると、再びオーベルを見上げる。

今までで一番真《ま》っ直《す》ぐに見返した彼の顔は、よく見れば額《ひたい》に微かな傷がついていた。

まだ新しいそれは、先程私を探しに来てくれた時についた傷なのだと気づく。

あの禿《は》げ男とやり合った際に怪我した様子は見えなかったから、恐らく馬で駆けてきた時に、枝か何かに引っ掛けたのだろう。心のままに右手を伸ばし、褐色《かっしょく》の額《ひたい》にそっと触れる。

すると、オーベルが驚いたように目を見開いた。

「姉上?」

「オーベル、額《ひたい》に傷がついてる。私に手当てをさせて」

「いえ、大丈夫です。これくらいは侍従に……」

けれど、私は引かずにはっきりと口にする。

これからは自分の思いを閉じこめず、ちゃんと伝えていこうと思ったのだ。

「お願い、自分の手で手当てをしたいの。私の所為《せい》で、貴方が怪我をしたのだから」

「姉上……」

オーベルが、どこか戸惑った眼差《まなざ》しで私を見返す。彼もまた、私という人間を今初めてはっきりと認識したように見えた。

第四章　白い獣

その日を境に、私の行動は徐々に変わっていった。

王女としての特訓を続けながら、さらに姉としてオーベルに何ができるのかを模索し始めた。彼が私を元の世界に戻すために動いてくれているのなら、私もまた、彼を王にするため努力したいと考えたのだ。

どういう人間なら、周囲の人たちは王になってほしいと思う？

それは、国のことを真摯《しんし》に考え、頼もしい眼差《まなざ》しで導いてくれる人だろう。その点で、オーベルは申し分のない人物に思えた。彼は力強く堂々として、何より民のことを第一に考えている。

じゃあ、どのような人間が同意者になれば、そんな彼を王位へ導くことができる？

それは、彼と同様に国のことを見つめられる人間だろう。国の現状を全く理解していない人間がひょっこり出てきて彼を推《お》しても、誰もその発言を重要視したりしない。

それなら私がまずすべきは、国の端々《はしばし》に目を配ることだ。

黒鷹公の姉として、彼と同じ景色を見て——いや、彼の目の届かない、ささいな所へも目を凝《こ》らすようにすればいい。

容易なことではないけれど、それが今、私が彼に返せる行動のひとつだ。

そうやって、この国にいる間だけでも、オーベルの目になりたいと思った。暗闇の中、彼のための花を探す目に。それにはまず、行動しなくてはいけない。

そう考えた翌日、私はさっそくオーベルに掛け合った。

「オーベル。どんな雑用でもいいから、貴方のお手伝いをさせてほしいの」

「手伝いですか。それはもちろん構いませんが……」

わずかに驚いた様子を見せたオーベルだったが、私の勉強にちょうど良いと思ったのだろう。執務室での簡単な書類整理を任せてくれた。彼が日中詰めているこの執務室には、王子としての仕事のほか、騎士団宛ての書類もたくさん回ってくる。

騎士団は王に従属し、王命により動くのが基本だが、戦《いくさ》などがない平時は王が細かく指図することはない。そのため、今のように比較的平穏な時期は、騎士団長が騎士たちを律して統率し、派遣などの細かな指示を与えているらしい。

もちろん、他国の兵士が侵入したなど重要な事柄であれば王の判断を仰ぐ必要があるが、そうした状況は多くないという。

私が任せてもらえたのは、報告書類のうち、定期報告として上げられてきた重要度の低い書類の整理だ。それに目を通し、気になるものがあったら抜き分けていく。

重要な報告が紛《まぎ》れていないか、念のためのチェック係という感じだ。

初めはオーベルが書類の重要度を具体的に説明してくれたが、慣れてくると、私一人に任せてもらえるようになった。

というのも、地方から上がってきたその土地独特の言語で書かれた書類も、私が難なく読みこなせることがわかったからだ。

私を召喚した人物が頭の良い人だったのか、その力の一部を注がれた私は、この国の言語であるエスガラント語だけでなく様々な言語も読むことができた。

公用言語はエスガラント語だけれど、地方に行くとその地域独特の言語を使っている所もまだまだある。そういう所から届いた書類は、特殊な表現が混じっているため解読に難儀《なんぎ》するのだという。それ故《ゆえ》、公用語以外は不慣れな部下に任せるより、適任と判断されたのだ。

自分の本意でなく得た力だったけれど、私でも役に立てることがあるのだと思うと、少し嬉しくなった。そんな書類整理の最中、ある書類がふと気になり、私はオーベルに尋ねる。

「オーベル。お仕事中ごめんなさい。ひとつ聞いてもいい？」

「なんですか、姉上」

彼は今、執務室奥の大きな机に向かって、書類に署名をしている所だ。私はオーベルの向かいに置かれた机で作業しているので、会話もしやすい。

ここは彼専用の執務室のため、時折、部下である騎士が書類の追加に訪れる他は、基本的にはオーベルと二人きり。そのため、今も肩の力を抜いて会話できていた。

「この書類に書いてある、タルガという町に行ったことはある？」

それは、タルガという山間《やまあい》にある町についての報告書だった。

オーベルの統率するヴェルダ騎士団は、王都を含む国の東半分を守っている。範囲内の領地に関しては、騎士が任務で近くに立ち寄った際や新たな情報を見聞きした時など、気づいたことがあればなんでもオーベルに報告するよう義務付けられていた。

つまり、この報告書もオーベルの部下が提出した書類ということだ。

タルガは小さな町で、老齢の領主が治め、町人たちは主《おも》に林業や農業で生計を立てているらしい。そのタルガには、気になる点として、奇妙な嘆願書《たんがんしょ》が幾度も届く旨が記載されていた。

オーベルが目を瞬《しばたた》かせた。

「タルガですか？　ああ、前に騎士を数名派遣した覚えがあります。そこがどうしましたか？」

「そこの住民から、白い獣を討伐してくださいっていう嘆願書《たんがんしょ》がまた届いたみたいなの」

「獣の討伐自体はよく来る依頼ですが。タルガ……そういえば、以前にも似たことがあったような」

「そうなの？　確かにそんな感じで書いてあるけれど」

言いながら、書類に添付された一通の嘆願書《たんがんしょ》に視線を落とす。

『高貴なる御方。貴方様にしか、真の意味であの哀れな白い獣を処理することはできませぬ。どうかご慈悲を』

そこには、そんなシンプルな一文が書いてあった。

「なんだか不思議。討伐依頼なのに、まるで獣に同情してるみたい……」

他の地域から届く討伐依頼の嘆願書《たんがんしょ》には、いかにその獣が凶悪か、それ故《ゆえ》にいかに自分たちが困っているかが切々と書かれていた。

我々はこんなに困っているのだから、どうかすぐに助けてほしいと。

でもこの嘆願書《たんがんしょ》は、まるで獣に同情し、その獣を救ってほしいと書いているかのように見える。

しかも、こうした内容のものが来たのは一度ではないという。

以前送られてきたというその嘆願書《たんがんしょ》を確認してみると、オーベルが言った通り、同様の内容が書かれていた。二通目が届いた時点で騎士を数名派遣したとの補足が報告書にもある。

一緒に見ているうちにオーベルも詳細を思い出してきたらしく、隣で頷《うなず》いた。

「タルガの獣……ああ、思い出しました。嘆願書《たんがんしょ》には、白い獣を討伐してほしいとだけ書かれていて、その詳細な情報が一切記されていない。差出人欄に書かれた領主の屋敷の住所をもとに本人に話を聞けば、そのようなものを出した覚えはないと言う」

「えっ、これ、領主さんが出した訳《わけ》じゃないの？」

達筆な字で領主の屋敷らしい住所と、そこに住まう者より、と書いてあるので、てっきり本人だとばかり思っていた。

そもそも、こうした嘆願書《たんがんしょ》は町や村の代表が送ってくることがほとんどだったから、これもそうだろうと疑っていなかったのだ。

「そのようです。その事実を知った当人が、驚いて王宮に弁明に上がったほどです。だが、その後も何がしかの書類に紛《まぎ》れこませるような形で、同じ内容の依頼が王宮へ届けられ続けている」

「不思議な話ね……悪戯《いたずら》なのかしら」

それにしては、手が込んでいるというか、誰がなんの得があってこんなことをしているのだろうと感じる。オーベルが息を吐いた。

「俺も初めは悪戯《いたずら》だと判断しましたが、もしかすると本当に困っている住民がいるのもしれないと、一度騎士を派遣しました。だが白い獣などどこにもいなかったという報告が上がってきただけです。故《ゆえ》に、いないものを捕まえることはできないと、以後は様子見として放置していました」

「そうだったんだ……」

やはり、悪戯《いたずら》なのだろうか。でも――

私は、これまでタルガから届いたといういくつもの嘆願書《たんがんしょ》を見比べる。

一通目はこれだ。

『タルガに、迫害されし白い獣がおります。畑を荒らしております故《ゆえ》、どうかご対処願いたい』

そして、二通目がこれ。

『白い獣は、日に日に弱っているようです。今がご対処頂くべき好機に思います』
三、四通目は最初の二つとほぼ同じような書き方で。

最後に、一番最近届いたという嘆願書《たんがんしょ》が、さっきのあの文章だ。

『高貴なる御方。貴方様にしか、真の意味であの哀れな白い獣を処理することはできませぬ。どうかご慈悲を』

短い文なのに、どこか切迫しているような印象を受ける。

「貴方にしかって、どういうことなんだろう。それに、真の意味でって……？」

まるで謎かけのようだと思っていると、オーベルが肩を竦《すく》めて口にした。

「嘆願書《たんがんしょ》は、国のあらゆる所から数多く届きます。他と差異をつけ目を引くため、そのように謎めいた書き方をしているのでしょう。だからと言って、騎士を派遣するとは限りませんが」

「そうよね……」

確かに、そう考えるのが自然なのだろう。

不思議な書き方をしているのは、他の嘆願書《たんがんしょ》より目立たせるため。さらに、一度騎士を派遣して獣が見つからなかったのだから、これは悪戯《いたずら》の可能性が高い。でも……

私はしばらく考えた末、顔を上げて口にする。

「オーベル。私、このタルガっていう町に一度視察に行ってみたいんだけど……駄目かな？」

「姉上が、ですか？　しかし――」

オーベルがぎょっとしたように言った。

彼が止めようとする気持ちもわかる。

ここに来てから三週間ほど経《た》ち、こうして書類整理を任せてもらえる程度になったとはいえ、私は王女としてはまだまだ修業中の身だ。そもそも、王宮の外にだってほとんど出たことがない。

なのに、いきなり行ったこともない町に視察に出るなんて、急にステップアップしすぎだろう。

そう自覚していても、できることなら自分の足で疑問を解決したかった。

「自分でもわかってるの。いきなり出向くなんてって。……でも、どうしても気になってしまって」

だってこれが、まるで王族か貴族へ宛てた、誰かの切実な願いのように思えたから。

私の思い過ごしなら、それでいい。けれど、もし本当に何かのメッセージがこめられているなら、見過ごしてはいけないと思った。

それに――彼のために何かできることをしたいという思いが、私を動かそうとする。

今私にできるのは、彼が見過ごしてしまいそうな小さなことも、じっと見つめることだから。

　すっと息を吸い、気持ちを伝える。

「オーベル。私は、少しずつ自分で動いていきたい。貴方に守ってもらうのは嬉しいし、助かるけど、きっとそれだけでは駄目だと思う。私が貴方の——黒鷹公の姉であろうとするなら、きっと色々なことを知っておかなきゃならないはずだから。これは、そのひとつになると思うの」

「姉上……」

　目を見開いたオーベルを、私は見つめてさらに続ける。

「無駄なら、それはそれでいいの。やっぱりただの気にしすぎだったんだなって、それ以上追及するのは止《や》める。でも、今はまだ何も判断できない状態だから」

　じっと見返していたオーベルは、私の本気を理解したのか、小さく息を吐く。

「……わかりました。一目見なければ、姉上はどうやら納得されないようだ」

「じゃあ……！」

　ぱっと笑顔になって身を乗り出した私に、オーベルが釘を刺す。

「ええ。すぐに馬車を手配させます。ミランダの他、護衛の兵士も何人か同行させましょう。——ただし、二日です。必ずや二日以内にお戻りになるように。それ以上遅れるようなら、問答無用でサイラスに迎えに行かせます」

「ありがとう、オーベル……！　わかった。絶対それまでに戻ってくるから」

こうして私は、無事に遠出の許可をもらったのだった。


オーベルから許しをもらった翌日。着替えなど荷物の準備を終えた私たちは、さっそくタルガに向けて旅立つことになった。

一緒に行くのは、護衛術に長《た》けた侍女のミランダの他、兵士が五人だ。

いずれもきちんと身元や経歴を調べた上で雇った信用できる人だから、安全面での心配はないはずだ。

下手に王妃の興味を惹《ひ》きたくなかったので、早朝、王宮の玄関に馬車が着くと、外套《がいとう》のフードを目深《まぶか》に被《かぶ》った姿ですぐに乗りこんだ。まだ早い時間のためか、周囲に気づかれることなく出発できてほっとする。

揺れる馬車の中。私はオーベルから預かった嘆願書《たんがんしょ》を包みから取り出すと、もう一度目を通すことにした。

「それにしてもこれ、本当に誰が出したんだろう……？」

とても綺麗に書かれた字だ。言葉遣いもきちんとしていて、ある程度学のある人が書いたのだとわかる。しかし、署名はない。ただ、その屋敷に住まう者と書いてあるだけだ。もしかして、名前を出せないような立場の人とか？

でも、それってどういう人なんだろう。

首を傾《かし》げていると、隣に座るミランダに声をかけられた。いつもは紺色《こんいろ》の侍女服姿の彼女も、今はその上に外套《がいとう》を羽織った旅仕様だ。

栗色の髪の下、緑色の目が私を気遣わしげに見ている。

「アカリ様。タルガまでは四時間ほどかかります。よろしければ、少しお休みになられた方が……」

「ありがとう。でも、私のことは気にしないで。書類もそうだけど、せっかくだから外の風景もちゃんと見ておきたくて」

私は首を横に振って答える。

実際、城下町を除けば、王宮からほとんど出る機会のなかった私に、のどかな畑が続く風景や森の景色は新鮮だった。それにこうして眺めていると、そこで生活する人々の様子が自然と目に入ってくる。それを目に焼きつけておきたかったのだ。

王宮から遠ざかるほど、道行く人や、畑で作業している人の服装が質素になっていく。中にはボロ布のような服を纏《まと》い、枯れ木のような足で畑を耕《たがや》している老人の姿もあった。

隣でミランダが目を伏せて呟《つぶや》く。

「以前ここを通った時は、村人たちに活気があり、家も今より多くありましたが……恐らくは売り払ったのでしょう。税を払えず、家財道具もろとも手放す農民も多いと聞いております」

「そう……」

痛ましい現実に、私は短く応《こた》えを返す。

王妃が王の代理になってから、税の搾取《さくしゅ》が厳しくなったというのは前に聞いていた。このまま王妃に任せていては民と国が疲弊《ひへい》していくだけ。だからこそオーベルは王を志《こころざ》しているのだと。

例えば、目の前にいる貧しい人々を助けようと、私が今着ているドレスを売ってそのお金を配っても、それはほんの一時的なもの。本当の意味で彼らを助けることにはならないだろう。ひとときだけ飢えを凌《しの》いだ彼らを見て、助けることができたと私が一時的に満足するだけ。

そんな刹那《せつな》の解決ではなく――きっと王は、もっと大局的に物事を見て政治を動かさなければならないのだ。そういう視点がなければ、恐らく国という大きなものは変えられない。

その地位を、オーベルは目指している。判断をひとつ間違えるだけで民が飢え、逆に良い施策ができれば何万人もの命が救える。そういう地位を。

私は思わず、ほうっと息を吐く。

「ねえ、ミランダ……改めて考えると、王様って大変な職業だよね。もちろん、どんな職業でも大変な所はあるけど、それでもやっぱり抱えるものの重さが違うと思う」

「どうなさったのですか、突然」

「ううん……なんとなく、色々考えちゃって」

私の意味のない問いかけに、それでも何かを感じたのかミランダがそっと頷《うなず》いた。

「……そうですわね。誰よりも重責があり、同時に偉大な位《くらい》にございます。それ故《ゆえ》に、王が変わられることで国もまた大きく変わってしまうのでしょう。良い方向へも、悪い方向へも」

そう口にしたミランダに、私は静かに尋ね返した。

「今のこの国は、ミランダにとって生きやすい？」

「そのご質問には、恐れながらお答えできかねます。どう言葉を紡《つむ》いでも、不敬になってしまいますでしょうから」

どこか悲しげに微笑むミランダの表情が、その思いを雄弁に語っていた。

王宮の侍女である彼女にとって、それは不用意に口にするのは許されないことなのだろう。たとえ国王が民を苦しめているのが真実であっても、他の誰に聞かれている訳《わけ》でなくても、徒《いたずら》に批判を口にしてはならない。

彼らにとって王とは、それほど遠く高みにある存在なのだ。

私はどうやったら、オーベルをその高みに近づけるための具体的な手助けができるのだろう。

ぼんやりと思いを馳《は》せながら、旅の時間は過ぎていった。

それから四時間ほど馬車に揺られた頃。

「アカリ様、もうすぐタルガに到着します」

「あ……そろそろなの？　わかった、降りる準備をしておくね」

ミランダの声に、考えに耽《ふけ》っていた私は、はっとして嘆願書《たんがんしょ》を包みに仕舞う。

十分後。長い馬車旅を経《へ》たタルガは、事前情報通り、山沿いにある小さな町だった。

すぐ目に入ってきたのは、周囲を囲む深い緑の林。木々の奥には薄《うっす》らと山が見える。

通りかかった住人たちの姿は皆質素で、慎《つつ》ましい生活を送っていることがわかる。

馬車から降りて辺りを眺めていると、そこに慌てた様子で初老の男性が駆け寄ってきた。後ろに従者を従えた彼は、他の町人たちよりもだいぶ仕立ての良い服を着ている。

「アカリ様、タルガの領主です」

ミランダが小声で教えてくれる。

今回の旅はあくまでお忍びでの視察のため、盛大な歓迎などは必要ないと、事前に手紙を送っていた。名前も明確には伝えず、王族の一人であるとだけ書いて。

それでも、町の代表として王族を出迎えない訳《わけ》にはいかなかったのだろう。

私の姿を見た彼は、極限まで目を見開いた後、恐れ入ったようにその場に跪《ひざまず》く。

「なんと、黒の祝福を受けし王族の方《かた》にお越し頂けるとは……！　私めは僭越《せんえつ》ながらこのタルガの領主を務めております者で……」

そうして名前を名乗り、長々と口上《こうじょう》を続けた彼を見て、ふと思う。

あ、これは、あれだ。オーベルと練習した成果を見せるチャンスだ。

私はできるだけ優雅に微笑み、すっと彼に右手を差し出す。跪《ひざまず》いたまま、私の手の甲に恭《うやうや》しく口づけた領主の姿を見届けた後、落ち着いた声音で口にした。

「私は王族の一人、アカリと申します。領主殿直々《じきじき》に、お出迎え頂き嬉しく思います。こちらのタルガから届いた嘆願書《たんがんしょ》の真偽を判断するため、今日は足を延ばしました」

「アカリ様……と仰《おっしゃ》いますと、あの、黒鷹公の姉上様であらせられる……!?」

どうやら私の噂はこの町までも届いていたらしい。名前を聞いた彼は目に見えて動揺し、さらに深く頭を下げた。

「まさか、秘された王女殿下がおいでくださるとは、なんたる光栄にございましょう……！　ところでその、嘆願書《たんがんしょ》の真偽とは、どういったことでございましょうか」

「この村には白い獣が出る、捕まえてほしいといった内容の嘆願書《たんがんしょ》についてです。幾度も届くため、どれほどの被害が出ているのかと、視察もかねてこうして参った次第です」

オーベルたちの特訓のお陰で、やや硬い口調ながら、すらすら話すことができた。

すると、領主は途端にひどく困ったように視線を彷徨《さまよ》わせた。

「あ、あの嘆願書《たんがんしょ》ですか。まさか、まだ届いていたとは……いやはや、あれはその……」

「わかっています。貴方が出した訳《わけ》ではないのですよね？　それも含めて、何か事情があるのではと、私が勝手に気になったのですが」

「そ、そうでしたか……」

領主は明らかにほっとした様子を見せた。

その態度を見ても彼が送った訳《わけ》ではないのは明らかだ。以前は弁明のためにわざわざ王宮を訪れたと聞いている。それなのに彼の与《あずか》り知らない所でずっと送られ続けていたと教えられたため、気が気でないのだろう。

しかも王族が直々《じきじき》にやってきたのだから、尚更だ。

そんな彼の気持ちを和《やわ》らげるよう、私はできるだけ柔らかな口調を心掛けた。

「そうした次第のため、貴方はどうかお気になさらずに。ただ、数日こちらに逗留《とうりゅう》する予定のため、宿の手配をして頂けましたらありがたく思います」

「そ……それはもちろんのこと！　宿などとおっしゃらず、どうか我が屋敷にご滞在くださいませ。できる限りのものをご用意させて頂きます……！」

胸を撫《な》で下ろすと同時に、この町を王族にアピールするチャンスとでも思ったのかもしれない。領主がやけに嬉しげに申し出る。

そうしてこの数日間、領主の屋敷に泊まらせてもらうことが決まったのだった。


領主の馬車が先導する中、また馬車に乗って数十分ほど揺られていく。着いた先は、それなりに広いお屋敷だった。玄関前で降りると、召使いたちが揃《そろ》って出迎えてくれる。すぐ部屋に案内されそうになったが、私は断って先に町を見ることにした。

「おお、さっそくお出掛けになるのですか。では、僭越《せんえつ》ながら私がご案内致しましょう」

そう申し出た領主は、厩《うまや》の傍《そば》にいた男に声をかける。

「これ、そこのお前、馬の準備をしなさい」

領主に声をかけられた背の高い男は、うっそりと頭を下げた。三十代ほどだろうか、茶色い髪で、特に前髪が目にかかるほど長く、あまり表情が読めない男だ。

じっと見つめる私の視線をどう思ったのか、領主が弁解するように口を開いた。

「ああ、あれは召使いの一人でして。お恥ずかしながらあのように口がきけませんが、実直に働くので重宝しております」

彼が私に挨拶をしなかったので、それは口がきけない故《ゆえ》であり、叛意《はんい》がある訳《わけ》ではないと言いたいのだろう。

その後、領主に案内され、ミランダや従者とともに馬車で町を見て回ったのだが――

「うーん、白い獣、やっぱりいないみたいね……」

「ええ、どこにもそのような動物はおりませんわね。噂も聞こえて参りません」

ミランダも困ったように呟《つぶや》く。

様々な所を見て歩いたが、林業に精を出す素朴な町の風景が広がるだけだった。

獣に畑を荒らされて困っている様子もなかったし、獣が出たという話を聞いても、それは数ヶ月も前のことで、その正体も狼だったり熊だったりした。

白い毛並みの動物など、そもそも目撃情報さえ出てこないのだ。

がっかりした様子の私たちに、これではまずいと思ったのか、張りきる領主から彼一押しの風景を案内され、結局最後は観光スポット巡りのようになってしまった。

樹齢の高い、幻想的な古木の聳《そび》える森。冬空のもと、美しい青緑色を湛《たた》えた湖。

これはこれで興味深いけれど、このままでは旅の目的が変わってしまう。

屋敷まで戻る馬車の中、私は顎《あご》に肘《ひじ》をついて溜息を吐いた。

「やっぱり、悪戯《いたずら》だったのかしら……？」

「ですが、ただの悪戯《いたずら》にしては危険に過ぎますわ。王宮に虚偽の報告をするのは、一歩間違えれば罪に問われる行いですから」

「ああ、やっぱりそれってまずいことなんだ」

「ええ。今回は実害がなかったため、オーベル様は様子見をしておりました。けれど、虚偽の報告で騎士団を動かし、任務に支障を生じさせるようであれば、それはもちろん刑罰の対象となり得ますわ」

公務執行妨害《こうむしっこうぼうがい》みたいな法律が、やはりこの世界でもあるらしい。

領主の慌てようを思い出し、私は同情から苦笑した。

「それなら領主さん、焦りもするわよね……」

「ええ。そもそも一定以上の身分を持つ者からの文《ふみ》でなければ、王宮に取り次がれることはございませんから。領主が送ったのだろうと思われるのも道理です。本当に、どのような手で紛《まぎ》れこませたのでしょうね」

ミランダの言葉に、本当に不思議だね、と頷《うなず》く。

結局その日は、なんの手掛かりも得られないまま、領主の館に戻って眠りについたのだった。

翌朝。ミランダと従者と共に、また町を見て回ることにした。昨日、めぼしい所は全て案内してもらったので、今日は領主の同行は遠慮し、私たちだけの視察だ。

馬車では細い道を通れなかったので、今日は馬に乗って、昨日行けなかった所を重点的に回る形だ。姿を晒《さら》しては町民たちを驚かせてしまうので、私だけ外套《がいとう》のフードを目深《まぶか》に被《かぶ》っている。

目に見える風景は昨日とほぼ変わらず、のどかな林や畑ばかり。白い獣は、やっぱりどこに行っても現れる気配がない。

ミランダが操《あやつ》る馬に相乗りさせてもらいながら、私は辺りを見渡した。

「まあ、今は冬だもんね……」

「夏場は獣の類《たぐい》が多く出るとの話でしたが、確かに今は冬眠の時期でしょうね」

考えてみれば、その通りなのだ。

もし本当に白い毛並みの生き物がいたとしても、それが熊のような生態だった場合、今は木の洞《うろ》などで深い眠りについている可能性が高い。

嘆願書《たんがんしょ》の送り主《ぬし》はその獣を見たのかもしれないが、今はもう冬真《ま》っ只中《ただなか》――つまり、もしいたとしても、春までは遭遇できない可能性が高いのだ。

「ってことは、今回は結局、収穫はなしか」

「そのようですわね」

ミランダと二人、顔を見合わせて小さく嘆息《たんそく》する。

でも、何もないとわかっただけ、良かったのかもしれない。少なくとも今現在、獣に命を脅《おびや》かされる人たちはいなかったのだから。

視察中、目に入ってきたのは、冬場の作物を細々と育てている人々や、内職をする人々の姿。寒さにあかぎれはしていても、彼らの腕や足に噛まれた怪我らしきものは見当たらない。

これなら、次にまた同様の嘆願書《たんがんしょ》が送られてきても、もう気にしなくて大丈夫だろう。

そう思考を切り替え、領主の館に帰ろうとした時。

森の傍《そば》にある小道で、子供たち数人が集まっている場面に出くわした。十歳ほどのやんちゃ盛《ざか》りの少年たちが、一人を蹴ったり叩いたりしている。

頭を抱えて蹲《うずくま》った彼を数人で取り囲んでいるので、喧嘩というより、ただ一方的な暴力に見える。

「ちょっと！　貴方たち、何やってるの」

とっさに馬を降りて駆け寄ると、少年たちはぎょっとしたように飛び上がった。

「げっ、大人が来た！」

「そんな風に叩いたら、怪我するわ。駄目よ、ひどいことをしたら」

私が彼らを順に見つめて言えば、馬から降りたミランダも手綱《たづな》を引きながら、そっと窘《たしな》める。

「貴方がた、人に暴力を振るってはならないと習いませんでしたか？」

だが、そんな忠告にも少年たちは鼻で笑うだけだ。

「いいんだよ！　こいつ、うちの畑の野菜を勝手に食おうとしたんだ。だから、こうやって思い知らせてやってるんだ」

そう言って、ガキ大将らしい子供がなおも、えいと蹴ろうとする。

そんな彼の袖を、横にいるそばかす顔の子供が何かに気づいた様子で引っぱった。

「な、なあ。この人たち、昨日領主様と一緒にいた人たちじゃない？」

「えっ？」

「あ、本当だ！」

少年たちが、驚いたように声を上げる。今の私はフードで顔を隠していたから、恐らく仕立ての良い服装を見て、『外から来た身分の高そうな人たち』と判断したのだろう。まずいと思い始めたのか、次第に彼らの顔に焦りが浮かんでくる。親にこのことが知られたら、怒られるとでも思ったのかもしれない。

「やべっ、逃げろ！」

顔を見合わせた子供たちは、そう叫ぶや、散り散りに駆け去っていった。

残されたのは、蹲《うずくま》っている子供と私たちだけ。

蹴られたことだけが原因でなく、元からだいぶ汚れた衣服を着ていたのだろう。

一見してわかるほど、その少年は濁《にご》った灰色の衣服を着ていた。薄灰色の髪は伸びきって所々撥《は》ねており、いつから切っていないのか、前髪も顔を覆《おお》い隠すほどに長い。

「ねえ、貴方。大丈夫？　痛くない？」

歩み寄った私が抱え起こすと、かすかな呻《うめ》き声が聞こえてきた。

「う……ない……だいじょうぶ」

声変わり前の少年らしい高い声。さっき苛《いじ》めていた子供たちよりも年上に見え、恐らく十二、三歳ほど。けれど年齢に比べ言葉がおぼつかないようで、たどたどしい返事が返ってきた。

「そう……。それなら良かった」

ほっとしたけれど、彼の身体を再び見た私は、思わず眉を寄せてしまう。

痩《や》せて骨が浮いて見える腕や足。そこに数えきれないほどの痣《あざ》が浮かんでいたのだ。

さっきの出来事は、きっと日常的に行われていることなのだろう。

この様子を見て、放っておく気にはなれなかった。

「……ミランダ。領主さんの館に彼も連れていきましょう。まずは、怪我の手当てをしないと」

「アカリ様……そうですわね。近くに親の姿も見えませんし、領主さまにお伝えして、家族のもとへ返して頂いた方がよろしいかと思います」

ミランダも心配そうに同意する。

そうして視察もそこそこに、彼の怪我の手当てのために引き返すことを決めたのだった。


数十分後、戻った領主の館。

今は、ミランダが扉の先にある浴室で、少年の髪や手足を洗っている。

見た所、彼の怪我の様子はそこまでひどくなかった。全身に散らばる痣《あざ》は、昨日今日でできたものではなさそうだ。だが、傷と汚れが判別できなくなるほど彼の全身が泥や垢《あか》にまみれていたので、衛生上このままでは良くないと判断し、まずはお風呂に入れようと話がまとまったのだ。

私が洗うと申し出たけれど、そのようなことはさせられませんとミランダにきっぱり断られ、こうして浴室の外にある居間で、二人が出てくるのを待っている状態だ。

その間、ただ待っているのも落ち着かなかったので、領主を呼んであの少年についていくつか尋ねたりもした。

領主の話によると、どうやら彼は、いつからかこの町の山近くに住み着いた孤児らしい。家もなく、木の下で寝起きし、普段は山で果物を採《と》ったりして自活しているのだが、冬になると時折下りてきて畑から野菜をくすねることがあるのだという。

とはいえ、常習犯ではなく、本当にどうしようもなく飢えた時だけ山から下りてくるので、哀れに思った町人たちは数本の野菜くらいなら見逃すことにしているそうだ。

だが、子供たちはそれを許せないらしく、彼の姿が目に入ると、叩いたり蹴ったりする。そこにたまたま現れた私とミランダが、今日は町の大人たちの代わりに止めに入った形だったらしい。

どんなに哀れに思っても、人一人を新たに養うのは大変だ。大人たちの同情と、かといって下手に保護はできない現実的な判断から、今みたいな歪《いびつ》な状況になったのだろう。

そんな風に考えていると、浴室の扉の中からミランダの驚愕した声が聞こえてくる。

「ア……アカリ様！　大変です」

「どうしたの、ミランダ？」

何事かと慌てて扉を開くと、そこには腕まくりし、両手が雫《しずく》で濡れたミランダが困惑した表情で立っていた。そのすぐ向こうに、先程の少年の姿が見える。

湯船の前にある、タイル張りの洗い場で、彼は背の低い椅子に座っていた。さすがに裸の少年を洗うのは躊躇《ためら》われたらしく、薄布の下袴《ズボン》を穿かされている。

そんな彼は、薄灰色だった髪を丹念に洗われたことで、生まれながらの色を取り戻していた。そこにあったのは、目を奪うほどの白。

まるで新雪のような白銀の髪は、前髪を短く整えられ、その下から淡い青緑色の瞳が無邪気にこちらを見返していた。思わず見惚《みと》れそうになるほど美しい色合いだったが、それ以上に顔立ちも作り物みたいに整っている。

そんな彼にどこか恐れるような眼差《まなざ》しを向けながら、ミランダが口を開いた。

「アカリ様……この少年は、恐らく白《しろ》の民《たみ》です」

「白の民？」

初めて聞く単語に首を傾《かし》げると、ミランダは禁忌《きんき》を口にするごとく硬い声で続けた。

「ええ。この国では、呪われし民と呼ばれている者です」

「呪われし民……」

なんだか不穏な響きだ。

眉根を寄せた私に、ミランダが意を決したように顔を上げる。

「アカリ様がご存じないのも当然でございましょう。……我が国でも、あまり大きく触れ回るような話ではございませんから」

そうしてミランダが教えてくれたのは、ある一族の悲しい歴史だった。

この国では、黒髪や黒目の者が崇高《すうこう》とされる反面、白い髪の者が迫害される歴史があったのだという。そのような白い髪――正しく言えば白銀だが――それを持って生まれた者たちは、「白の民」と呼ばれた。

細々と山で暮らしていた彼らを見つけた時の権力者たちは、その姿や能力を見て己《おのれ》の物にしたいと欲したという。

白の民は身体能力に優れ、百里を瞬《また》く間に駆けるほどの脚力《きゃくりょく》と、岩をも持ち上げる腕力を持っていたらしい。その力が、良い兵力になると狙われたのだ。

「ですが、白の民は自由民。当時の王族の要求を撥《は》ねのけました。自分たちは、どこにも属さぬと……それが発端《ほったん》となり、白の民狩りが始まったのです」

ミランダが目を伏せて続けた。

「男は鎖《くさり》に繋《つな》がれ、兵士として無理やり働かされました。女は……白の民には美しい容姿を持つ者が多かったため、捕まった者は愛玩《あいがん》奴隷《どれい》にされたと聞きます。もしくは、無理やり子を産ませるために、囲われて」

「なんてこと……」

彼らは自由に生きていただけだったのに。その優れた能力や、目を引く容姿の所為《せい》で茨《いばら》の道を歩かねばならなくなったなんて。思わず苦しい気持ちになる。

「白の民は奴隷として搾取《さくしゅ》され続け、やがては姿を消していきました。噂では、もう全てが息絶えたともいわれていましたが……まさか、こんな所で見ることになるなんて」

ミランダが視線を向けた先には、無邪気に頭を振って髪の雫《しずく》を飛ばす少年の姿。

もしかしたら、身体を洗うのも初めてだったのかもしれない。

それほど嬉しそうな態度だったし、そう感じてしまうほどに、彼の身体はもちろん、髪も元の色がわからなくなるまで灰色に薄汚れていた。

そのお陰で白の民であることが知られず、苛《いじ》められはしても、本格的な迫害からは逃《のが》れることができたのだろう。そう考えると皮肉な話だ。

「じゃあ、家族どころか、彼と同じような人はもう……？」

目を伏せた私に、ミランダは頷《うなず》く。

「ええ。家族を亡くし、同じ地を故郷とする同胞もなく、これまで一人生きてきたのでしょう。それ故《ゆえ》、言葉も満足に話せず、こうして痩《や》せ細って……」

そうか……彼は、一人なのだ。

私と同じように、いや、もしかしたら、私よりもその孤独は深いかもしれない。

胸が締めつけられるような心地で少年を見つめた。――彼を、このままにしておいてはいけない。そう感じて。

そんな中、何かを考える様子を見せていたミランダは、意を決した様子で顔を上げた。

「アカリ様、お願いでございます。この少年のことはどうか見なかったことになさってください」

「ミランダ、いきなり何を言い出すの？」

驚く私に、ミランダは硬い声で続ける。

「……私個人の感情とすれば、彼を哀れに思います。ですが、王族にお仕えする立場から判断致しますと、彼の存在はとても危険なのです。黒の為政者《いせいしゃ》の側《そば》に白の民が侍《はべ》るなど、穢《けが》れだと厭《いと》う者も多くおります」

「それはつまり……王族として侮《あなど》られる要素になるから、彼に目をかけては駄目だというの？」

「はい……そうなります」

ミランダは表情を強張らせた。

「王宮には、陰謀が渦巻くもの。ささいなことで足を引っ張ろうとする輩《やから》が数多くおります。彼がその辺りにいるただの子供であれば、ひととき構うことも王族の戯《たわむ》れで済みましょう。ですが……彼は、白の民なのです。奴隷の歴史を歩んだ者なのです」

「ミランダ……」

「彼は、私の方で密《ひそ》かに引き取り手をお探しします。ですから、アカリ様はどうか見なかったことになさってくださいませ」

ミランダの真剣な態度から、彼女の本気が伝わってくる。

それくらいミランダの心にも、白の民は穢《けが》れで、関わってはならないという認識が根づいているのだ。優しい女性である彼女の心にも――

それは今まで見えてこなかったこの国の、根深い問題に思えた。

だから私は、今思ったことを慎重に言葉にする。

私はこの国の生まれではない。だからこそ心に感じたことをそのまま。

「……ミランダ。この国では、容姿がひどく重要なことなのね。でも、私からすると、黒も白も一緒に見える。どちらも特異で、どちらも珍しい見世物のような色」

「アカリ様、なんということを……！」

恐れを感じたように、ミランダが声を上げた。

私の髪や目の色を見て、恐れ多いと態度に示す兵士やサイラスたち。彼らと同様に、ミランダの中でも黒は崇高《すうこう》で決して貶《おとし》めてはならない色なのだろう。

でも、私にとっては幼い頃から見慣れた、ありふれた色だ。

私は彼女の目を真《ま》っ直《す》ぐに見つめ、静かに言う。

「本当にそう思うの。私が先日、城下町に下りた時だってそう。表向き、黒は崇高《すうこう》な色とされているけれど、皆、私を好奇の視線で見ていた」

「それは、まだその時、民衆たちがアカリ様が王族であらせられると存じ上げなかったからで……」

「そうね。あの時私は、王族と思われていなかった。王族という身分を証明するものがなかったら——オーベルが来てくれなかったら、見世物と変わりなかったの。私には、白の民も私も同じ立場に見える」

「ですが……アカリ様、恐れながら民のお気持ちをお汲《く》みくださいませ。崇高《すうこう》なる黒の為政者《いせいしゃ》の側《そば》に、奴隷の姿などがあっては、それを見た民が一体どう思うか……」

必死に言い募《つの》るミランダに皆まで言わせず、私は静かに問いかける。

「ねえ、ミランダ。彼は、この国の民ではないの？」

「それは……」

ミランダが目を見開き、言葉を失った。

「私は、民の心に寄り添いたい。それがきっと、オーベルを王位に就け、この国の人々を良い方向へ導くことにも繋《つな》がるから。そう思ってこの町に来て……今こうして、白い髪の彼と出会ったの。なら私は、まずは彼の心を知りたい。彼もまたこの国の民の一人だから」

「アカリ様……」

「彼の住まいがないというなら、見つかるまでの間、私と一緒に住んでもらいたい。だって、彼の——白の民の居場所を取り上げたのは、私たち王族だから」

これは、本来王族でない私が言うべき言葉ではない。

でも、今言っておかなければいけないと思った。

ミランダに私の感覚を理解してもらうのは難しいかもしれない。それほどまでに、私と彼らの中に流れている価値観や常識は違っている。でも、言葉にしなければいつまでも伝わらない。ミランダの——そしてこの国の民の心を、一歩先へ動せないから。

見つめ合ったままどれくらい時間が過ぎただろう。

やがてミランダが静かな声で口にした。

「……畏《かしこ》まりました」

彼女は、腰から短剣を抜くと、自分の髪をひと房掴《つか》み、迷いなく切り落とした。

「えっ……ちょっ、ミランダ⁉」

突然の行動に驚く私に、彼女は跪《ひざまず》き、その髪を恭《うやうや》しく差し出してくる。

それはとても厳《おごそ》かで……まるで女騎士の誓いを思わせるような仕草だった。

「ご安心くださいませ、私は乱心した訳《わけ》ではございません」

見れば、彼女は静かに微笑んでいた。

そこに固い表情はすでになく、気持ちを決めた強い眼差《まなざ》しだけがある。

「これは、我が国における古来からの忠誠の誓いにございます。今では我が家系でしか行われないほど昔の慣習ですが。真の主《あるじ》に出会った時、こうして自分の生まれ持った色を捧《ささ》げるのです」

「真の主《あるじ》って……」

その時、後ろで、くしゅんという声が響いた。少年は下袴《ズボン》を穿いているが上半身は裸で、髪だってまだ濡れ髪のままだ。話の途中だったが、このままでは風邪を引かせてしまうと思い、私は近くにあった布を掴《つか》むと慌てて彼に駆け寄る。

ミランダのくれた忠誠の誓いも気にかかったが、今安易に受け答えすべきではないと感じたのだ。

「ごめん、まだ髪が濡れてたわね。今拭《ふ》くから」

「アカリ様、私が致します」

立ち上がったミランダが、すっと私の手から布を取り上げる。元々私に雑事をさせようとしない傾向のある彼女だったが、今は輪をかけて自然な動きだった。

さすがにこれ以上食い下がることはせず、彼女に任せることにする。

ミランダに髪を拭《ふ》かれている少年は、不思議そうに水滴を吸い取る布を見つめていた。

前髪が短くなって現れた顔は、やはり驚くほどに整っている。

白の民は美しいと聞いたばかりだけれど、これなら確かに彼も将来は美青年になることだろう。きっと、世界に名だたるほどの……そこまで思い、ふと気づく。

「あ……そうだ。そういえば貴方、名前は？」

まだ名前を聞いていなかったと思い尋ねると、きょとんと不思議そうに見返された。

「ええと……もしかして、名前、ないの？」

親を早くに亡くしたようだから、もしかしたら本当に名前を持っていないのかもしれない。

「困りましたわね。白の民は、どのような名前をつけるのかも知りませんし……」

すると、そこで少年が、あう！　と嬉しそうに声を上げた。

「あ、今のは貴方じゃなくて、白の民のことを……」

そう言いかけると、また少年は、呼んだ？　というような無邪気な表情で私を見る。

あれ？　これってもしかして……

同様のことを思ったらしく、ミランダが困ったように頬に手を当てた。

「アカリ様。もしかして彼は、自分の名前を『シロ』だと思っているのではないでしょうか」

「……やっぱり、そう思う？」

試しにもう一度、シロ、と呼んでみると、やはり彼は嬉しそうに声を上げた。

私たちが彼を見ながら、何度も白の民と口にしていた所為《せい》で、それを自分の名前と認識してしまったらしい。結局、他の名前で何度呼んでも反応せず、そのまま彼の愛称は暫定《ざんてい》的にシロになったのだった。

その後領主を呼んで、少年ことシロが家族のいない白の民であると伝える。

こちらで一時的に引き取ると告げると、彼は驚愕した様子を見せた。

「そ、その者が白の民⁉　そんな、まさか……」

「彼の口から直接聞いた訳《わけ》ではないのではっきりとは言えませんが、その可能性が高いと思います。これほど見事な白銀の髪は、白の民にしか生まれないと聞きますから」

シロは、ミランダに聞いた白の民の特徴――白銀の髪と淡い青緑の瞳の両方を兼ね備えていた。

どちらも珍しく美しい色で、だからこそ古い時代の王侯貴族は彼らを自分の奴隷に欲しがったのだという。

領主は額《ひたい》に脂汗《あぶらあせ》を滲《にじ》ませて、頭を両手で抱えてしまう。

「まさか、そのような者がこの町にいたとは……！　さらには、王族の方のお手を煩《わずら》わせたなど……ああ、どうお詫《わ》びを申し上げたら良いのか」

彼にとっては、自分が王族に対してとんでもない粗相《そそう》をしてしまったようなものなのだろう。けれど、彼は何も悪いことをしていないし、私はかえってお礼を言いたい気分だった。

「貴方が気に病《や》む必要はありません。それに私は、この町に来て良かったと思っています。今まで気づかなかった事実に気づくことができたから」

私の言葉に、隣でミランダが静かに頷《うなず》いていた。

結局領主は、見送る段になっても最後まで恐縮したままで、私とミランダが苦笑するほどだった。

領主の館を後にしようと、馬車の止まっている玄関前まで歩いていく。

すると、前に一度見た、あの背の高い厩番《うまやばん》の姿が馬車の向こうに見えた。

「あれ、あの人……」

厩舎《きゅうしゃ》の前にいる彼は、私の方に向かって深々と頭を下げていた。そこで私の歩みが止まる。

緩《ゆる》やかな風が吹き、彼の茶色い前髪に隠れていた目が一瞬、かすかに見えたのだ。

それが、とても澄んだ青緑色をしていた気がして――

ちょうどその時、後ろからミランダに呼ばれ、はっと背後を振り返る。

「アカリ様、馬車のご用意ができました。どうぞお乗りくださいませ」

「あ、うん。今乗る」

ミランダに促《うなが》され、慌てて馬車のステップに足をかける。

もう一度視線を戻した先には厩番《うまやばん》の姿はもうなくなっていた。

まるで白昼夢《はくちゅうむ》を見たような、不思議なひと時だった。

来た道を馬車で四時間ほど揺られ、ようやく私たちは王宮に辿《たど》り着いた。時刻は恐らく、午後六時近くだろうか、夕焼け空が薄闇に変わりかけている。

オーベルと約束していた二日以内に戻れたことに、内心ほっとした。

彼は有言実行、さらには容赦ない速度で物事を進める人だ。もし半日でも遅れていたら、即座に迎えが寄越されていたことだろう。

王宮の入り口に馬車を停《と》めると、そこに集《つど》う多くの人の姿が目に入ってきた。

侍従や侍女たちではなく、服装から見て、どうも貴族たちのようだ。

「あれ？　なんだか騒がしい……？」

どうやら彼らは私たちの帰りを待ち受けていたらしい。

行きはこっそり出掛けた私たちだったが、完全に情報を遮断《しゃだん》した訳《わけ》ではなかったから、この二日間で黒鷹公の姉上が外出したらしいと噂が広まったのだろう。

元より私は、衆目になかなか姿を見せず、オーベルのもとで匿《かくま》われている謎の王女という立場だ。その姿を垣間見《かいま》ようと思ったのか、それとも、繋《つな》がりを持つのに絶好の機会と考えたのか。

窓越しに見れば、私が降りてきたらすぐに話しかけようと思っているらしく、獲物を前にしたハイエナのように目をぎらぎらさせて待っている貴族の姿も少なくない。なんだか王妃の息のかかった人物も混じっていそうだなと、思わず苦笑する。

「もう、本当に見世物みたい」

「アカリ、ひと、いっぱいいる……」

向かいに座ったシロがぽつりと呟《つぶや》く。彼には、アカリと呼んでほしいと伝えていた。たくさんの人に囲まれる状況に慣れていないのだろう。やや怯《おび》えて視線を彷徨《さまよ》わせる彼の髪を、大丈夫だよ、と伝えるようにそっと撫《な》でた。

そう、大丈夫。今から私は、自分のすべきことを胸を張ってするだけ。

——そしてきっと、これが私の『黒鷹公の姉上』としての第一歩になる。

馬車を降りると、すぐに貴族の一人と見られる中年男性が駆け寄ってきた。にこにこと愛想が良く、揉《も》み手でもしそうな勢いだ。

「王女殿下。お初にお目にかかります、私は伯爵の位を頂いております——」

だが、自己紹介しかけた男は途中で絶句する。私に次いで馬車から降りてきたシロの姿に目を剥《む》いたのだ。

「な、なんと、これは白の民……！」

のけぞった彼の叫びに呼応して、周囲にいる他の貴族たちもざわめき出す。

皆一様《いちよう》に、恐れと驚き、それに非難が混じった声だ。

「なぜここに、このような下賤《げせん》の者が……」

「白の民が王宮に入ろうとするなど、王女殿下のお連れとはいえ、なんと不届きな……！」

特徴的な外見のため、やはり彼らにも一目でシロの素性がわかるのだろう。

だが、私に引くつもりはなかった。――ここが踏ん張り時だ。

私はシロを守るように前に立つと、取り囲む貴族たちに順に視線を向けた。

「皆さんは、どうして彼がここにいるのが不届きだと思うのですか？」

「それは、この者が白の民だからに決まっておりましょう。古い時代から、穢《けが》れた一族と知れております。市井《しせい》におられたという王女殿下は御存じないことかと思いますが」

非難と嫌味をこめ、目の前に立つ中年貴族が口にした。

私はそれを受け流し、さらに質問する。

「では、どうして貴方は、彼らが穢《けが》れた一族だと思うのですか？」

「それは、この者どもが長く奴隷として使われていたからにほかなりません。そんなことは言わずともわかりきって――」

長く続きそうな口上《こうじょう》を、私は途中で遮《さえぎ》った。

「そうです。時の為政者《いせいしゃ》が彼らを奴隷として扱ったからです。つまり、彼らが奴隷になるに至ったのは、我々王族の所為《せい》ということになるでしょう」

「お、王女殿下、なんということを……！」

信じられないという様子で中年貴族が、そして彼の後ろの幾人《いくにん》もの貴族たちが目を見開く。私は彼ら全てを見据《みす》えて口にした。

「私が今、何かおかしなことを言いましたか？」

恐れては駄目。怖気《おじけ》づいても駄目。私は、今は王女。堂々とするの。

オーベルに……そして国民に恥じるような存在でいてはいけない。

私はすっと息を吸った。

「迫害など、本来ならなかったはずのものです。我々の古き祖先が彼らを兵士として捕らえなければ、そして奴隷として鎖《くさり》に繋《つな》がなければ、彼らは今も自由に生きていた。ひどい歴史です。――ですが、過ぎた過去を消すことはできない」

そして私は静かに続ける。

「けれど、過《あやま》ちを認め、正しい方向に修正することならできる。今がその時だと思ったまでです。王族が彼ら白の民の居場所を奪った、だから彼の新たな住まいが見つかるまでの間、私が預かる。つまりは然《しか》るべき時まで後見人として保護しようという、ただそれだけのこと」

「しかし、そのような行為を王族がなさるなど、今まで聞いたことが……」

私の様子にわずかに圧倒された様子ながら、中年貴族はなおも食い下がってきた。

「ならば、逆にお尋ねします。王族がしないで、誰が行いますか？　そして、誰が考えますか。この国に根づいた差別の問題を」

そこまで口にして、ようやく自分でも理解した。あの嘆願書《たんがんしょ》が何度も訴えていた内容を。

あれはきっと、王族に彼の——シロの存在を見つけさせるため。そして、彼ら白の民の生き方を考えさせるため、書かれたものだったのだろう。

王族が動かねば何も変わらない問題だったから。

「そ、それは……仰《おっしゃ》る内容にも一理あるとは思いますが」

貴族が狼狽《うろた》えて視線を彷徨《さまよ》わせれば、その傍《そば》にいた別の貴族は目を伏せる。

シロの存在がここにあるのが気に食わない。目に入れたくもない。だが、それ以上に上手く返せる言葉がないのだろう。

そこに、少し離れた所から男らしい張りのある声が響いた。

「これは姉上。お帰りなさいませ。貴女なら、また何かひと騒動を持ってくるかと思えば、さて、こういうことですか」

——オーベルだ。

騒ぎを聞きつけてやってきたのだろう。廊下の向こうから歩いてきた彼は、今日は王族らしい壮麗な深緑の上着に下袴《ズボン》姿だ。ごてごてと飾り立てた他の貴族たちに比べると、シンプルにも見える姿だが、彼の纏《まと》う堂々たる気品が誰より目を惹《ひ》きつけている。

私とシロとを見比べるや、オーベルはにやりと笑った。

「――ふむ、悪くはない。姉上が保護すると仰《おっしゃ》ったのなら、それは俺の客人も同じ。厚く遇《ぐう》しましょう」

「オーベル殿下！　貴方様まで、なんということを……！」

恐らく貴族たちは、オーベルが暴走した姉を止めに入ると期待していたのだろう。しかし、思惑に反してさらに火を注ぐような彼の発言に、非難と驚きが混じった視線が周囲から寄せられる。

だが、刺すような眼差《まなざ》しもなんのその、オーベルは堂々とし態度を崩さなかった。

「確かに、きっかけがなければ直せるものではない。何せ、白の民はすでに大半が姿を消していますから。こうして我々の前にその一人が現れたのは、我が国の意識を変えるための、またとない機会。僥倖《ぎょうこう》と言って良いでしょう」

「しかし、奴隷に目をかけるなどという暴挙を許しては、王家や、我々貴族の権威が……！」

その時、オーベル同様に騒ぎを聞きつけたのか、廊下の奥から一際豪奢《ひときわごうしゃ》な一団が歩いてきた。王妃と、彼女が引き連れた侍女の一団だ。

このままでは埒《らち》が明かないと、貴族の誰かが進言しに行ったのかもしれない。

「オーベル王子。騒ぎがあると聞いてきてみれば。そこの小娘といい、そなたまで何を戯《たわ》けたことを申すか……!!」

激昂《げっこう》を隠さず声を荒らげた王妃に、オーベルは冷静な声で切り返す。

「何をと問われれば、姉上のお言葉に賛同した限りですが。怪我をし、腹を空かせて弱っている子供がいた。聞けば、その子供には養ってくれる家族もすでにいないという。さらには白の民の生き残りのため、他に守ろうとする大人もいない」

そしてオーベルは冴え冴《さざ》えとした眼差《まなざ》しで王妃を見据《みす》えた。

「――それを捨て置けと仰《おっしゃ》るか。慈悲深い殿下ともあろうお方《かた》が。そして、それに仕える者たちが」

痛い所を突かれたのか、彼を射殺すような眼差《まなざ》しになった王妃が、くっ、と悔しげに唇を噛む。

彼女の周りにいる貴族たちも、上手い言葉を返せないらしく、ぐうっと低く唸《うな》った。

そこでオーベルが、場を仕切り直すようにパンパンと手を叩く。

「さあ、見世物はこれで終わりにしましょう。騒いでも事態は変わらないし、姉上の意志も揺るぎはしない。――ここにお集まりの聡《さと》い方々は、それをもうわかっておいででしょう」

不敵な微笑みを浮かべて告げたオーベルに、悔しげに背を向ける貴族や、肩を怒《いか》らせる貴族たち。しかし中には、深く頷《うなず》く人の姿や、オーベルや私の方向に跪《ひざまず》き、深々と最上級の礼を捧《ささ》げる人の姿もいくつかあった。

大多数からの怒りを買ったとしても、それでも。ちゃんと数人の心は動いたのだ。

――うん、やっぱり無駄じゃない。きっとこれは、何かの一歩になる。

私はこみ上げてくる喜びを噛み締めながら、傍《そば》にいる弟を感謝をこめて見上げた。

オーベルは、もしかしたら賛同してくれるかもとは思っていたが、ここまで力強く援護してくれるとは思わなかったのだ。

「オーベル……ありがとう」

「全く、貴女には驚かされる。しかしまあ、これで固く閉じていた歴史が一歩動いたことでしょう」

そう言うオーベルの声は、呆れた風でありながらも、どこか労《いた》わるような優しい響きを帯びていた。

騒ぎから一転、ようやく戻ったいつもの勉強部屋。

座り慣れた長椅子に腰を下ろすと、私はほっと息を吐いた。馬車での長旅で身体が凝《こ》っていた所に今回のひと騒動が加わり、気疲れが半端《はんぱ》ではなかったのだ。

「はぁ……ようやく落ち着いた」

「落ち着いている場合ではありませんぞ、姉上」

長椅子の前に立つオーベルに、鋭く突っこまれる。彼の後ろには、サイラスとミランダ。横にシロがちょこんと立ち、私たちのやりとりを見守っていた。

「うう。そうよね」

思い返すと、我ながら大胆なことをしてしまった。

でも、シロの存在を隠した所で、いずれは知れることだし、どうせなら大々的に宣言した方がいいんじゃないかなと思ったのだ。

私がシロの後見人として、彼の住まいが見つかるまでの間、保護することを。

まさか、オーベルだけでなく、王妃まで姿を現すとは思わなかったけど……

「さて、これからはきっと、俺や姉上を声高に非難する声が多く出てくることでしょう。そこの小僧、お前も覚悟しておけ」

急にオーベルに視線を向けられたシロは、きょとんとしながらも、こくんと頷《うなず》いた。

うん、素直ないい子だ。オーベルのずけずけとした物言いにも怯《おび》えていない様子にほっとしつつ、私は改めてオーベルに向き合った。

「本当にごめんなさい、オーベル、みんな。色々迷惑をかけてしまって……というか、これからもっとかけちゃうのよね、きっと」

私一人ならいいのだが、彼らにも降りかかる火《ひ》の粉《こ》だと思うと、途端に申し訳ない気持ちになる。だが、オーベルはといえば、愉快そうに瞳を煌《きら》めかせていた。

私を軽く責めるような口ぶりを見せた彼だが、その表情はなんだか楽しそうだ。

「おや、俺の皮肉を本気にするとは、姉上らしくもない。さっきも言いましたが、姉上のなさった行為は決して悪くありません。これからこの国の膿《うみ》がよりはっきりと見えてくるでしょうから」

「膿《うみ》？」

「さっきも見えていたでしょう。王家や貴族の権威のみを重んじ、民を軽んじる貴族たちの姿が」

「ああ……」

先程の様子を思い浮かべて頷《うなず》く。

私の行動で、自分のプライドを傷つけられたかのように、顔を真っ赤にして怒る人々。彼らが口にしたのは結局、王家と自分たちの保身だけだった。

オーベルも同様に思い出しているのか、顎《あご》を右手で撫《な》でながら、機嫌良さげに続けた。

「あれらは問題が白の民から別件にすり変わっても、同じように動くことでしょう。王家が貶《おとし》められることすなわち、それに仕える自分の誇りも貶《おとし》められる。そういう考えの者たちです」

「つまり、そういう人たちに侮《あなど》られる隙を作ってしまったことにもなるのよね」

「アカリ様、それはそれ、これはこれという言葉もございます。どうぞご心配なく。オーベル様はこのような状況にこそ燃えられる方《かた》ですから」

そう言うサイラスもどこか楽しそうだ。彼は穏やかな眼差《まなざ》しながら、力強い口調で続ける。

「これは白の民の問題であって、それだけの問題ではないのです。迫害されている者たちは、何も彼らだけではございません。どこにあっても差別というものは生じます。アカリ様がなさったのは、当然のようにそこにあった我が国独自の差別に、波紋を投げかけたことなのでございます」

「波紋を投げかけた？」

「ええ。これまで民たちは、差別や迫害を当たり前のこととして受け入れてきました。それが、この国の在《あ》り方だったからです。ですが、アカリ様は今、弱者を守る姿勢を見せた。王族に守られることがあるのだと、民たちに思わせた。それは大きな希望です」

オーベルが不敵に笑って言葉を継いだ。

「王女がそれをしたのです。ならば、王妃はどうだ？　同じように我々を守ってくれるだろうかと民は思う。そこで、あの女がどう動くか……そこも見物でしょう。さて、嫌々弱者救済に乗り出すか、それとも見なかった振りをするのか」

彼の言うことはもっともなのだけれど、活き活きしたその姿に、ついぽつりと漏《も》らす。

「やっぱりオーベルって、ちょっと意地が悪いよね……」

「それは褒《ほ》め言葉と受け取っておきましょう。さて、これから忙しくなります。姉上も覚悟しておかれるように」

「それはもちろん。私には、頼もしい弟もいることだしね」

珍しく切り返した私に、オーベルは、おや、という風に眉を上げた。

それからは、本当に慌ただしい日々が続いた。

黒鷹公の姉上が白の民に救いの手を伸べたという話は、一種の美談として、あっという間に国中に広まったらしい。

市井《しせい》に隠れていた謎の王女が、突然王宮に姿を現したかと思えば、次には滅んだと思われていた曰《いわ》くつきの一族を拾い上げ、自分のもとで保護すると宣言したのだ。

新たにそれを知った貴族たちは、先日同様に批判と評価が入り混じる反応だったが、平民たちからは広く歓迎された。

そんな私を保護しているオーベルのもとには、当然というべきか、これまで以上にたくさんの嘆願書《たんがんしょ》が届いた。山賊に村がたびたび襲われているため、助けてほしいというもの。大雨で橋が流され、困っているというもの。

中には、明らかに騎士団の管轄《かんかつ》ではないものも含まれていたが、オーベルはてきぱきとそれらを片付けていった。

彼の率《ひき》いるヴェルダ騎士団で対処できる問題であれば、すぐに相応の人数を派遣し、それ以外の嘆願《たんがん》については該当部署に回し、その経過がどうなったかの確認も怠《おこた》らない。オーベルや各部署が動くほどではない嘆願《たんがん》に関しては、差出人に釘を刺すのも忘れなかった。

「困ったことがあれば、我がヴェルダ騎士団に嘆願書《たんがんしょ》を送るがいい。しかし、くだらん頼みを口にして我が騎士団を無駄に動かすようなことがあれば、その時は覚悟しておけ」

黒鷹公の名に相応《ふさわ》しい猛禽《もうきん》のごとき雰囲気で告げ、周囲を震え上がらせる。

飴《あめ》と鞭《むち》を使い分け、彼は新たに生まれた問題を解決しようとしていた。

そして、発端《ほったん》である私のもとにもいくつも文《ふみ》が届いた。

私に寄せられたのは、主《おも》に彼らの住む地域の視察を望むもの。我が町の現状もご覧頂きたい、どうかご慈悲を。そんな感じの文書が机の上に山を作っていく。

王女とはいえ、私自身はオーベルのように騎士などの役職についている訳《わけ》でもなく、とりたてて秀《ひい》でた武力も知力もない。だから、私に対応してほしいというよりは、私経由でオーベルが動くのを期待されているのかなと感じた。

もちろん、いくつ届いたとしても私の身体はひとつなので、全ての依頼に応《こた》えることはできない。だから、足を運んだ方がいいと判断した数箇所には、オーベルの許しを得た上で視察に訪れ、そこで見た現状を彼に伝えた。

行けない場所には、内容にはきちんと目を通したことを認《したた》めて返信する。貴方たちの言葉はちゃんと王宮に届いているのだと、そう伝えたくて。

「はぁ……今日も目まぐるしかったなぁ」

執務室での仕事を終えての、休憩の時間。私は離れにある中庭に戻り、ひと息ついていた。

ここは王宮の母屋からも離れ、私やオーベルたちだけが足を踏み入れられる安全な場所なので、一番ゆっくりできる。今はそこにシロも加わり、すっかり私の癒《いや》しの場所になっていた。

ここで一緒に過ごすことになってから、シロも少しずつ変わっている。まだ一週間ほどとはいえ、目に見えて変わったのは言語力。私たちと言葉を交わすようになってから、徐々に話せる単語が増えている。

きっと彼は、元々普通に喋《しゃべ》れていたのだろう。会話をする相手がいなくなったため、話す力がだんだん失われていっただけで。

中庭の草の上に布を敷いて座る私のもとへ、シロが駆けてきた。

彼は日中、時折やってくるジファ先生やサイラスに勉強を見てもらい、休憩の時間になるとここを訪れるのだ。

「アカリ。あっちにおもしろい草、生えてた」

「あ、ほんとね。ありがとう、シロ」

「うん！」

目に見える光景がどれも新鮮らしく、何か珍しいものがあると、シロは目を輝かせて私に持ってくる。なんだか尻尾を振った子犬みたいだ。

お礼を言って髪を撫《な》でると、シロは嬉しそうに笑った。なんだか年の離れた弟ができたようで、微笑ましい気分になる。

そうしてシロがまたどこかへ駆けていく姿を見送り、のんびり時間を過ごしていると、やがてオーベルが廊下の向こうからやってきた。彼もまた、休憩時間なのだろう。

私の座る周辺にシロが持ってきた草や石が転がっている状況に、彼は少し呆れたような様子だ。

「姉上。またあの小僧の世話ですか」

「そうよ。シロってすごいの。運動神経が良くて、すぐ馬に乗れるようになったし、それにとっても力持ちなんだよ」

私は乗馬に関しては相乗りさせてもらうだけでいっぱいいっぱいだから、本当に持って生まれた運動神経が違うんだろうなと思う。

なんとなく甥《おい》っ子自慢をするみたいな気分で嬉しげに伝えると、オーベルが片眉を上げた。

「ほう。白の民は腕力も脚力《きゃくりょく》も桁外《けたはず》れと聞きましたが、このような年頃から発揮される訳《わけ》ですか」

「そうみたい。この間は、高い棚にある物を取ろうとしたら、私を両腕で軽々持ち上げてくれたの。私より背だって小さいのに、すごいよね。少しびっくりしちゃった」

「……俺ならば、姉上を片手でも持ち上げられますが」

ふいと視線を逸《そ》らし、どこかむすっとした様子でオーベルが言う。

彼のいつもの軽口かと思い、私はくすりと笑った。

「それは、貴方は身長だって高いもの。でも片手なんて、さすがにそれは無理……」

「無理かどうか、試してみましょうか」

「え？　……きゃあっ！」

低い声で言われたかと思ったら、次の瞬間にはオーベルの腕に軽々と抱き上げられていた。背中と膝下に手を差し入れられて両腕で持ち上げられたが、私を自分の肩にちょこんと座らせると、あとは片腕で支える。

いくら彼が逞《たくま》しいとはいえ、さすがにこれは無茶な体勢だ。

「ち、ちょっとオーベル！　なんで急に……」

「言ったでしょう。姉上は片手でも軽い。いくらでも抱えていられます」

「いくらでもって……もう！」

驚き半分、呆れ半分でオーベルを見遣《みや》れば、どこか機嫌が良さそうだ。軽口だとばかり思っていたけれど、もしかしてシロに対抗意識を燃やしていたんだろうか。

その様子になんだか微笑ましくなって、ふふっと噴き出すと、オーベルが怪訝《けげん》そうに聞いてくる。

「姉上、なぜ笑うのですか」

「だって、貴方が……」

「俺が？」

子供みたいで、なんだか可愛くて。

くすくすと笑ってそう返そうとしたが、ふいに真剣な眼差《まなざ》しにぶつかり、返事に窮《きゅう》してしまう。

オーベルの黒く凛々《りり》しい瞳。その瞳の奥にいつもより熱い——熱のようなものが見えた気がして、私は慌てて視線を逸《そ》らす。

「ええと、だから、貴方が……」

「ええ。俺が、なんでしょうか」

どこか優しい声音で囁《ささや》かれ、さらにたじろいだ。

そうしていると、今の抱き上げられている体勢がひどく落ち着かないものに思えてきて、私はなんとか彼の腕から下りようともがいた。

「あ、あの……オーベル、とりあえず下ろしてくれない？」

「なぜでしょう」

「な、なんでって。それはもちろん、重いから」

「姉上は軽いと申し上げました。ですので、お気遣いなく」

さらりと言われても、じゃあこのままで、とは思えない。

「あの、でもやっぱり下ろして。落ち着かないの」

だが、オーベルは行動に移す気がないらしい。逆に私をぎゅっと抱えようとする。

焦《じ》れた私は、ちゃんと話を聞いてほしくて、彼の耳元に懇願《こんがん》するように囁《ささや》いた。

「……お願い、オーベル。早く。……ね？」

すると、オーベルは一瞬、ぎこちない動きで固まった。その後、私の身体を両手でそっと掴《つか》み、大事な物を扱うように静かに地面へ下ろす。

あ、良かった。ちゃんと言うことを聞いてくれた。

「ありがとう、オーベル」

ほっとして見上げれば、彼はなぜか、明後日《あさって》の方向を向いて片手で目元を覆《おお》っていた。

「どうしたの？」

「……なぜ俺は、貴女を姉にしたのだろうと、そんなことを考えていただけです」

「ええと、そんなに私、姉として駄目だった……？」

確かに騒動を起こしてばかりで、王女としてはかなり駄目駄目だと自覚してるけど。がんとショックを受けた私を見かねたのか、彼は即座に否定する。

「いえ、そういう意味ではなく。……わからないならいいのです」

そう言ったオーベルに、ごまかすようにくしゃりと髪を撫《な》でられる。

まるで子供をあやすような仕草に、もしかして妹の方が良かったのかなと、ぼんやり思う私なのだった。

「もしかして私、オーベルの妹の方が良かったのかな……？　でも今更、設定は変えられないし」

「はて、なぜそのように思われたのですか？」

翌日。離れにある、いつもの特訓部屋。

独り言を耳にしたサイラスに不思議そうに聞かれ、私は「ええとね……」と昨日の出来事を話す。すると途端、彼はなぜか声を弾《はず》ませた。

「なるほど、そのようなことが……！」

彼は感じ入ったように目頭《めがしら》を押さえて瞼《まぶた》を閉じる。

「そうですか。とうとうあの方にも春が……ああ、苦節二十一年。遅い春でございました」

「え？　いえ、サイラス。今はまだ冬だと思うけど……」

なぜ急に季節の話になったんだろう。というか、なんだか孫の晴れ舞台に堪《こら》えきれず、涙するおじいちゃんのように見える。サイラスって私と同年代なはずなのに、時々、妙に老成した雰囲気を感じるから不思議だ。

私の突っこみに、サイラスはさりげなく話題を変えながら、なおも弾《はず》んだ声を出す。

「ああ、そうでした、冬でございましたね。では冬もたけなわということで、アカリ様、唐突ではございますが、今日はお召し物を新調致しましょうか」

「な、なんだか本当に唐突ね。私はもちろん、衣装が増えれば助かるけど……」

サイラスのいつにない活き活きとした様子に慄《おのの》きつつ同意する。

偽物王女ということもあり、この国の財源を下手に私のために使わないようにと、これまではできる限り衣装などは作らないでもらっていた。

ところが、視察に出ることが増えた私の着替えが足りなくなる事態に陥《おちい》り、そろそろ大人しく衣装を作ってください、とオーベルにも再三懇願《こんがん》されていたのだ。

サイラスの唐突な提案も、考えてみればいい機会なのかもしれない。

すぐにミランダが呼ばれ、しばらくして呼んだ仕立て屋も到着し、急遽《きゅうきょ》、採寸の時間となった。

目の前には広げられたのは、材質も様々な色とりどりの布たち。

深紅《しんく》に淡い橙《だいだい》、薄桃色、それに澄んだ水色や夜空みたいな深い青もある。レースやリボンも様々なデザインや幅のものがあって、見ているだけで胸が弾《はず》んでくる。

ミランダも、いつになく楽しそうだ。

採寸を終えると、今度は仕立て屋が持参した既製品のドレスを眺めることになった。

「王女殿下、よろしければこちらもいかがでしょうか。我が店でも腕利きの裁縫師が仕上げた逸品《いっぴん》でして、上質な絹繻子《きぬしゅす》をふんだんに使い、真珠で飾っております」

基本的に王族の服装は仕立てからのオーダーメイドで注文するのだが、こんな風に仕立て屋が持参した品を買い取る場合もあるのだという。

実際、王族からのお呼びということで、選《よ》り抜《ぬ》きの品を持ってきたのだろう。どの衣装も凝《こ》った美しい出来で、力が入っているのがわかる。

その中の一着、若草色の可憐なドレスを手に取り、ミランダが広げて見せる。

「アカリ様、こちらの御衣装も良い仕立てですわ。それに清々《すがすが》しい緑の色合いが、まるで若木のようにしなやかなアカリ様によくお似合いかと思います」

「あ、うん。すごく素敵」

ドレスについてよくわからない私には、どれも「素敵で可愛い」としか思えないのだが、ミランダには大きな違いを感じるらしく、頬に片手を当てて真剣に悩んでいる。

「ああ、でもこちらもとてもお似合いでございます。アカリ様の一本気さを示すような、中央に入った深紅《しんく》の一筋の線、それでいて無邪気な幼子のような、愛らしい薄桃色。胸にある鮮やかな刺繍《ししゅう》も、次に何をなさるかわからない、アカリ様の鮮烈なご気性をよく表しているようで……」

「待って、ミランダ。なんかだんだん、ドレスの選び方じゃなくなってる気がする」

というか、選び方がどんどんマニアックになっているような。

でも、サイラスがオーベルの服を選ぶ時もこんな感じらしいから、侍女や侍従とはそういうものなのかもしれない。主人を飾り立てることに、無上の喜びを感じるというか。

「そういえば、さっきもサイラス、なんだかすごく嬉しそうだったもんね……」

初めはオーベルに従順な従者という印象の彼だったけれど、最近ではオーベルが可愛くて仕方ない従兄弟《いとこ》のお兄さんのようにも見えてきて、それがなんだか微笑ましい。

そんなサイラスの様子は従姉弟《いとこ》であるミランダにも面白く映るようで、彼女も楽しげに口にする。

「サイラスは、アカリ様と過ごされるオーベル様が年相応に見えて嬉しいのでございましょう。オーベル様は、十代のみぎりより、どこか冷めた所のある方《かた》でしたから」

「へぇ……冷めてたんだ」

「ええ、今よりもずっと。常に堂々とした振る舞いで、女性を見れば卒なく褒《ほ》め言葉を囁《ささや》いて魅了し、その実そうして虜《とりこ》にした女性を冷めた眼差《まなざ》しで見やる、そのようなお方《かた》で。しかし、そんなつれない態度がまた女性たちの心を駆り立てるらしく、十五を超える頃にはご令嬢方の熱い眼差《まなざ》しを一身に集めておられました」

「あ、うん。なんかすぐ想像できるような気がする……」

思い浮かぶのは、令嬢の手の甲に口づけ、スマートに挨拶するオーベルの姿。

男らしい美形の彼に微笑まれてそんなことをされたら、どんな女性だって心を動かさずにはいられないだろう。本当は、かなりの毒舌家なんだけど……と、ちょっと突っこみたくなってくる。

ミランダが嬉しそうに続けた。

「ですが、アカリ様といらっしゃる時のオーベル様は、程良く肩の力が抜けていらして、まるで少年のように楽しそうで。サイラスには、きっとそれが嬉しくてならないのでしょう。あれは、幼少の頃よりオーベル様を見守って参りましたから」

「うーん……そうかな？　オーベルにはからかわれているだけな気もするけど」

「別の方《かた》にお会いする所をご覧になれば、すぐにおわかりになりますよ」

ふふっと微笑まれ、じゃあ今度もっとよく見てみる、と頷《うなず》き返す。

ミランダが言うことは大袈裟《おおげさ》すぎる気もするけれど、彼の姉としてほんの少しでも接しやすい存在になれているなら、嬉しいなと思った。

そんな風にドレスを選び、気に入ったいくつかを試着していく。

最後に試着したのは、薄紅色《うすべにいろ》のドレスだった。

ミランダ以上に、サイラスが「これは恐らく、ぐっときます。誰がとは申しませんが、ぐっときます」というよくわからない台詞《せりふ》で熱心に薦《すす》めてくれたものだ。

胸元辺りは白に近いほど淡い紅で、足元にいくほど濃い紅へ変わる、美しいグラデーションになっている。

胸元や袖口には薔薇《ばら》の刺繍《ししゅう》が施《ほどこ》され、レースもふんだんに使われている。着ているのが私でなければ、まるで薔薇《ばら》の妖精のように見えるドレスだ。

「綺麗……」

ミランダにドレスに合う可憐な雰囲気に髪を結ってもらい、さらに花飾りを付けてもらっている途中でオーベルがやってきた。

凛々《りり》しい紺色《こんいろ》の衣装を纏《まと》った彼は、私の姿に気づいて目を丸くする。

「姉上……そのお姿は」

「あ、オーベル。どうかな？　サイラスとミランダが見立ててくれたんだけど」

嬉しくなって彼の傍《そば》へ行き、くるりと回って微笑んでみる。照れくさかったけれど、こうすればドレスの見事な裾《すそ》飾りが彼にもよく見えるかなと思ったのだ。

瞬間、オーベルは口元に片手を当て、ふいと視線を逸《そ》らした。

「オーベル？」

「いえ……なんでもありません。ご一緒にお出掛けでもいかがかとお誘いに上がりましたが、お忙しいようですので、今日の所は止《や》めておきましょう」

「どこかに出掛ける予定だったの？　大丈夫、もう終わったから私もすぐに行けるよ」

「ですが、その恰好では……」

「大丈夫。いつもより華やかな感じだけど、動きづらくはないから。それで、どこに行くの？」

そんな私の言葉に、どこか諦めた様子でオーベルは口にした。

「……兄上の所へご一緒しないかとお誘いしようとしたのです。今日、お伺いする約束があるもので」

「兄上……リュシアン殿下の所に？」

王位継承権を放棄し、王宮から離れた場所に住んでいるという第一王子。いや、今は公爵だったか。

サイラスに聞いた話では、オーベルとは母親を同じくする兄弟らしく、そういう意味でもどんな人なのか気になっていた。

一度会ってみたいと思っていたので、私は目を輝かせる。

「私も是非一緒に行きたい。良かったら、連れていってくれる？」

「――わかりました。ただし、兄上の御前では、どうか俺の傍《そば》から離れないように」

「……？　うん、わかった」

失礼な真似をするなということだろうか。

溜息と共に言われ、不思議な忠告だなと思いながら、私は頷《うなず》いたのだった。


リュシアン王子は、王位継承権を辞退して以来、グラスメイ公爵として王都の北東にある領地を治めているらしい。

北東は交易が盛《さか》んで、国の要《かなめ》でもある土地だ。そこを任されるということはすなわち、王に信頼され、能力を認められているということでもある。

オーベルと二人、数時間馬車に揺られて着いた屋敷は、広く趣味の良い建物だった。

美しい緑に囲まれ、屋敷だというのにまるで美術館のような趣《おもむ》きがある。

玄関を抜け、侍従によって奥の間に案内されると、すぐに一人の青年が出迎えてくれた。

「やあやあ、オーベルに妹君。よく来てくれたじゃないか」

瀟洒《しょうしゃ》な居間の中、絨毯《じゅうたん》に座り、腕を広げてそう出迎えたのは、黒髪に黒い瞳の美青年。髪は胸下まであるほど長く、それを緩《ゆる》やかな三つ編みにして顔の横に垂らしている。青地に所々青紫がかった染めの服を着て、濃淡が美しい紫の装飾用の布を合わせている。服の飾りも凝《こ》っているが、それ以上に自分に似合うものをわかって着ているのだと感じた。

オーベルと同腹の兄弟と聞いていたけれど、父親似と母親似で違うのか、彼と違って肌は透き通るように白い。さらに、それ以外でも受ける印象がだいぶ違っていた。

オーベルが精悍《せいかん》さと気品を併《あわ》せ持つ美丈夫《びじょうふ》で、ジュール王子が純粋さと聡明さを宿した美少年なら、目の前の彼は、麗《うるわ》しさとどこか享楽的《きょうらくてき》な雰囲気を持つ美青年だ。美麗に整った顔立ちの中、瞳がどこか悪戯《いたずら》っぽく輝いている。

そして、さらに気になるのは……

「まあ、本当にお可愛らしい方《かた》」

リュシアン王子の右膝にしなだれかかるように座った、赤髪の女性が甘えるように言えば、すかさず王子が彼女の耳元で囁《ささや》く。

「君だって可愛いよ、ルルー」

「まあ、リュシアン様ったら、わたくしのことも見てくださいませ」

「もちろん君も美しいさ、アジャンタ」

今度は、左膝に座る金髪の女性が頬を膨《ふく》らませたのを見て、リュシアン王子があやすように囁《ささや》く。

そう——彼は両腕に色っぽい美女たちを侍《はべ》らせているのだ。たった二人ではあるけれど、漂《ただよ》う雰囲気がもう、どこからどう見てもハーレムという感じだった。

もちろん、彼女たちにとってオーベルや私は跪《ひざまず》かねばならないほど高い身分なので、先程までは二人とも、恭《うやうや》しく頭を垂れて拝謁《はいえつ》できた喜びを述べてくれていた。

だが、「挨拶はもういい。お前たちを侍《はべ》らせていないと兄上が煩《うるさ》いから、いつも通りにしていろ」とオーベルに面倒そうに片手を振られ、普段の状況に戻ったという訳《わけ》だ。

確かにリュシアン王子って、前にジュール王子が言っていた通り、女性に優しい。

というか、変な方向に優しすぎるのかも……

目の前のやたらと艶《つや》めいた雰囲気に、やや笑顔を引きつらせながらそう思う。

隣に立つオーベルはこの状況に慣れているらしく、呆れたように眉を寄せるだけだ。

「兄上、相変わらずのご様子で。ご健勝そうで何よりです」

「ああ、相変わらず毎日が楽しいよ。王宮の面倒事から離れて可愛い子たちを愛《め》でながら過ごせるなんて、最高だよね」

　そこで、軽快なウインクをひとつ。うん……すごく軽い。

　オーベルとの血の繋《つな》がりを本気で疑いそうになる人だ。いや、オーベルも女性に対して如才《じょさい》ない対応をしているけれど、まだもう少し落ち着いている。

　思わず遠い目になっていると、目を輝かせたリュシアン王子が私に歩み寄ってきた。

「僕の愛しい仔猫たちもそうだが、妹君も愛らしい。ああ、やはり黒の瞳は神秘的でいいなぁ……！　見つめていると、吸いこまれそうな気分になる」

　そうして彼が私へ両腕を伸ばそうとした所で、オーベルが私の身体を自分の方へ引き寄せた。

　二人とも身長は百八十センチを超えているようだが、オーベルの方がいくらか高い。体格も、程良く筋肉のついたオーベルに比べると、リュシアン王子は細身に見える。

「――失礼ですが、兄上。姉上はこうした触れ合いに慣れていらっしゃらないのです。みだりに触れられないよう」

「そう言って、お前は触れているじゃないか。ずるいよ、僕だって抱擁《ほうよう》したい。せっかくの妹君の黒い瞳を堪能《たんのう》したい」

「黒い瞳がそんなに魅力的だというのなら、鏡でもなんでも存分に覗《のぞ》いていてください」

「そんなのつまらないよ！　まあ、僕が美しいのは事実だけどね」

その軽妙な掛け合いに、仲の良い兄弟なんだなと思う。

それに、リュシアン王子は気さくな人柄のようだ。自分の気持ちを素直に言う所は、ちょっとジュール王子と似ているかもしれない。微笑ましくなってくすりと笑みを零《こぼ》すと、オーベルが私を兄からさらにぐいっと引き離した。なんでだろう。

そんな私たちをどこか面白そうに見遣《みや》りながら、リュシアン王子が言う。

「そういえばオーベル、文《ふみ》で読んだけど、僕に何か報告があるんじゃなかったかい？」

「ええ。本日は姉上をご紹介する他に、そちらでも用事があって参りました」

「場所を移すかい？　僕はここでも構わないけど」

「……ええ。そうですね」

ちらりと私に視線を向けたオーベルに、なんとなく事情を察して口にする。

「あの、私のことは気にしないで。ここで大人しく待ってるから」

「ですが……」

少し躊躇《ためら》ったオーベルに、リュシアン王子はどんどん話を進めていく。

「いいじゃないか、妹君のお言葉に甘えれば。しばしの間、男同士水入らずといこう。

ルルー、アジャンタ。僕らがいない間、彼女のことを頼んだよ」

「ええ、お任せくださいませ」

先程の色っぽいお姉さんたち二人が、深々とお辞儀して請《う》け負《お》ってくれる。

兄のペースに流されっぱなしだが、嫌ではないようで、結局オーベルは肩を竦《すく》めて了承した。そして私の傍《そば》に来て囁《ささや》く。

「兄上もそうですが、ルルーもアジャンタも信頼できる者ですので、どうか御心配なさらずに。それでは姉上、また後程《のちほど》」

「うん、後でね」

手を振って見送った私だけれど、正直な所、初対面の色っぽいお姉さんたちと三人だけになる状況に、ちょっとだけ落ち着かない。

そんな私に、二人がしゃなりと近づいてきた。着ている服も上品ではあるけれど、少し露出がある所為《せい》かどこかしどけなく見えて、なんだか目の毒だ。

「ふふ、本当にお可愛らしい方《かた》。緊張なさらないでくださいませ。どうか肩の力を抜いて……」

「わたくしたちが、未知の世界へご案内致しますわ」

「は、はぁ……」

どこまでも怪しげな雰囲気に、私は思わずたじろいで数歩下がってしまう。

その会話が聞こえていたらしく、戸口を出ようとしていたリュシアン王子が、振り返ってにこにこと手を振った。

「ほら、妹君。ルルーとアジャンタが、庭に案内するって言ってるよ」

どうやら今の発言は、私が見たことのない庭を案内してくれるという意味だったらしい。なぜこの屋敷の人たちは、いちいち言い方が際《きわ》どいんだろう。

解《げ》せない、と思う私なのだった。


その後、二人のお姉さんたちに案内されて奥に進んだのだが、リュシアン王子とオーベルがいなくなると、彼女たちは色っぽい雰囲気はそのままに、理知的な態度で様々な場所を解説してくれた。

滔々《とうとう》と屋敷内の建築や美術品について語り、それに纏《まつ》わる歴史もさりげなく説明してくれる。

今は、庭に広がる美しい池をルルーさんが紹介している所だ。

「アカリ様。この池は芸術家として名高い、エジラードの作品でございます。水中花《すいちゅうか》を植え、その花が咲いた時に最も美しく見えるよう、石の配置などが精密に計算されて設計されております」

「緻密な計算に基づいてできてるんだ……すごい」

感心していると、さらにアジャンタさんも補足する。

「この屋敷が建てられた当時は、贅沢《ぜいたく》が良しとされていない時代でございました。それ故《ゆえ》、金も銀も使わず、それでいて華やかな風情《ふぜい》に作り上げるには工夫が必要でございまして」

「植えられた水中花《すいちゅうか》の花弁は白く、内側にいくほど蜜色がかっております。月夜にこの花が咲くと、まるで真珠と黄金を束ねたような美しさになるのでございます。それを見て、訪れた詩人たちがいくつもの詩を残しました。よろしければ、後程竪琴《のちほどたてごと》を奏《かな》で、ルルーの歌でお聞かせ致しましょう」

どうやら、彼女たちの頭の中には知識だけでなく、たくさんの詩や曲も収められているらしい。なんだか初めに抱いた印象ががらっと変わってきて、少し戸惑う。

じっと見つめる私に気づいたのか、アジャンタさんが柔らかい微笑みを浮かべた。

「どうかなさいまして？」

「あの、ごめんなさい。なんだか貴女たちが、さっきまでとは少し違う人のように思えて」

「人はいくつもの側面を持ちますもの。戸惑われることもあると思いますわ」

「いくつもの、側面……」

「ええ。人はいくつもの顔を持ち、鏡細工《かがみざいく》のように他者を翻弄《ほんろう》するもの。わたくしたちのみならず、オーベル様にアカリ様、それにリュシアン様もそう。赤く見えていたものが、反対側から見ると青に変わって見えたり。そうして人は、本当の自分を見えにくくしているのかもしれませんわね」

彼女の言う鏡細工《かがみざいく》とは、日本でいう万華鏡《まんげきょう》みたいなものだろうか。

色や形がきらきらと目まぐるしく変わって、最初がどんな色彩だったか思い出せなくなるような。

「本当の自分を見えにくくする……」

呟《つぶや》いた私に、今度はルルーさんが楽しげに言った。

「時に、アカリ様には、わたくしたちがリュシアン様にとってどのような存在に見えまして？」

「え？　ええと……二人とも、リュシアン殿下の恋人なのかなと」

二人が恋人というのもおかしいけれど、それ以上に適切な言葉が見当たらず、私は恥ずかしさを抑えて口にする。

すると、二人は悪戯《いたずら》っぽくふふっと笑った。

「あの、違いました……？」

「ええ、残念ながら不正解。リュシアン様のお言葉通り、わたくしたちは、ただの拾われた仔猫のような存在なのですわ」

「仔猫……？」

「孤児であったり、貧しさから苦界《くがい》に身を委《ゆだ》ねるしかなかったわたくしたちを、リュシアン様は引き取ってくださいました。そのような者たちが、この屋敷には幾人《いくにん》もおります。住処《すみか》を頂き、知識という糧《かて》を頂き……そうしてわたくしたちは、今日まで生きながらえたのでございます」

「じゃあ、本当に……」

「ええ。猫を撫《な》でる以上の意味で、あの方《かた》がわたくしどもに触れられたことはございません。ただの一度も」

「そ、そうなんだ……」

まさかのプラトニック発言に、かなりの衝撃を受けた。

しかし驚きながらも、次第にじわじわと、先程のアジャンタさんの言葉が理解できていく。享楽的《きょうらくてき》な笑顔の下に、リュシアン王子も全く違う顔を持っていると、彼女は伝えたかったのではないだろうか。

戯《たわむ》れと女性が好きな道楽者に見えて、実際にはそういう意味で女性に一切触れない、紳士としての顔。そして、弱者を迷わずすくい上げる、慈悲深い顔を。

「あっ、もしかして……」

王位継承を放棄したのも、彼がさっき言っていたような、面倒事から離れて可愛い子を愛《め》でたいからではなくて、何か別の深い考えがあって？

あるとしたらそれは、オーベルや国民のためだったりするのでは——

そう考えると、今目の前に広がる景色が、また違うものに見えてくる。

この屋敷は、彼が王位継承権から逃げ出した証《あかし》ではなく、彼が望んで選び取った場所なのかもしれない。

「……確かに、未知の世界が少しだけ見えてきたかも」

「それはよろしゅうございました」

アジャンタさんとルルーさんが、ふふっと微笑んだ。それは悪戯《いたずら》が成功した、無邪気な少女のような笑みだった。

居間に戻ってしばらくすると、話が終わったのか、オーベルとリュシアン王子が奥から戻ってきた。

「お待たせして申し訳ありませんでした。姉上」

「待たせて悪かったね、妹君」

「いいえ。ルルーさんとアジャンタさんに、色々案内して頂いて楽しかったので」

「そうかい？　まあ、二人とも案内上手だからね」

戻ってきたリュシアン王子は、相変わらず陽気で飄々《ひょうひょう》とした雰囲気だ。

けれど私には、そのおどけた態度がさっきまでとは違うように見えて、ついじっと見つめてしまう。

「おや、どうしたんだい。僕に見惚《みと》れてしまった？」

「はい……もしかしたら少し、見惚《みと》れてしまったかもしれません」

くすりと笑って切り返す。

言い回しは違うけれど、言っていることはオーベルと一緒だ。これもまた、彼のひとつの側面なのだろう。弟と同じ、憎めない自信家な部分も。

ただ、リュシアン王子と話すと、なぜかオーベルの機嫌が次第に悪くなっていくのが気になった。兄を取られたような気持ちを味わわせてしまったなら、少し申し訳なかったなと思う。

それからしばらく三人で話し、やがてお暇《いとま》する時間になった。

オーベルが馬車の御者《ぎょしゃ》と行程について話している間、私はリュシアン王子に尋ねてみる。

「リュシアン殿下は、王位に就かれたいとは思わなかったのですか?」

「おや、はっきりと聞くね」

「すみません。ただなんとなく、殿下は強い思いがあってそう決められたのかなと思って」

真《ま》っ直《す》ぐ見つめて言った私に、彼は目を丸くした後、ふっと笑って肩を竦《すく》めた。

「ああ……もしかして、ルルーたちに何か聞いた?」

「はっきりとは伺いませんでしたが、ちょっとしたヒントを」

「ヒントね。……まあ、妹君ならいいか。オーベルがだいぶ信頼しているみたいだし」

リュシアン王子は静かに口火を切る。

「だって、僕より余程王の器《うつわ》を持った人間が、すぐ傍《そば》にいるからね。だったら、僕はあいつから遠い場所にいた方がきっと上手くいく。……無用な争いは必要ないんだ。この国に必要なのは、飢える者のない未来だけなんだから」

そう口にした時の彼の眼差《まなざ》しは、真面目で理知的なものだった。

やはりこの人も王族なのだと思わされる。自分の名誉より何より、民を優先する気持ちが根底に流れている。それは、オーベルの中に見たものと同じだ。

「リュシアン殿下……」

「それに——王宮には怖い生き物がいるから、近づきたくないんだよ。あそこには魔が潜《ひそ》んでいる。それなら僕は、遠くから網を張ってオーベルを守らないといけない」

そう言ったリュシアン王子の目は、ひどく冷え冷えとしていた。まるでこの一瞬だけ、彼の周りの温度が下がったような気がした。

「魔……？」

それはやはり王妃を指しているのだろうか。

戸惑うが、すぐに彼は今の表情が嘘のように、にこっと笑った。

「それよりアカリ、君にその薄紅色《うすべにいろ》のドレスはよく似合っているね。オーベルの見立てかな？」

「あ、ありがとうございます。いえ、これはサイラスとミランダが選んでくれて」

「ああ、サイラス……あのオーベル馬鹿が選んだのか。あいつも相変わらずだなぁ」

「オーベル馬鹿って……」

確かに否定はできないが、なんとも遠慮のない台詞《せりふ》だ。

でも、サイラスがオーベルの乳兄弟《ちきょうだい》ということは、オーベルの同腹であるリュシアン王子との関わりが深い可能性も高いから、それ故《ゆえ》の気心が知れた軽口なのだろう。

それにしても、最後までコロコロと表情が変わって、おもちゃ箱みたいな人だ。

でも、そうやって振り回されるのが案外不快ではない。きっとオーベルも、こんな気持ちで兄と付き合っているのだろう。

ちょうどそこに、オーベルが戻ってきた。

「姉上、お待たせしました。兄上と、何かお話を？」

「うん、ちょっとね」

なんとなくお茶を濁《にご》した私に、オーベルは不思議そうな顔をしたが、それ以上追及はされなかった。そうして彼に促《うなが》され、馬車に乗ろうとした所で、ふいにリュシアン王子が私の腕をぐいっと引き寄せる。次いで、囁《ささや》くように耳打ちされた。

「アカリ。困ったことがあったら、またここにおいで。君がオーベルのもとにいる限り、僕は力になるよ。――たとえ君が何者でもね」

「え……」

その言葉に、一瞬、息が止まりそうになる。

だが驚いて見返した先のリュシアン王子は、笑顔で楽しそうにひらひらと手を振るだけだった。

「なんだか、掴《つか》めない感じの人だったね」

帰りの馬車の中、向かいに座るオーベルに言ってみる。

リュシアン王子は無邪気な子供のようで、それでいて達観した賢者のようでもあって、とにかく謎めいた人だった。

それに……最後のあれは、私の正体に勘づいているという意味なのだろうか。

私が本当は、王族ではないことを――

それでいて不思議と危機感を感じないのは、彼がオーベルと同じく、私を害するような人に見えなかったからかもしれない。言葉通り、私がオーベルの側《そば》にいる限りは味方でいてくれる感じがして。

上手く言えないけど、私が国を助ける方向に手を貸している限り、素性には目を瞑《つぶ》っていてくれる――そんな気がした。それはきっと、国を守ることが彼にとっても何より大切な使命だから。

車窓から私の方へ視線を向けたオーベルが頷《うなず》く。

「姉上もそう思われましたか。あれが、あの人の処世術なのです。兄上はああ見えて、とても賢い。だからこそ、早い時期に王の道から外れる道を選んだ人でもあります」

「やっぱりそうなんだ……それってやっぱり、無用な争いをなくすため？」

「ええ。兄上が十八、俺が十五のみぎりには、兄上は知で名を馳《は》せ、俺は武で名を馳《は》せていました。父上は、それを見て頭を悩ませているご様子でした。次の王はどちらを指名すべきかと。あの頃はまだ、ジュールが六つか七つの頃でしたから」

「ああ、なるほど……」

年が近く、両極端に優れた才能を持つ息子たちがいれば、それは悩むだろう。

二人は能力だけでなく、外見も美しく見映《みば》えがする。どちらも王位に相応《ふさわ》しいと思わせる魅力があった。

「次の王は、前王が指名する。そうとわかっていても、貴族たちは早い内から手を打った方が良いと考えたのでしょう。何人もの貴族が、俺や兄上に取り入ろうとし、要《い》らぬ対立を始めました。兄上が王位継承権を放棄すると告げたのは、その頃です」

「争いを失くして、貴方の補助に回ろうとしたのね。それが一番、国のためになると思ったから」

「ええ。それまで俺は、兄上が次の王になるのだとずっと信じていました。そのため、武を修めて兄上を支えようと騎士団に入ったのですが、兄上の行動の方が一歩早かった」

つまりこの二人は、お互いに同じことを考えていたのだなと思う。

お互いが王の器《うつわ》に相応《ふさわ》しいと信じ、その助けになろうと。

「案外似た者兄弟なのね、貴方たちって」

「否定はしません。……それに、兄上が家臣として俺を守ろうとなさるなら、俺はあの人の期待に応《こた》えて王となり、兄上と民を守るだけ。立場が変わろうと、俺のすべきことは同じです」

「そっか」

その言葉に、思わず目を細める。

そうやってお互いを認め合っている関係性が、なんだかちょっと羨《うらや》ましく思えた。

軽口を叩きながらも、その裏ではお互いを守ろうとして――

そこでふと気になったのは、リュシアン王子が言っていた、『王宮には魔が潜《ひそ》んでいる』という言葉。それからオーベルを守りたいのだと彼は言っていた。

あれは、王妃を指しているのだろうか。

目を伏せて考え始めた私に、オーベルが尋ねる。

「姉上。どうかなさいましたか？　心配事があるのなら、心に閉じこめずに口になさってください」

「オーベル……うん。ただ、少し気になったの。私は何か大事なものを見落としているんじゃないかって」

「そう。暗闇の中に隠れた何か。上手く言葉にできないんだけど……」

だって、目を凝《こ》らして周囲を見ても、私には初めて見るものばかりで、今でも圧倒されてしまう。そうこうしているうちに、何か大事なヒントを見逃しているんじゃないかと、不安になるのだ。

オーベルが手を伸べ、私の髪をくしゃりと撫《な》でる。

「ならば、その何かに気づいた時は、どんなに小さなことでも今のように俺の前で言葉にしてください。姉上の杞憂《きゆう》を一瞬で消してみせましょう。何、簡単なことです」

当たり前のように口にした彼に、私は思わずぽかんと口を開く。

相変わらずすごい自信だ。

そして次の瞬間、堪《こら》えきれなくなって、くすくすと笑い出す。

「オーベル、貴方ってなんでそう、いつも自信いっぱい……あはは！」

どうやったらそこまではっきり言いきれるんだろう。私には絶対言えない台詞《せりふ》だ。

そう思いながらも、だんだん心の靄《もや》が晴れていく。

彼に相談すればきっと本当に、目の前に道を切り開いてくれるのだろうと思えて。

「私、やっぱり貴方が弟で良かったのかも……」

「大事なもの？」

笑いすぎて目尻に浮かんだ涙をそっと拭《ぬぐ》いながら、呟《つぶや》く。

そんな私の言葉を聞いたオーベルは、名状しがたい表情をしていた。嬉しさの中に一滴の苦さが混ざったような、そんな表情。彼は、ふいと横を向いた。

「……俺が自信に溢《あふ》れて見えるとしたら、それは守りたいものがあるからでしょう。恐れ慄《おのの》き、震えている者に、何も守れはしない」

そう言って、オーベルは私の髪からそっと手を離す。

まるで触れてはならないものに触れたことに気づいたような、そんな仕草だった。

＊＊＊

王妃エスメラルダの宮。

寝室の奥にある部屋には今、王妃の姿があった。結い上げた豊かな金髪の下、青い瞳は憎々しげに窓の外を見据《みす》えている。視線の先にあるのは、血の繋《つな》がらない息子オーベルが住む宮。

「……まったく、ほんに忌々《いまいま》しいことよ」

手に握っていた文《ふみ》をぐしゃりと握り、王妃は低い声で唸《うな》る。

それは、間者からの報告書だった。アカリを害することに失敗した旨が暗号めいた文章で書かれている。ここ最近で嫌になるほど見慣れたそれに、すぐに読む気が失せて握り潰してしまった。

この紙のように、邪魔な人間は全て潰《つい》えれば良いものを。

――そう、消えてしまえば良いのだ。オーベルも、あの目障《めざわ》りな小娘も。

オーベルがあのアカリという娘を連れてきて以来、エスメラルダは幾度も自分の手の者を送っていた。

時には侍女や侍従として、腕の立つ者を見つけては、兵士として潜入させようとした。甘い言葉で心を揺さぶり、自分のもとへ来させようとしたのだ。それでも心変わりをしないのならば、いっそ害してやろうと。

だが、そのどれもが途中でオーベルやサイラスに勘づかれ、失敗に終わった。

アカリの側《そば》にいるミランダという侍女もなかなかの曲者《くせもの》らしく、贈り物に細工をしても、アカリの手に渡る前に処理されてしまい芳《かんば》しい結果は得られていない。

そうして次の手を考えているうちに、今度はアカリがタルガから白の民を連れて戻り、王宮に新たな波乱を持ちこんだ。

特に貴族たちの反応は顕著《けんちょ》で、初めはアカリの行動を非難する者が多かったが、一方で評価する者も現れ始めた。彼らは、アカリの行動は今の時代にこそ必要なものだったのだと一様《いちよう》に瞳を輝かせ、そんなアカリを王宮に連れてきたオーベルの慧眼《けいがん》を評価する向きもあった。

市井《しせい》の民ともなると、貴族以上にアカリの行動を支持し、巷《ちまた》ではあの小娘を「黒鷹公の姉上」の他、「慈愛の王女」と呼ぶ者も出てきているという。不愉快どころではない話だった。

憤《いきどお》りが収まらぬ中、部屋の中にふっと新たな気配が増える。

市井《しせい》に放っていた間諜《かんちょう》が、扉から滑りこむように入室したのだ。気配を殺すことに慣れた、手練《てだ》れの動きだった。

エスメラルダは振り返りもせず、そのまま背後に跪《ひざまず》いた男に命令する。

「――ようやく来たか。早く報告をしりゃれ」

「はっ。偉大なる王妃殿下。いつもながら、お美しくもご機嫌麗《うるわ》しゅう……」

「前口上《まえこうじょう》は要らぬ。妾《わらわ》の機嫌を麗《うるわ》しくしたいのならば、相応の結果を携《たずさ》えてくれば良いだけのこと」

「それでしたら、このご報告で、必ずやお喜び頂けるかと」

「ほう……？　ならば、申してみよ」

眉を上げたエスメラルダの前で、男はいっそう声を潜《ひそ》める。

間違っても誰かに聞かれてはならないと抑えられた低い声は、一歩近づいた王妃の耳にしか届かない。そしてそれは、確かに彼女を楽しませる情報だった。

報告を聞き終えたエスメラルダは、愉快で堪《たま》らないといった様子で口の端を上げる。

「……確かに、それは面白い。鼠《ねずみ》をいくら送っても無駄なら、逆に餌《えさ》を放って誘《おび》き寄せようという訳《わけ》か。上手く使えば、異端の娘を消すのに良い駒となるじゃろうて」

エスメラルダの低い笑い声が響く。

やがて彼女は、ドレスの裾《すそ》を優雅に翻《ひるがえ》し部屋の外へと歩いていった。すぐに必要なものを手配し、望む結果を得るために。

第五章　神聖なる儀式

よく晴れた日の午前中、今日も私はオーベルの執務室で書類整理を手伝っていた。

最近は、書類整理と王女特訓を一日置きに行っているけれど、どちらもやり甲斐《がい》が増して毎日が充実している。

ちなみに最近の私は、もうひとつ新たな活動を始めていた。

それは、日本でやっていた石鹸《せっけん》作りのレシピをまとめること。

日々を送るうちに知ったのだけれど、この世界では、王侯貴族など身分の高い人々の住まいにしか浴室がなく、タルガの領主の屋敷にあった浴室も、彼が爵位持ちだから所持できたものらしい。

平民は布で身体を拭《ふ》くぐらいで、それも水で絞った布を使うだけで、石鹸《せっけん》で肌を擦《こす》ることもほとんどないという。なぜかと言えば、この世界で平民が一般的に使っているのが、獣脂《じゅうし》で作られた石鹸《せっけん》だからだ。

秋に家畜を屠《ほふ》る際、大量に出る牛脂やラード。それを原料に作った石鹸《せっけん》はひどい匂いがして、服や食器ならまだしも、肌を洗うのには適していない。それ故《ゆえ》、肌が不潔なままであることが平民の間では常態化していて、それによる病気や怪我の悪化で命を落とす者も少なくないそうだ。

だから、オリーブオイルのように肌用の石鹸《せっけん》に適した原料を見つけ、質の良い石鹸《せっけん》が生産できたら、国民の衛生状態が良くなるのではないかと思ったのだ。

それに、この世界では古くからの熱処理を加えた石鹸《せっけん》の作り方が伝えられているのみで、日本では一般的な、熱を加えない作り方であるコールドプロセス製法は存在自体がないようだった。

洗顔石鹸《せっけん》といえばコールドプロセス石鹸《せっけん》といわれるように、加熱せずに作った石鹸《せっけん》は保湿効果が高い石鹸《せっけん》になる。洗浄力の面では従来からの熱処理型の方が勝《まさ》るけれど、女性にとってはきっと重宝《ちょうほう》する石鹸《せっけん》になるだろう。高校の頃から長らく趣味にしていただけあって、手順や製法も全て頭に入っている。

国民の生活を、少しずつ良い方向に変えられれば、きっとオーベルが王になった後も助けになる。原料を輸入に頼る必要があるかとか、考えることはまだまだいっぱいあるけれど、自分が趣味でしてきたことがオーベルのために活かせるんじゃないかと思うと楽しかった。

今日も執務室での書類の整理が終わり次第、レシピの続きを書こうとワクワクしていたのだが。昼下がりの執務室に、サイラスが息せききって駆けこんできた。

「失礼致します、オーベル様、アカリ様……！」

「どうしたの？　サイラス。そんなに慌てて」

「何かあったのか？」

不思議に思って椅子から立ち上がった私とオーベルの前に、サイラスはすぐさま跪《ひざまず》く。いつも冷静な彼らしくない、ひどく切迫した表情だ。

「息も乱れた姿で、失礼をお許しください。それが……ついに見つかったのです。返還《へんかん》の儀《ぎ》について書かれた書物が。アカリ様を元の世界にお帰しできる情報が、北の神殿にあったのです！」

「えっ……」

「何……!?」

言葉を失う私の隣で、オーベルが驚きに声を上げる。

――日本に帰れる。それはずっと望んでいたし、とても嬉しいことだ。なのに、なぜかそれがひどく突然のことに思えて、私は暫《しば》しの間呆然と佇《たたず》んでしまった。

反応のない私を、跪《ひざまず》いたままのサイラスが戸惑ったように見上げる。

「アカリ様……？」

声をかけられて、はっとする。

「あ、ごめんなさい、ちょっと驚きすぎて……。サイラス、それは本当なの？」

「ええ。真《まこと》にございます。王宮の北にある神殿から、古い書物が見つかったのです。古来の神事について書かれたものでしたが、そこに過去の返還の儀についての記載がございました」

報告を聞いたオーベルはなぜか一瞬目を伏せ、すぐに気を取り直したように頷《うなず》いた。

「そうか……まさかそんな場所にあったとはな。内容は全て目にできたのか？」

「それが、申し訳ございません。祭司長《さいしちょう》にお願いし、該当の頁をしばしの間拝見はできましたが、お借りすることまでは叶いませんでした。ですが、オーベル様から正式な依頼をお出し頂ければ、拝借できるかと思います」

「わかった。急ぎ申し入れよう」

すぐに判断を決めたオーベルの依頼を受け、午後には神殿の神官より件《くだん》の書物が届けられた。

古びたその書物には、次のような文章が認《したた》められていた。

『国の北にある泉にて、返還の儀を取り行うべし。あるべきものをあるべき場所に戻すに不可欠なのは、現れた時と同じもの。真白き満月が昇る晩の、最も魔の高まる刻《とき》。尊《とうと》き魔力が注がれた時こそ、返還の儀は成功するであろう』

その下には、細かな字でさらに詳しい説明が書いてある。

なんとなく意味は通じるけれど、抽象的な表現が多い文章に戸惑う。

「これ、どういうことかな？」

難しい顔になって書物を見つめた私の前で、サイラスが小首を傾《かし》げた。

「国の北にある泉……さて。小さい泉でも良いのであれば、国中に数えきれないほどございますが」

「普通に考えれば、この書物が見つかった北の神殿にある泉だろう。確かあそこには月を綺麗に映す泉があったはずだ。それに、全く関係のない場所で儀式に関する書物が見つかるとも思えない」

オーベルの言葉に、確かにと二人頷《うなず》いた。

これは恐らく、変に難しく考えない方が良いのだろう。神事を行う場所の近くであるのもまた、儀式を行うのに相応《ふさわ》しい感じがする。

サイラスが続きの文を読み上げた。

「では、あるべきものをあるべき場所にというのは……」

「これはたぶん、私のことよね。私をあるべき場所、日本に戻すには現れた時と同じ物が必要……」

「――つまり、姉上が着ておられた服か」

「うん、きっとそう！　あとは、持ってきた荷物も」

この世界に来た時に着ていた、ニットやスカート、ブーツにコート。それに、お財布。どれも無くさず寝室に保管してあるから、これは大丈夫だろう。

「あとは、真白き満月が昇る晩……ええと、これはいつなんだろう？」

「これは、もしや……」

考えこむ私の隣で、サイラスが何かに気づいた様子ではっとする。

「どうしたの？　もしかして、この真白き満月って、言い伝えでしか聞いたことがないとか……？」

心配になって尋ねると、サイラスは静かに首を横に振った。だが、いくぶん顔が強張っている。

「いえ……そうではないのです。真白き満月が昇る晩、それは今日から遠からず訪れます。ただ……私の記憶が確かであれば、それは本当にもう間近なのです」

「間近？」

「ええ。恐らく、三日後か四日後の晩」

「そんなにすぐのことなの……!?」

あまりに急な事態に驚き、思わず言葉を失う。

だが逆に言えば、大事な晩が知らぬ間に過ぎてしまわず幸運なことでもあった。

つまり、私が日本に帰れるチャンスが来るのは、早ければ三日後。

そこで、ふと顔を曇《くも》らせる。

今日本に帰るというのは……さすがに駄目だろう。だって私は、「オーベルの同意者として彼を支える」という肝心の役目を終えていない。まだ私は、彼との約束をきちんと果たしていないのだ。

王族たちが集《つど》い、自分が誰に同意するかを表明する議会は、二ヶ月後にあると聞いている。だというのに、その前に役目を放り投げて一人だけ帰るのは違う気がした。

だから私は、次のチャンスに頭を巡らせる。

「あの、サイラス。次の真白き満月が出る晩っていつなの？　私は別に、その時でも……」

「次に同様の晩が来るのは、早くて三年後になります」

「三年後!?　そんな……」

思わず絶望的な気持ちになる私に活を入れたのは、オーベルだった。

「姉上。早急に元の世界へ帰る支度《したく》を整えましょう」

「でもオーベル！　それじゃあ、貴方の同意者としての役目が……」

驚く私に、オーベルは静かに返す。

「姉上は、現状でもよく役目を果たしてくださっています。貴女は白の民を救おうとし、それ以降もたびたび視察に巡り、黒鷹公の姉上として周囲にその存在を知らしめた。そして今、貴女が俺を推《お》す同意者であるとの認識は、周囲に浸透しています」

「でも……」

確かに、私がオーベルの味方であることは、今では多くの人々がわかっているはずだ。

他の王族との関わりはほとんどなく、彼を支える行動しか取っていない。

だが、手元にはっきりと何か残る形で意思を示した訳《わけ》ではないのだ。

私のその心配が伝わったのか、オーベルがさらに口にする。

「ご心配であれば、明日にでも元老院《げんろういん》の長老方の前で、誓約書を認《したた》めましょう。それで、貴女が俺に同意する意志はきちんと形に残る。貴女が何もせず動かずにいた女性であれば、そのような誓約書に効果などなかったでしょうが、貴女はすでにそれだけのことをしたのです」

「オーベル……」

ちゃんと認めてくれていたんだ、私がしたことを。

瞳を揺らす私に、なおも彼は力強く続ける。それは説得するような声音だった。

「――姉上。今を逃せば、戻る機会を永遠に失うかもしれないのです。三年後もあるとはいえ、その時姉上が無事でおられるとは限らない。時が経《た》てば、王妃はさらに姉上のお命を執拗《しつよう》に狙ってくるでしょうし、その時に俺が傍《そば》にいられるかもわからないのです」

「オーベルが、傍《そば》にいない……？」

何を言われたのかわからなくて掠《かす》れた声で繰り返した私に、オーベルが頷《うなず》く。

「俺は王子ですが、同時に騎士の位《くらい》を拝命しています。簡単にやられる気はありませんが、いつ戦いで倒れるかもしれない。もし無事に王位に就けたとしても、やはり命を狙われていることでしょう。その時、貴方を送り届けることができるかわからないと言っているのです」

「そんな、何言って……」

いつだって不敵なオーベルが見せた、真剣で憂慮を湛《たた》えた眼差《まなざ》し。彼が迷わず元の世界へ帰れと言うくらい、私と彼の立場は危ういものなのだろう。

次第に、へなへなと肩の力が抜けていく。

そんな私とオーベルに、サイラスはどこか痛ましいものを見るような目を向けた。

「まさかこのような事態になるとは……。ですが、私も今がお戻りになる好機に思います」

「サイラスも、その方が良いと思うの？」

瞳を揺らして尋ねる私に、彼は重々しく頷《うなず》いた。

「ええ。オーベル様が仰《おっしゃ》るように、我々が三年後も確実にお側《そば》にいるとは言いきれません。もちろん、オーベル様の剣にそこらの兵が敵《かな》うとは思いませんし、立派な王になられているものと思いますが。しかしながら、何が起こるかわからないのが戦場であり、政治の場なのです」

サイラスはさらに真剣に続ける。

「万が一、オーベル様のお命が危《あや》ぶまれるようなことがあれば、私が盾《たて》となる所存ですが、それでも無事では済まないこともございましょう。そうなれば、書物に書かれていたように、アカリ様に王族の魔力を注ぐことも難しくなるのです」

「あ……」

言われて気づく。

確かに、そんな内容も書かれていた。私を元の世界へ返還するには、尊《とうと》き魔力を注ぐ必要もあるのだと。これは恐らく、王族の魔力のことを指している。今は幸い、こうして全ての条件が目の前にあるが、三年後もそれが揃《そろ》っているとは限らないのだ。

ジュール王子やリュシアン王子も王族だし、比較的私に好意的だけれど、それはあくまで彼らが私を自分の姉や妹だと認識しているから、もしくはオーベルが傍《そば》にいるからだ。

もし私が王族ではなく、そもそもこの世界の人間ですらないと告げた場合、変わらず味方でいてくれるとは考えにくかった。

そう――確実に私を元の世界に送り届けようとしてくれる王族は、オーベルだけ。今保管している服だって、この事実を知った王妃や誰かに狙われ、盗まれてしまうかもしれないのだ。

迷っていたらきっと、戻る機会がみすみす失われてしまう。

ようやく私は、ぐっと拳《こぶし》を握って心を決める。

「わかった……迷ってごめんなさい。それにありがとう、二人とも。この機会を無駄にしないように考えてくれて。――日本に戻るね、私」

「ええ。どうかそのように……姉上」

オーベルが囁《ささや》くような声で口にする。

彼に姉上と呼ばれるのも、あと数度のことかもしれない。そう思うと、なぜか顔を上げられなくなって、私は俯《うつむ》いたまま彼の声を聞いたのだった。

その後、オーベルは返還の儀の手配を行うため、すぐに部屋から出ていった。

神殿を管轄《かんかつ》する祭司長と話し、神殿の一部をひと時借りる旨を交渉に行ってくれたのだ。返還の儀を滞《とどこお》りなく行うには、その時間だけでも泉近くを人払いする必要があったから。

贅沢《ぜいたく》を廃した荘厳な雰囲気の神殿には、別棟に修行中の見習い神官たちの住まいもあり、大勢が生活しているという。彼らを一時的に別の場所に移動させるか、儀式の間だけでも、室内に留まっていてもらえるよう対処しなければならないためだ。

サイラスもまた、私が同意者としての役目を確実に果たせるよう動いてくれた。

同意の誓約書を認《したた》めてもらうため、元老院《げんろういん》の長老たちを王宮の一室に呼んだのだが、その話し合いに同席し、隣でずっとフォローしてくれたのだ。

「このたびは、急にお呼び立てして申し訳ありません。今日は、元老院《げんろういん》の代表である貴方がたにお願いしたいことがあり、こうしてお集まり頂いた次第です」

私が文《ふみ》を送って呼んだのは、元老院《げんろういん》の長老の中でも実力者と認識されている三名の老人たち。未《いま》だ謎の多い王女とされる私からの直々《じきじき》の呼び出しとあり、彼らは一体何事かと戸惑った様子だ。

本当なら自分から出向きたい気持ちもあったけれど、王女という立場で臣下のもとへ出向くのはやはり立場上おかしいことらしかった。それ故《ゆえ》の、王宮での集《つど》いだった。

三人の中、最も年長と見られる老人が厳《おごそ》かな態度で口を開く。

「こうしてご尊顔を拝謁《はいえつ》できて恐悦《きょうえつ》至極《しごく》に存じます、王女殿下。しかし、お願いごととは一体どのような内容でございましょう」

「それは——私の意志を、今のうちから貴方がたにはっきり覚えていて頂ければと思いまして」

「意志、ですと？」

不思議そうに聞き返した長老に、今度は隣にいるサイラスがそっと会話に加わった。

「恐れながら、そちらは私の方でご説明を」

一礼した後、彼は滔々《とうとう》と続ける。

「アカリ様は、市井《しせい》の暮らしが長かったためか、お身体が弱く、時に床《とこ》に伏せられることも多くございました。慣れない王宮での暮らしで、なおさら心労が祟《たた》ったのでございましょう」

「なるほど。それはさぞご苦労も多かったことでしょう」

先程の老人の隣に座る男が、重々しく頷《うなず》いた。

「ええ。故《ゆえ》に、二ヶ月後に行われる議会において、同意者としての役目を果たしたくとも、その時に病気で伏せっておられるかもしれない。それが、アカリ様におかれましては今からご心配でならないとのことでした。だからこそ、あらかじめご自分の意志を表明しておきたいとお考えなのです」

「ほう……表明ですか。つまりは我々に、言葉で告げられたいと？」

考え深げに尋ねた長老に、私は緩《ゆる》やかに首を振って答える。

「いいえ、誓約書を認《したた》めさせて頂きたいのです。そして貴方がたに、それをお渡ししておきます。もちろん、何事もなく私が議会に無事参加できれば、その紙は破棄して頂いて構いません」

そう伝え、ドキドキしながら返事を待っていると、やがて彼ら三人は顔を見合わせて、息を吐いた。

「お気持ちはわかりました。誓約書とは、なんともまた型破りな……。しかし、王女殿下の取られたというこれまでの行動を思えば、今更ではありますかな」

「それに、意志を不鮮明にされるよりは余程、良案でございましょう」

「ええ、そのように思います」

苦笑しつつも、どうやら三人とも誓約書での事前表明を受け入れてくれた様子だ。

実際、国の現状を憂《うれ》えている彼らからしても、意志を明確に表明しない王族より余程いいと考えたのだろう。その後、彼らの前で無事、誓約書を認《したた》めることができた。念を入れ、誓約書は二枚書き、割り印を押した片方を元老院《げんろういん》へ。もう片方をオーベルのもとで保管してもらうことにした。

これでどちらにもちゃんと証拠が残る。

長老たちとの会合が終わり、離れの寝室に戻ると、荷物の片付けを始めた。

私がこの世界に来た時に着ていた服装が揃《そろ》っているのを確認し、畳《たた》んでまとめておく。

「これで、しておくことは大体終わったかな……」

準備が終わると、ちょっと休憩したくなったので、私は離れの中庭で休むことにした。

石段に布を敷いて腰を下ろし、夕暮れの橙《だいだい》に染まった庭をぼんやり眺めていると、どこからかシロが歩み寄ってきた。身軽な彼はいつも足音も立てず、風のように近づいてくる。

「アカリ、なんか疲れてる。どうした？」

「あ、シロ……ううん、ちょっとだけ考えごとしてたの」

シロには、私が異世界人であることも、元の世界に戻ることも言わないままにしておこうと決めていた。

説明しても彼にはよくわからないだろうし、そんなことで徒《いたずら》に混乱させたくなかったのだ。私がいなくなった後の彼の後見人は、オーベルが引き受けると約束してくれたから、その点も安心している。

何も知らないシロは隣にちょこんと腰を下ろし、首を傾《かし》げた。

「考えごと？」

「そう、ここに来てすぐの頃や、シロに初めて会った時のこととか」

思い出したのか、シロがぱっと笑顔になった。

「アカリ、頭なでてくれた！　それにミランダ、髪あらってくれた」

「うん、そうだったね。それで王宮に来たんだものね。ほんと、時が経《た》つのって早いなあ……」

「時が経《た》つの早いと、いや？」

顔を覗《のぞ》きこんで尋ねるシロに、ううんと首を横に振る。

「楽しいことがあると、時間が経《た》つのは早く感じるっていうから、嫌じゃないよ。シロに出会えたし、オーベルやサイラス、ミランダ……みんなに出会えたからね」

「たのしい？」

「そう、たのしい」

「でも、アカリ、かなしそうな顔してる」

不思議そうに首を傾《かし》げたシロに、上手く言葉が返せなくて思わず黙りこむ。

――そう。私は本当の所、嬉しいのか悲しいのか、よくわからなかったのだ。

返還の儀が行われると聞いた時、一番最初に浮かんだのは、紛《まぎ》れもなく安堵《あんど》と喜びだった。

ようやく日本に戻れる。そう思うと、涙が出そうになって。

だが次の瞬間、オーベルの顔を見たら、次第にその気持ちが萎《しぼ》んでいった。彼だけじゃなく、サイラス、ミランダ、シロ……皆の顔を見るたび、喜びはだんだん切ないような気持ちに変わっていく。だって元の世界に戻るということは、彼らと二度と会えなくなるということだ。

その事実をじわじわと理解して、どうしたらいいかわからなくなる。

「不思議ね……まだ一ヶ月と少ししか、この世界にいないのに」

ぽつりと呟《つぶや》く。でもきっと、思い出に時間の長さは関係ないのだろう。

初めは苦手なタイプだったオーベルが、悪い人じゃないのかもと思えてきて、次第に頼れる存在に変わって。一緒にいると、いつの間にか誰よりほっとする人になった。

そう……私はきっと、あの皮肉屋の弟と別れがたくなっているのだ。

日本に戻ったら、もうあんな風にぽんぽんと言い合うやりとりはできなくなる。

だからなのだろう、こんなに胸が苦しくなるのは。

私の隣に腰を下ろしたシロが、さらに尋ねる。

「アカリ、さみしい？」

「うん……そうね。寂しいのかも」

皆と離れるのが寂しい。もう少し一緒に過ごして、もっと皆のことを知りたかった。

でも――私には、日本に家族がいる。彼らを悲しませることはできない。もしかしたら今だって、家族や友人たちは私を探しているかもしれないのだから。

それに、初めに決めたはずだ。私の目標は、オーベルとの契約を果たして、日本に戻ることだと。そして彼は、私がすでにその役目を果たしたのだと言ってくれた。

だから、戻る時が思っていたより早くに来ただけなのだ。

ここで足踏みしていても仕方ない。

自分に活を入れるように両頬をぱちんと叩くと、私は勢いよく起き上がる。

「――そう、思いきらないと駄目よね。だって、どっちも選ぶことなんてできないんだから」

気持ちを振りきるように言うと、なぜかシロに、よしよしといった感じで頭を撫《な》でられた。

「ええと、シロ？　どうしたの？」

戸惑って見返すと、真面目な顔になったシロが言う。

「オーベル、前にアカリにこうしてた。そうしたらアカリ、笑った。だから、俺もした」

「ああ……彼の真似だったんだ。そっか、ちょっとびっくりした」

「それに、オーベル言ってた。自分がどうしてもそばにいられない時、かわりにアカリを守ってくれって」

オーベルが、そんなことを……

一瞬の驚きの後《のち》、じわじわと胸が温かくなっていく。

「そっか、そんなこと言ってたんだね、オーベル。……ありがとう。シロも優しいね」

知らないうちに、シロとオーベルも交流を深めていたんだなと思う。

皮肉屋なオーベルだけど面倒見がいい所もあるから、もしかしたら年の離れた弟のように思って接していたのかもしれない。

――そういえば、オーベルは、いつの間にか私の髪を撫《な》でる癖がついていたなとも思う。

慰《なぐさ》めようとしたのかはわからないけれど、私が不安そうにしていると、くしゃりと優しく髪を撫《な》でてくれた。本当に姉扱いされていないんだなと苦笑も浮かぶけれど、実際の所、彼の思いやりは嬉しかった。

私は結局、最後まで彼の姉らしくできなかったのに。なのに、こうやっていつも陰で守ろうとしてくれる。

そしてそれは、目の前のシロやサイラス、ミランダだってそうだ。オーベルのように力強く支える訳《わけ》ではないけれど、穏やかに側《そば》に寄り添ってくれていた。

中でもミランダは、私の事情を知っている訳《わけ》でもないのに――

「そうだ。ミランダ……」

ふと、優しげな侍女の風貌を思い浮かべる。

最後にもうひとつ、自分のしておくべきことを思い出したのだ。

翌日、返還の儀式まであと二日となった日の午後。

私は考えた末、ミランダを誘って一緒にキャンドル作りをすることにした。

本当は石鹸《せっけん》を作りたかったのだけど、私がよくやる熱処理をしない方法だと、材料を混ぜてから仕上がるまで四週間以上かかってしまうのだ。それだと完成をこの目で見られないし、すぐに渡すこともできない。

それに、キャンドルを選んだのは他にも理由があった。これなら蜜蝋《みつろう》などの蝋《ろう》と、芯となる糸があれば一日でできるし、何より日々使うものだから、もらって困ることもないだろうと考えたのだ。

そうして誘ったのだが、ミランダは初めきょとんとした。

「蝋燭《ろうそく》を作る……でございますか？」

「うん、できたらミランダと一緒に作りたくて」

「それはもちろん、光栄に思います。ですが、燭台《しょくだい》の蝋燭《ろうそく》をご所望でしたらすぐにお持ちします。お作りするにしても、アカリ様のお手を煩《わずら》わせずとも全て私が……」

「あっ、違うの！　出来上がったものが欲しい訳《わけ》じゃなくて、ミランダと一緒に作ることが大事なんだ。だから、今日は何も言わず、ただ私と一緒に作ってほしいの」

「ですが……」

「それに、きっとミランダが今まで見たことがないような蝋燭《ろうそく》になるから。ね、お願い！」

「……畏《かしこ》まりました。アカリ様は、一度仰《おっしゃ》ると引かない方《かた》でございますものね」

手を合わせてお願いした私に、ミランダがふふっと微笑んで頷《うなず》く。

最近の彼女は、私への敬意の姿勢は崩さぬままに、そんな軽口も叩いてくれるようになった。前よりも気を許してくれているのかなと思うと、嬉しくなる。

ただ同時に、胸が苦しくなることも多くなった。私は多くの人を騙《だま》しているけれど、中でも彼女の気持ちを一番裏切っているのだなと感じて。オーベルやサイラスは私の素性を知っているけれど、彼女は今も何も知らないままなのだ。

私をただ一人の主《あるじ》と決め、忠誠を誓ってくれた彼女。

でも私は、本来なら彼女の忠心を受けられるような立場にない。王族でもなければ、この世界の生まれでさえない人間だ。

だから、日本に戻る前に本当のことを伝えておきたいと思ったのだ。怒ったり、もしかしたら軽蔑《けいべつ》されるかもしれない。それでも、きちんと伝えておかなければならないことだったから。

そんな私の思いを知らないミランダは、部屋の奥にある侍女用の簡易厨房《ちゅうぼう》へ私を案内すると、すぐにさっと腕まくりした。

テーブルには今、私の持ってきた材料と道具がずらりと並べられている。

蜜蝋《みつろう》と、芯に使う細い白紐、それに、ドライフラワーや乾燥果実。前に中庭で拾った、あの赤い実もある。あとは細い筆に木の棒、キャンドルの器《うつわ》になる太めのどっしりとした硝子瓶《ガラスびん》だ。

二人分揃《そろ》ったそれらをまじまじと見ながら、ミランダが尋ねてきた。

「それで、どのようなものをお作りになるのですか?」

「蜜蝋《みつろう》を材料に、花や果実を入れた蝋燭《ろうそく》を作ろうと思って」

「蝋燭《ろうそく》の中に花や果実を……もしや、こちらの花を入れるのですか?」

テーブルに並べられた、赤紫や薄青、黄色のドライフラワーを見てミランダが首を傾《かし》げる。サイラスに聞いて薬草屋や果物屋から手配したものだけれど、なかなか良い感じの色合いだ。

「そう。花や果実が綺麗に見えるよう、側面に貼りつけるようにして蝋燭《ろうそく》の中に閉じこめるの」

「それはまた……なんともお珍しい蝋燭《ろうそく》ですこと」

ミランダは興味深そうに材料を見つめた。

日本では雑貨屋などでよく見かける、花やハーブを閉じこめた太めの蝋燭《ろうそく》――ボタニカルキャンドルだけれど、この世界ではやはり馴染みが薄いようだ。

蝋燭《ろうそく》としてはもちろん、雑貨として飾るだけでも可愛い。それに、作る手順もそう難しくないから、きっと上手くいくだろう。

二人で竈《かまど》の火を起こした後、よし始めようと声をかけた。

「じゃあ、とりあえず作っていこうか。まずは、蜜蝋《みつろう》を湯せんにかける所からね」

「畏《かしこ》まりました」

頷《うなず》くミランダの前で、私は水を入れた大きめの鍋を火にかけた。水が沸騰《ふっとう》してきたら、その鍋の中に小さめのスズ缶を入れ、中に粒状の蜜蝋《みつろう》をざらっと流し入れる。

そうやって湯せんで少しずつ溶かしていくのだ。やがて蝋が液状になったら、その液に筆を浸《ひた》して糊《のり》代わりにし、硝子瓶《ガラスびん》の内側にドライフラワーなどを貼りつけていく。

試しにミランダの前で、赤い花をひとつ筆で貼って見せた。

「こうやって筆に溶けた蝋を塗って糊《のり》代わりにして、花や葉っぱを瓶の内側に接着していくの。ミランダも、好みの花を選んで塗ってみて」

「あら、どうしましょう。迷ってしまいますわね」

迷いつつも、なんだか楽しそうだ。赤紫色の花とオレンジに似た乾燥果実を選んだ彼女は、それらをせっせと筆で貼りつけていく。

私はその向かいで、前に拾った赤い実と、乾燥した緑の葉っぱをぺたぺたと貼っていった。

思った通りにできたのか、ミランダが笑顔でふうと額《ひたい》を拭《ぬぐ》う。

「アカリ様。できましたわ。次は、どのようにすればよろしいでしょう」

「次は、芯になる紐が真《ま》っ直《す》ぐになるように木の棒で固定してから、残りの蝋を流し入れるの」

「ああ、この棒を使うのですね。畏《かしこ》まりました」

初めて行う作業のはずだが、ミランダは呑みこみが早く、手際よく作業を進めていく。

瓶の縁《ふち》近くまで透明な蝋を流し入れた後は、白く固まるのを待つだけだ。

二時間ほどかかるけれど、硝子瓶《ガラスびん》で作ったから完成形がなんとなくイメージできるらしく、ミランダは嬉しそうにテーブルの上に置かれたそれを見つめている。

「こうして見ると、アカリ様が飾ると仰《おっしゃ》っていた意味がよくわかります。蝋燭《ろうそく》などただの照明とばかり思っておりましたけれど、工夫によってこんなに華やかになるのですね」

「でしょう？　私の住んでいた所では、毎日を楽しむために、こういう風に色々なものを飾るんだ。蝋燭《ろうそく》だけじゃなく花や植物、本当に様々なものを」

「アカリ様のいらっしゃった所……」

「私の住んでいた国。――ううん、私の住んでいた世界って言った方が正しいかな」

「え……？」

静かに告げた私に、何を言われたかわからないという表情で、ミランダが目を瞬《またた》かせた。

そんな彼女に真っ直《ま す》ぐ視線を向けると、私は一拍置いて、静かに続ける。

「ミランダ。……今まで隠していてごめんなさい。私は、本当は王女ではないの。それどころか、この世界の人間でさえない。オーベルと契約して姉の振りをすることになっただけの、ただの女なの」

「アカリ様……？」

ミランダは、呆然と目を見開いていた。

当然だろう。ほんの数分前まで私は、彼女にとって敬《うやま》うべき王族で、忠誠を捧《ささ》げる主《あるじ》だったのだ。なのに、本当の私は、エスガラントとはなんのゆかりもない一般人。

王族の振りをするなど、なんと不敬なことをと罵《ののし》られてもおかしくない。

緊張に速まる鼓動《こどう》を感じながら、なおも私は口にする。

「私はここととは全く違う世界で生きてきたの。でも、なぜかいきなりこの世界に来た。オーベルとサイラスが言うには、黒髪黒目を望む人に召喚されたみたい。それで……オーベルに保護してもらう代わりに、彼の姉であり同意者になる契約をして、彼のもとにいることになったの」

ミランダは、揺れる緑の瞳で私を見たまま、何も反応しない。

――驚き呆れて、言葉が出ないのかもしれない。

辺りを覆《おお》う沈黙に苦しい気持ちになりながらも、心を奮《ふる》い立たせて私は続ける。

「私の名前って、ちょっと変わった感じでしょう？　それは、この世界の名前じゃないからなの。私の名前は、元の世界では、この蝋燭《ろうそく》みたいなものを意味するんだ」

「蝋燭《ろうそく》……？」

ようやく言葉を返してくれたミランダに、私は小さく微笑んで、うんと頷《うなず》く。

「そう。灯《あか》り、それに灯《とも》し火《び》。人を照らせるような人間になってほしいって、両親が名付けてくれたんだって。だから、ミランダと一緒に作りたかったの。……もう、これが最後だから」

呟《つぶや》きながら、蝋燭《ろうそく》を見遣《みや》る。

シックで落ち着いた雰囲気のミランダの蝋燭《ろうそく》の隣にある、ちょっと元気な印象の私の蝋燭《ろうそく》。作り手の性格が反映されたのか、それはまるで私たち自身みたいだった。

「最後……？　アカリ様、一体何を仰《おつしや》って……」

先程以上に驚いた様子で、ミランダが掠《かす》れる声で問いかける。

「私、二日後にはここからいなくなるんだ……元の世界に戻れることになって。だから、最後に本当のことを伝えておきたかったの。――今まで言えなくてごめんなさい。ミランダ」

はっきりと告げ、私は深く頭を下げる。

ぎゅっと唇を引き結んだミランダは何も口にしない。彼女の揺れる眼差《まなざ》しは、私と、その前で白く固まっていく蝋燭《ろうそく》を、ただいつまでも見つめていた。

＊＊＊

二日後の返還の儀に関する手配のため、オーベルは昨日に引き続き、神殿へ出向いていた。山間《やまあい》にある建物だから、馬で移動するにしても時間がかかる。

夕方になり、ようやく戻った自分の宮。自室に戻るべく、夕陽の差しこむ廊下を歩いていた所、ある部屋が目に入り、彼はふと足を止めた。

アカリが王女の特訓をするべく、この一ヶ月勉強に使っていた部屋だ。

扉を開けると、今は彼女やサイラスの姿はそこになく、ただしんと静まり返っている。当然だ。自分同様に彼らも二日後に備え、最後の準備をしているはずなのだから。

入室して中央にある机に歩み寄れば、そこには特訓用の教本が一冊載っていた。ここ数日慌ただしい日が続いたため、置かれたままになってしまったのだろう。

――もう、あの人がこれを使うこともないのだ。

何となく沈む心地で思いながら本を手に取る。すると、その下にもう一冊小さな本があった。

「うん？　……なんだこれは」

本にしては薄く、中に書いてある字はどうにも拙《つたな》い。

パラパラと中をめくって見るうちに、それがアカリの書いた手記だと気づく。

召喚した人間の力が流れこんだことにより、エスガラント語を流暢《りゅうちょう》に話せる彼女だが、文字を書くことまではできないらしく、初めは何を書いているのか読めない有り様だった。だが少しずつ練習を重ね、最近ではぎこちないながらもなんとか読めるまでに上達したのだ。

子供が懸命に書いたようなその字は、あるものの作り方を書き連《つら》ねていた。

「これは……石鹸《せっけん》の作り方か？」

どうやら作る手順や、必要となる材料を詳細にまとめたものらしい。

この世界にも石鹸《せっけん》はあるが、獣の脂から作ったひどい匂いのするものが一般的で、オーベルたち王侯貴族が使う白く香りの良い石鹸《せっけん》は、稀《まれ》にしか取れない植物の油から作る高級品だった。

アカリの手記に書いてあるのは、そのどちらとも違うもののようだ。

聞いたこともない油が材料として書かれ、作り方も違う。タイトルがなければ、何の製法かもわからなかっただろう。

さらには化粧水や練り香水など、後ろの頁にいくほど内容が多彩になっていく。

書類整理や所作の特訓の合間に何かせっせと書いている気配があったが、こんなことをしていたのかと嘆息《たんそく》する。

「全く、いつの間に何をしているんだ。あの人は……」

つくづく行動の読めない人だ。そしてなぜ石鹸《せっけん》なのかもよくわからない。

初めは、不安に瞳を揺らした、ただ他人の言葉に流されやすいだけの娘に思えたというのに。

黒い髪に黒い瞳。この世界においては類稀《たぐいまれ》な色の容姿だが、言ってしまえばただそれだけの女だと。だからこそ、たとえ異界の人間だろうが御《ぎょ》しやすいと判断し、自分の姉として傍《そば》に置いたのだ。

だが実際の所、彼女と共に過ごしてみれば、振り回されたのは自分の方だった。

急に生垣《いけがき》に上って花を摘もうとしたかと思えば、そこから落ちかけてひやひやさせて。己《おのれ》の命が狙われていると思った時は、思わぬ知恵と行動力を見せて王宮から逃げ出しもした。

そして、その顛末《てんまつ》で額《ひたい》に小さな傷を負った自分を手当てすると申し出た時の、凛《りん》とした眼差《まなざ》し。

何を考え、決意したのだろうか。自分を見上げる彼女の瞳は、真《ま》っ直《す》ぐで迷いのないものに変わっていた。

――どうやら、ただ弱いだけの娘ではないらしいと気づいたのは、その時だ。

その日から、彼女は少しずつ変わっていった。

ただ守られ、庇護《ひご》されるだけの少女ではなく、自《みずか》ら歩き、掴《つか》み取ろうとする女性に変わった。そして彼女は、気になるというタルガに出向き、そこから白の民の少年を連れてきて――

貴族たちの前で彼女が告げた口上《こうじょう》を思い出し、オーベルはふっと目を細める。

あれは、本当に胸がすく思いだった。自然と彼女の声が耳に蘇《よみがえ》る。

『ならば、逆にお尋ねします。王族がしないで、誰が行いますか？　そして、誰が考えますか。この国に根づいた差別の問題を』

胸がすいたが、ただそれだけではなかった。

なぜなら、それが貴族たちだけでなく、自分への問いかけにも聞こえたからだ。大切なことなのに、なぜ動かない、なぜ考えないと、頭をがつんと殴られた気がした。

それまでオーベルにとって最も重要だったのは、王妃を失脚させることだった。

自分の母を秘密裏に殺した女が、今また国自体を思うがままにしようとしている。許せる訳《わけ》がない。

だからこそ、それを止めるため、自分が王位に就くべきだと思った。

無論、民や国を思う気持ちは胸にあった。だが、それと同時に王妃を恨み、あの女の好きにさせて堪《たま》るものかと、憤《いきどお》る気持ちの方が強かったのだ。

だが、アカリのあの言葉を聞いた時、オーベルの心に一陣《いちじん》の風がすっと通り過ぎていった。そして思い出したのは、母が生きていた日のこと。

兄のリュシアンと二人、王宮の中庭で、この国を共に良くするのだと無邪気に話し合っていたあの時。きっと兄は良い王になる。ならば自分は騎士団に入り、武で彼を支えようと胸弾《はず》ませていた。あの頃の気持ち。

自分が本当に望んでいたものはなんだ？　ただの復讐か？

——違う。

「俺が望んでいたのは……」

思い浮かんだのは、シロの頭を撫《な》でるアカリの姿。家のない、親もいない子供に、彼女が迷わずに差し伸べた手。

幼い自分が思い描いていた、民に対する姿がそこにあった。なぜ忘れていたのだろう。

同時に、アカリを思うたび、オーベルの心はどこかむず痒《がゆ》く苦しさを覚える。

子供みたいに無邪気な様子を見せたかと思えば、凛《りん》とした眼差《まなざ》しで相手を見つめる。

そんな彼女を、自分の手の中に留めておきたいような心地になって。

だが——自分が何を思おうとも、彼女は二日後には元の世界へと戻る。

いや、戻らねばならないのだ。健《すこ》やかな心を持つ人だからこそ、陰謀が渦巻くこんな場所にいてはいけない。そういう人間こそがあの王妃に狙われ、放っておけばひどい末路を辿《たど》ってしまうのだ。

——そう、手元に置きたいなどと、決して思ってはならない。

「俺がすべきことはもう決まっている。……あの人を元の世界に返す。それだけだ」

自分に言い聞かせるように、低く静かな声で呟《つぶや》くと、オーベルは手記を元に戻して部屋を出る。

窓の外、夕焼け空はいつしか、憂《うれ》いを秘めた薄闇へと変わっていた。

＊＊＊

ミランダとキャンドル作りをした二日後、とうとう返還の儀を行う晩がやってきた。

書物に書かれていた、『真白き満月が昇る晩の、最も魔の高まる刻』まで、あと三時間。

その時刻――日本でいう丑三《うしみ》つ時《どき》が、この世界では最も魔力の高まる時間らしい。

その午前二時頃に、王族の魔力を注がれた状態で、力を増幅させると言われる白い満月が映りこんだ泉に入ることで、ようやく異界への道が開《ひら》けるらしい。

そして、どの異界に繋《つな》がるかわからない中、道しるべとなるのが持ち物だ。私の場合は元の世界の服を身に纏《まと》うことで、日本への道が繋《つな》がるらしい。

その儀式を、今から神殿で行うのだ。

王妃に動きを悟られないよう、神殿に向かう人数は極力抑え、私、オーベル、サイラスの三人だけ。この前決めた通りシロには何も告げず、いつも通り離れで寝かしつけてきている。

起きた時にもしかしたら驚かせてしまうかもしれないけれど、あとで事の顛末《てんまつ》を話すとオーベルとサイラスが約束してくれたので、二人に任せることにした。

そうして今、人目を避けて神殿に向かうため、女子大生姿に外套《がいとう》を羽織った私同様、オーベルとサイラスも目立たない濃色の外套《がいとう》を羽織っている。

王宮の裏手からひっそりと出発しようとする中、馬の手綱《たづな》を握ったオーベルが説明した。

「神殿内は人払いが済んでいます。ただ、祭司長だけは管理者として近くの宿舎に留まると言っていますが、こればかりは仕方ないでしょう。儀式には近寄らない旨、約束させています」

神殿の長《おさ》として、自分の統括する場所を離れることはやはり許容できないのだろう。そこで頑《かたく》なに拒否しても怪しまれるだけなので、そうした流れとなったらしい。

月明かりと、サイラスの持つ手燭《てしょく》の灯《あか》りだけが周囲をほのかに照らす中、私は心配になって尋ねる。

「あの、私は話したことがないからよくわからないんだけど、祭司長はどんな人なの？」

神殿は、王宮内の祭事を司《つかさど》る部署だと事前に聞いていた。

新たな王が決まった際に神殿内で儀式を執《と》り行い、王の頭に冠を被《かぶ》せるのが祭司長の最も重大な役割なのだと。だが、かといって神官たちが常に王家と密接な関わりがあるかといえばその逆で、祭事以外では俗世と距離を置き、神殿内で祈りや修行に励んでいるらしい。

現在の長《おさ》である祭司長は壮年《そうねん》の謹厳実直《きんげんじっちょく》な人柄らしいが、本当に信頼できる人なのだろうか。

不安が伝わったのか、サイラスが考えながら答えてくれる。

「そうですね……私の知る限り、現在の祭司長は大変に厳格な方です。己《おのれ》にも他人にも厳しい方《かた》で、故《ゆえ》に神殿の規律も保たれております。少なくとも金や名誉で動く人物ではないでしょう」

「俺もサイラスも、祭司長が王妃と繋《つな》がっている可能性を考え、事前に彼の背景を調べました。万が一でもあの女と繋《つな》がっている可能性があるならば、そんな危険な人間がいる場所に姉上をお連れすることはできないと。だが、祭司長が王妃に阿《おもね》るような報告はひとつも上がってきませんでした」

「ええ。むしろその逆と申しますか」

「逆?」

首を傾《かし》げた私に、今度はオーベルが頷《うなず》く。

「自分の味方に引きこもうと、王妃が金や名誉をちらつかせた際、それを祭司長が突っぱねたという証言は幾度も出てきました。王妃からの文《ふみ》を見ても、まともに取り合う様子はないようです」

「そう……本当に厳格な人なんだね。ありがとう、なんだかほっとした」

私は安堵《あんど》して笑みを浮かべる。祭司長が近くに残ると聞いた時は少し心配だったけれど、それなら問題なさそうだ。あと私にできるのは、迷いや不安を捨て、これからの儀式に挑むことだけ。

そんな私の傍《そば》には今、ミランダが付き添ってくれていた。蝋燭《ろうそく》作りをしたあの日以降、会話らしい会話はなかったけれど、彼女は変わらず私の世話を続けてくれている。

ここ数日、ミランダはずっと思いつめた顔で、時折何かを考えるように目を伏せていた。本当なら、もう私の世話などしたくなかったのかもしれない。けれど、責任感の強さからこうして今まで続けてくれたのだろう。

オーベルとサイラスが最後の打ち合わせをしている間、私はミランダに緊張しながら話しかけた。

「ミランダ……この間はごめんなさい。急に驚かせるようなことを言って」

相変わらず返事はないが、私は心を奮《ふる》い立たせて感謝を告げる。

「あの、ありがとう。こうして最後に見送りに来てくれて。……すごく嬉しかった。そうだ、あの時の蝋燭《ろうそく》なんだけど、もし嫌じゃなかったら私の分も使ってもらえたら……」

だが、最後まで口にできなかった。ミランダの固い声が遮《さえぎ》ったからだ。

「――いいえ、使えません」

「あ、そ、そうだよね。私が作ったものじゃ、やっぱり嫌だよね……」

明確な拒絶に言葉を詰まらせた私に、ミランダが弾《はじ》かれたように顔を上げる。

「違います。使える訳《わけ》がないのです。アカリ様が残されたものを。アカリ様の唯一のよすがとなるかもしれないものを。私が……私などに、使えるはずがないのです」

震える声音だが、怒っているようには聞こえない。溢《あふ》れ出す感情を抑える声だ。

戸惑って見上げれば、ミランダは緑色の瞳を揺らしながら私を見つめていた。

「ミランダ……？」

彼女は、気持ちを整理するようにひとつ息を吸うと、ぽつりぽつりと話し出す。

「アカリ様から先日のお話をお聞きして、ここ数日、色々なことを考えておりました」

「色々なこと？」

「……ええ。私の家系は代々王族に仕える家系です。この方《かた》だと思えるただ一人の主《あるじ》を見つけ、両親も祖父母もその方《かた》に仕えてきたのです。私は、アカリ様が自分にとっての主《あるじ》だと思いました」

「うん……」

「けれど、アカリ様が王族ではないとお聞きして、この方《かた》は私の主《あるじ》ではなかったのだと思おうとしました。私は王族にお仕えしてきた家の人間なのだから、私の真の主《あるじ》はきっと他にいるのだと。ですが……そう思おうとするたび、胸が空っぽになっていきました」

何も言葉を返せない私の前で、ミランダはさらに続ける。

「そして考えました。私はこれまで、一体何に忠誠を誓おうとしていたのだろうと。王族？　では、王族とはなんだろう。尊《とうと》い血が流れていることだけが重要なのかと。そう思った時……タルガでのアカリ様の言葉が浮かびました。自分もシロも何も変わりないと仰《おつしや》っていたお言葉が」

そしてミランダは、自嘲するように首を横に振った。

「――あの時と同じだと思ったのです。私はこれまで無意識に、白の民をこの国の民ではないと差別していた。それと同じように王族以外の人間を差別し、無意識に切り捨てようとしていた。この人は王族ではないのだから、忠誠に値《あたい》しないのだと」

「そんなこと……」

「……いいえ。そんな硬く凝《こ》り固まった心のどこが忠誠でしょう。血統だけを尊《とうと》び、生まれだけで他者を切り捨て、私の心は一体どこにあったのでしょう。……アカリ様がくださったあの蝋燭《ろうそく》が大切で、ひとときだって使えずにいたのに、どんな金銀財宝を積まれても、あれを渡したくないと思ったのに。……私の心は、すでにはっきりと決まっていたのに」

「ミランダ、それって……」

目を見開いた私の足元に、歩み寄ったミランダがすっと片膝をついた。

王族でもなんでもない、日本の女子大生の恰好をした私に――彼女は今、迷いなく跪《ひざまず》いたのだ。

そして彼女は、凛《りん》と面を上げた。

「今ならば、はっきりとわかります。アカリ様は、私にとってただひとつ灯《とも》された燭台《しょくだい》の灯《あか》りでございました。それが傍《そば》にあると、足元が明るく見えて道に迷わなくなる。そして、周りの大切な人々の顔も温かな光で照らす、生きる喜びを与える灯《あか》りなのです」

「ミランダ……」

驚きに心を揺らす私の前で、彼女ば切なげに微笑んだ。

「それを教えてくださった貴女様にこそ、私はお仕えしたいと思いました。血の尊《とうと》さではなく、心の尊《とうと》さに。たとえ、その灯《あか》りがはるか遠くにあろうとも……私はもう、自分の心に嘘はつけません」

そんな彼女の背を、こみ上げる思いを上手く言葉にできず、歩み寄ってただぎゅっと抱き締める。

「……ありがとう、ミランダ。そんな風に考えてくれて。……私も、貴女に会えて本当に良かった」

彼女が、自分の思いや私について深く考えてくれたのが嬉しかった。

——そして、この国の古い価値観に囚《とら》われず、自分の心を決めてくれたことが。

私がこの国に蒔《ま》いた種は小さなものだったけれど、こうしていつの間にかちゃんと綺麗な花を咲かせていたんだ。ミランダという、凛《りん》と咲く花を。

それを傍《そば》で見ることは、私にはもう叶わないけれど。できることなら、これからも彼女が幸せでありますように。

そう願いながら、私はいつまでもぎゅっとミランダを抱き締めていたのだった。

ミランダとの長い抱擁《ほうよう》を終えると、オーベルの黒馬に相乗りして神殿へ向かう。

その後ろに、護衛としてサイラスの馬が付き従った。

「姉上、俺にしっかり掴《つか》まっていてください」

「……うん」

先程のミランダとのやりとりを見ていただろうに、彼は何も言わない。

ただ、馬に乗ろうとした時、労《いた》わるようにくしゃりと髪を撫《な》でてくれた。馬に乗ってからは、こうして私を力強く後ろから支え、風を切って運んでくれる。

オーベルは、本当に大切な場面ではからかったり皮肉を言ったりもせず、ただ黙って寄り添ってくれる。彼がそういう人だと今はもう知っている私は、黙ってその広い胸に背を預けた。

触れ合う場所から彼の鼓動《こどう》がかすかに聞こえてきて、本当に彼の傍《そば》にいるのはこれが最後なんだ……そう静かに、切ない実感が湧《わ》いてくる。

しばらくして着いた神殿は、森に囲まれた白い厳《おごそ》かな建物だった。静謐《せいひつ》な石造りの柱の間には、灯《あか》りが灯《とも》されている。

入り口の傍《そば》にある木に馬を繋《つな》ぐと、サイラスが見張りとして残り、私はオーベルと共に中へと入った。サイラスは、何も言わず静かに私を見つめ、深々と礼をして見送ってくれた。

会話はなかったけれど、彼の水色の目には様々な感情が浮かんでいて、私もきっと同じような瞳で見返していたことだろう。

思い出すのは、共に過ごしたこの一ヶ月の真剣な授業や、授業の合間のちょっとした軽口。穏やかで真面目に見えて、オーベルのことになると意外に熱くなってしまう所。

これまでの彼の表情がいくつも瞼《まぶた》の裏に浮かび、私は小さく微笑んだ。

――オーベルのこと、どうかよろしくね。サイラス。そんな思いを視線に乗せる。

そのままサイラスに見送られ、誰もいない静かな廊下をオーベルと二人で進んだ。贅沢《ぜいたく》を廃した空間は、音もなく灯《あか》りも少ない。それがまた儀式へ赴《おもむ》く厳《おごそ》かさを感じさせ、私たちは黙って歩を進める。

しばらくすると、祭壇のある広い部屋に着いた。石造りの床には、奥にある祭壇に向かって深紅の絨毯《じゅうたん》が敷かれている。

その中央で足を止めると、オーベルがこちらに向き直って静かに説明を始めた。

「ここは祭儀《さいぎ》の間《ま》といい、古くは雨乞《あまご》いの儀式に使われた場所です。祭壇の横に扉があるでしょう。あれを進んだ先に、森に囲まれた泉――姉上が行かれるべき、異界への入り口があります。俺がお見送りできるのはここまでになります」

「オーベルは、一緒に行けないの？」

「ええ。あの古文書《こもんじょ》に、必ず守らねばならない決まりとして書かれていました。たとえ魔力を送る王族であっても、泉まで共に行ってはならないと。ですから、お見送りできるのはここまでです」

「そうなんだ……」

無意識に、最後の時まで彼が傍《そば》にいるものと思っていた私は、かすかに瞳を揺らした。

そんな私に、彼は右手を伸ばしかけ――途中で何かを堪《こら》えるようにぐっと引き戻す。

彼は目を伏せ、努めて冷静な口調で言った。

「……同席することで送還に何か差し障《さわ》りがあるのか、それとも王族が共に異界へ行ってしまうのを恐れた者がそう書いたのか、それはわかりません。ただ、決まりを破って貴女をお送りできなかったのでは意味がない。俺はここで貴女に魔力を注ぎ、これ以上先に進むつもりはありません」

「オーベルを連れていったりしたら、大変なことになっちゃうもんね。……うん、わかった」

小さく笑って返す。

そう、ここまで連れてきてくれた彼を危険に巻きこむ訳《わけ》にはいかない。

それに、遅かれ早かれ、彼とも別れを告げなければならなかったのだ。

「……では姉上、そろそろ儀式の時刻になります」

「うん、そうだね」

魔力を注ぐ方法については、ここに来る前に説明を受けていた。

私の身体のどこか一部にオーベルが触れ、そこに魔力を注ぐのだという。魔力を増幅させる白い満月が映りこんだ――つまりは普段よりも魔力を湛《たた》えた泉の中に、魔力を注がれた私が入ることで、元の世界へ帰ることができるという理屈だ。

原理としてはわかるけれど、全てがファンタジーな手順で、ここは本当に異世界なのだなと、今更ながらに実感が湧《わ》いてくる。

身体のどこかに魔力を注ぐと言っていたけれど、やっぱり手が無難かなと思い、右手を差し出す。すると、すぐにオーベルがその手を取った。

だが、彼はいつものように跪《ひざまず》くのでなく、立ったままじっと私の手の甲を見つめている。

「どうしたの？」

「いえ……相変わらず小さな手だなと」

しみじみと言う彼に、ついくすりと笑ってしまう。

「もう、オーベルったら……今まで何度も見たし、触れてきたじゃない」

「そうですね。何度も弟として、貴方の手に口づけてきました。だが、叶うなら俺は――」

「オーベル……？」

思わずといった様子で呟《つぶや》いた彼を、戸惑って見上げる。

だが、彼は思いを振りきるように小さく首を振ると、それ以上は口にしなかった。

「——では、魔力を注ぎます。姉上、しばらくこのまま動かずにいてください」

そうして彼は私の手の甲を口元に持っていき、静かにそっと唇を落とす。まるで、何ものにも代えがたい宝石に触れるかのような厳《おごそ》かな所作だった。

初めは特に変化を感じなかったが、次の瞬間、手の甲を伝い、私の中に熱い何かが潮《ちょう》流《りゅう》のごとく注がれるのを感じる。

「……っ……！　何、これ……!?」

白い腕に喉《のど》を掴《つか》まれた時と同じ——いや、それ以上に熱い、身の内から燃えるような感覚だ。全身が熱く頭がくらくらして、上手く立てなくなってしまう。

前のめりにぐらりと倒れそうになった私を、オーベルが広い胸で受け止めてくれる。

彼が秘密を打ち明けるよう、耳元で囁《ささや》くのが聞こえた。

「色々なものをこめました。——魔力と、あとは俺の想いの丈《たけ》を」

「想い……？」

「いずれわかるでしょう。さあ、姉上。早く泉へ行ってください」

そう告げて腕を離した彼に、奥にある扉へそっと背を押して促《うなが》される。

まだ頭の中が熱く、私の中が強い魔力で満たされているのを感じる。だからこそ、早く泉に行かなければと思った。彼の想いを、無駄にしたくない。

扉を出る間際、振り返って最後に見えたのは、オーベルのどこか切なそうな微笑み。

「オーベ……」

だが彼は、自分と私の迷いを振りきるように、すっと扉を閉めた。自分の姿が見えては、私が行きづらいと思ったのだろう。

それに、こうして迷っている間に月が傾いてしまう。

――そう、寂しがっていては駄目だ。彼が促《うなが》してくれたように、早く行かなければ。

「早く、泉の中に入らないと……」

ぎゅっと拳《こぶし》を握り、ひとりごちて、歩を進める。

急に開《ひら》けた空間に出た。樹々に囲まれた草原の中央に、丸い小さな泉が見える。白く幻想的な月明かりを受けた泉は静謐《せいひつ》で、ただただ美しかった。水際《みずぎわ》の木々と水面が風でかすかに揺らぎ、月がゆらゆらと揺らめいている。

あの向こうに、元の世界が――日本へと繋《つな》がる道がある。

覚悟を決めると、私は着ていたローブをばさりと脱ぎ捨て、こちらに来た時の服装だけになる。

あとはこの姿のまま、魔力の満たされた泉の中へ――

そうして歩み出した時、少し離れた場所から、じゃりっと土を踏むような音が聞こえた。

「え……？」

不思議に思い見渡した先には、一人の見知らぬ男が立っていた。

神官らしき詰襟《つめえり》の服を着た壮年《そうねん》の男性は、いやに穏やかな微笑を浮かべてそこに立っている。

この空間にいるのは自分だけだと思っていた私は、驚いて数歩後ずさった。

「だ、誰……!?」

「これはこれは、驚かせてしまいましたか。――失礼。ですが、私がこの神殿に残る話は、お聞き及びのことと思いましたが」

「残るって……じゃあ、貴方が祭司長……？」

確かに、彼だけは神殿の別棟に残ると聞いていた。けれどまさか、こうして神殿内に立ち入り、儀式の場に足を踏み入れてくるとは思わなかったのだ。

動揺に、思わず声が掠《かす》れる。

「でも、ここに立ち入らないことをオーベルと約束したって……」

「ええ。オーベル殿下の命を受け、きちんとお約束致しましたとも。黒鷹公の姉上様がひと時この泉で瞑想《めいそう》に耽《ふけ》る間は、何人たりとも足を踏み入れてはならないと」

「なら、どうして……」

「もちろん、守るつもりでしたよ。――貴女が本当に、黒鷹公の姉上であられる方《かた》ならばね」

「あ……」

ゆっくりと告げられたその言葉に、思わず息を詰まらせる。

そして、いつの間にか彼に、冷たい眼差《まなざ》しで見つめられていることにも気づく。

日本の女子大生の服を着た私を、彼はまるで薄汚いものを見るように目を眇《すが》めていた。

「王妃殿下から貴女が異端者なのだと伺った時は、また愚かなことをと一笑に付しました。これまでも彼女は、金や財宝で私を釣り、神殿を意のままに動かすべく私を手の内に引きこもうとしていましたから。応じなかったことで、私の興味を引くため戯言《ざれごと》を仰《おっしゃ》ったのだろうと」

彼の言葉は滔々《とうとう》として止まらない。

「だがあの方《かた》は、『神殿で返還の儀の書物が見つかったと言えば、あの娘は必ずや食いつく。なぜならば、ここことは違う蛮族の世界から来た、異端の女だから』と仰《おっしゃ》った。それでも私は、まだ半信半疑でした。黒髪に黒い瞳を持つ高貴なお方《かた》が、まさかこの国の王族でないなどと」

そこで彼は、自《みずか》らの行いを悔い改めでもするように緩《ゆる》やかに首を振った。

「しかし、蓋《ふた》を開けてみれば……どうでしょう。あの方《かた》は本当のことを仰《おっしゃ》っていた」

このままではまずい。私は慌てて言い募《つの》る。

「この姿は確かに私の世界の服ですが……事情があるんです。お願い、話を聞いてください！」

「黙れ!! 王族を騙《だま》した薄汚い魔女めが!!」

それが逆鱗《げきりん》に触れたのか、祭司長が私の声を遮《さえぎ》り、穏やかな顔をかなぐり捨てて叫んだ。

「第二王子殿下を誑《たぶら》かし、次なる王位を我が物としようと企《たくら》んだのだろうが、させるものか！」

「そんな……違います、私は王位を欲してなんかいません！　確かに私はこの世界の人間ではありませんが、オーベルもそれを知ってるんです！　だからこれまで彼のもとに……」

「何を戯言《ざれごと》を。貴様と違い、真の王族であらせられるあの方《かた》が、そんなことを許すはずがない。そもそも白の民を庇《かば》ったと聞いた時から、どこかおかしいと思っていたのだ。あの下賤《げせん》な一族を匿《かくま》うなど、偉大なる王族がなさることではないというのに。どこまでも恥知らずな女め!!」

私が弁解するほど、彼はさらに激昂《げっこう》していく。どうあっても彼の耳に私の言葉は届かないようだ。同時に、先程オーベルたちから聞いた祭司長の性格を思い出す。

金や名誉に揺らがない、とても厳格な人だと言っていた。だからこそ、王妃にそそのかされる心配はないと安心していたのだが、それは諸刃《もろは》の剣《つるぎ》だったようだ。

厳格であるが故《ゆえ》に、彼は自分の価値観と違う私を――異端を思わせる人間を許せないのだ。

私が白の民を守ろうとしたこともまた、彼には許せる行為ではなかったらしい。

彼の中で私が魔女であることは決定事項のようで、説明した所で、さらに彼を煽《あお》るだけだろう。

考えながらじりじり後ろに下がっていると、祭司長がおもむろに木の根元に置かれていた何かを拾った。それは神事で使うものらしき、飾りのついた剣だった。

彼はそれを手に持つと、迷わずするりと鞘《さや》から引き抜く。

その抜き身の刃《やいば》に、場違いなほどにこやかな彼の顔が映っていた。

「そう、異端など要《い》らぬのだ。間違った存在は正さねばならない。そう神も仰《おっしゃ》っておられる……」

そして彼はゆっくりと歩み寄りながら、迷わず私に向けて剣を振り被《かぶ》った。

「い、いや……!!」

間一髪で避《よ》けた私の顔の横に、剣が突き刺さる。あと少し遅かったら、私の顔は真っ二つに割られていたことだろう。

どうしよう、このままだと本当に殺される。恐ろしさで震える足を叱咤《しった》し、私は駆け出した。

だが、逃げ場などないし、助けを求められる人もいない。ここから逃げなければ、確実に殺されてしまう。

この神殿は山間《やまあい》にあり、さらに今は人払いまでしているのだ。オーベルたちだって、もうここから王宮へと戻ったはずだ。

どうしよう、とにかく彼から逃げないと……!

走り、石に躓《つまず》いて転んでもなお駆けるのを止《や》めなかった。枝がぶつかり、頬や腕に傷を作っても、転んだ足から血が流れても、私はがむしゃらに駆けて祭司長から距離を取ろうとする。

――だって、私はまだ死ねない。こんな所で死ぬ訳《わけ》にはいかないんだ。

祭司長に追われ、どれほどの間、林を駆け続けただろう。ふいに、少し離れた林の向こうから、ここでは聞こえるはずのない声が聞こえてきた。

「アカリ!」

なんとそれは、シロの声だった。

「シ、シロ……!?　なんでここに？」

まさかこんな場所で彼の姿を見ることになると思わず、私は目を瞠《みは》る。だって彼は、今も王宮の離れの部屋にいるはずなのだ。

だが彼は、ところどころに葉っぱや枝がついた服装で、真実そこに立っていた。

「アカリ、オーベルたちとどこか行くみたいだったから、ついてきた」

「ついてきたって……まさか、追いかけてきたの？」

「うん。馬に乗って、ついてきた」

「馬で、あの距離を……」

シロの身体能力が飛び抜けているのはわかっていた。乗馬もすぐに覚えたし、実際この小さな身体で馬を上手に操《あやつ》ってついてきたのだろう。

――もしかしたら、そんなことをしようと思うほど、彼の目にも私たちの様子がいつもと違って見えていたのかもしれない。

それに、オーベルが私を置いて王宮に戻る様子を見せたことで、さらに不思議に思って中へと入ってきたのだろう。

彼の行動力と身体能力には驚嘆するが、今はそれより、この場を逃げるのが先決だ。

私は真剣な表情で彼の両肩を掴《つか》み、口にする。

「シロ、ここにいたら危ないから、逃げましょう」

「だいじょうぶ。おれ、道みえる。たぶん、あいつよりみえる」

「えっ、この夜道がちゃんと見えるの？」

午前二時頃の月明かりしか差さない闇夜だというのに、シロは当然のように言う。

白の民の発達した身体能力は、視力にも反映されるらしい。

その言葉通り、シロは私の手首を握ると、危うげない仕草で引っ張った。

「アカリ、こっち。早く」

そう言い、彼は薄暗い林の中を迷いない足取りで進んでいく。

照らすのは、ほのかな月明かりだけで、今どの方向に進んでいるのかもわからない。

先程から走り続けたため、私は息を切らして尋ねる。

「ねえ、シロ、どこへ行くの？」

「馬のところ」

そう言ってシロが連れてきたのは、馬が繋《つな》がれた木の下だった。

「アカリ、これにのろう」

「乗ろうって。でもシロ、相乗りなんてしたことないんじゃない？」

「したことない。でも、それしないと、あいつに捕まる」

「そう……そうね」

真剣なシロの言葉に、私は一瞬考えてから頷《うなず》いた。

そう、迷っている時間はないのだ。追いつかれたら、祭司長は迷わず私を殺すだろう。恐らくは、白の民であるシロのことも――

異端を汚らわしいと言う彼にとって、シロも私同様消したい存在に違いない。そしてシロは、一見してわかるほど白の民の特徴を備えている。ここに留まる訳《わけ》にはいかない。

「――わかった。じゃあ、なんとか二人で乗って逃げましょう」

木に繋《つな》いでいた手綱《たづな》を解くと、私は鐙《あぶみ》に足をかけ、ぐらつきながらもなんとか馬の背に乗る。身軽なシロは馬の背に手をついてぴょんと飛び乗り、私の後ろに収まった。

シロは私から手綱《たづな》を受け取り、後ろから操《あやつ》ろうとする。相乗り自体が初めての上、私の方が背が高いので、なんだか難しそうだ。

それでも馬を歩ませることに成功し、少しずつ前に歩み始めた時、後ろから声が追いかけてきた。

「いたぞ!!　あそこだ……!!」

「早く捕まえろ!」

どうやら祭司長は、私を見失った後、どこからか仲間を引き連れてきたらしい。それが神官なのか王妃の手下なのかはわからないが、増えた人の気配に私はざっと青褪《あおざ》めた。

シロもさらに緊迫した顔になって、表情を引き締める。

「アカリ、馬からおちないようつかまって」

そう言い、シロは小さな身体で懸命に馬を走らせていく。時に馬に振り落とされそうになりながら、それでも馬の動きを押さえ、前へと進み続ける。

後ろから追いかけてくる声が遠ざかり、やがて聞こえなくなった。どうやらだいぶ神殿から離れ、山の方へ来ることができたようだ。

よかった、これなら逃げきれるかもしれない。

だが、気が緩《ゆる》んだことで手綱《たづな》捌《さば》きが狂ったのだろう。

やがて馬は太い樹の根に足を引っかけてつまずきかけた。瞬間、悲鳴に似た鳴き声を上げ、痛みに一際《ひときわ》大きく身を震わせた馬は、私とシロを勢いよく振り落とそうとする。

「あっ……!!」

その衝撃を、乗馬に慣れない身では受け止めきれなかった。

次の瞬間、振り落とされ、私は傍《そば》にある木の幹に、シロは地面に身体を叩きつけられる。

そのまま馬は、足を引きずりながらあらぬ方向へと駆け去っていった。

その場に残されたのは、傷だらけになり、動けない状態になった私とシロだけ。

痛い、じくじくと全身が痛む。それに、なんだか視界が赤い。

ああ……そうか、頭から血が出ているのか。

額《ひたい》を切ったのか、ぶつけた頭から血が流れているのかもわからない。ただ、意識が次第にぼんやりと濁《にご》り始める。

駄目だ。逃げないと、シロを守らないと。そう思うのに、手が——指先さえも動かない。

ふと、このまま死ぬのかなと思った。

駄目なのに。無事に日本に帰って、オーベルを安心させないといけないのに。

これじゃあ、また呆れられてしまう。姉上、少しは貴婦人らしくしてくださいって。

オーベルを、それに皆を悲しませてしまう……

そこで、私の意識は途切れた。

第六章　隠者《いんじゃ》の里

ぼんやりと、夢を見ていた。

夢の中で私は、誰かの悲鳴を聞いていた。

これは……そうだ。シロだ。

薄らいでいく意識の中、私同様傷だらけになったシロは、私の顔を覗《のぞ》きこむと絶望するような声を上げた。彼はよろよろとした動きで私を背負い、そのまま歩き出そうとする。

初めはゆっくりと歩いていたが、徐々に小さな身体から出たとは思えないスピードで山林を駆けていく。アカリ、アカリをたすけないと。そんな切羽《せっぱ》詰まった呟《つぶや》きが幾度も聞こえてくる。

返事を返したかったが、声が出なかった。指先さえも上手く動かせない。

そんな私を、シロは落とすまいと背に抱え、歩きにくい山林を走り続けた。

だが、やがてその小さな戦士の力も尽きる。次第に足がおぼつかない動きになり、私を背負ったまま、シロの身体は地面に倒れた。

ああ、駄目だ。このままじゃシロまで。私の所為《せい》で彼まで捕まって、傷つけられてしまう。

私が殺されたとしても、どうか彼だけは――

「シロ……！」

思わず叫び、はっとして目を開ける。だが、そこに彼の姿はなく、代わりに、見たことのない部屋の風景が広がっていた。隠者《いんじゃ》の住まいのような質素な造りをしている。

一瞬、自分は長い夢を見ていたのだろうかと錯覚したが、言葉にできないほどの痛みが全身を襲った瞬間、やっぱりあれは夢ではなかったのだと理解する。

「いたた……ここ、どこ？」

すると、後ろにある木戸が開き、聞き慣れた少年の声が耳に飛びこんでくる。

「アカリ……アカリ、よかった、起きた!!」

布団に横になっている私に、走って飛びついてきたのは、紛《まご》うことなきシロ。怪我をしているようで腕に包帯を巻いているが、思ったよりずっと元気そうだ。その様子に、ほっと息が漏《も》れる。

「シロ……良かった、無事だったんだ。貴方が助けてくれたの？」

そう尋ねると、シロはふるふると首を横に振った。

「ちがう。おれ、アカリ、ちゃんとたすけられなかった。アカリ背負って逃げようとしたけど、途中で動けなくなって。そうしたら、じいちゃんが拾ってくれた」

「じいちゃん？」

不思議に思って尋ねると、シロの背後にある木戸が再び開き、一人の老人が入ってきた。

白髪のその老人からは、仙人のような風情《ふぜい》を感じられた。

彼は、落ち着いた表情で静かに話しかけてきた。

「おや、ようやくお気づきになられたか。一時はどうなるものかと思ったよ」

「助けてくださったようでありがとうございます。私は、滝川あかりと言います。あの、それで、貴方は……？」

「儂《わし》らはどこにでもいるただの山の民、お主《ぬし》らは落ちておったから拾ったまで。感謝には及ばんよ。……ああ、そうだ。お前さんの手当ては里の女衆《おんなしゅう》がしたゆえ、それは心配しなさんな」

「すみません……色々とお気遣い頂いて。助かります」

恥ずかしくなって、寝たままの状態でなんとか頭を下げる。自分の記憶にない服を着ていたから、誰かが着替えさせてくれたのだろうけれど、女性がしてくれたのならほっとした。

それにしても、と私は視線を巡らせながら尋ねる。

「あの、私はどれくらい眠ってたんでしょう」

「そうじゃのう。かれこれ一週間ほどになるか」

「い、一週間……!?」

思わず目を丸くする。

そういえば、薄らいでいく意識の中で見たシロの姿は、傷だらけだった。でも今目の前にいる彼はだいぶ怪我が治っているように見える。

けれどまさか、そんなに経《た》っていたなんて。驚く私に、老人は頷《うなず》く。

「そうじゃよ。そこの子供は一日で目を覚ましたが、お主《ぬし》はこの七日間全く目覚めんかった。まあ、それだけ薬が効いておったのじゃろう。儂《わし》らの作る薬は、身体を無理に眠らせてしまう反面、傷の治りには覿面《てきめん》に効く。身体だって動かせるようになったじゃろう」

「あ……はい。そういえば……」

試しに掌《てのひら》を握ったり開いたりしてみたが、問題なく動かせた。身体も鈍い痛みはまだあるけれど、意識を失ったあの時の比ではない。

「じゃあ、本当に私は一週間も……」

「本当。アカリ、全然起きなかった。だからおれ、心配した」

「そうだったんだ……ご迷惑をおかけしてすみませんでした。シロもごめんね、心配かけて」

「アカリ起きたから、いい。おれ、今すごく元気になった」

そう無邪気に言うシロがふいに愛おしくなって、私は身体を起こして彼をそっと抱き締める。

彼は助けられなかったと言うけれど、こうして私をこの村の近くまで運んでくれたからこそ、助かったのだ。――彼も命の恩人だ。

そんな私たちの様子に目を細めた後、老人はゆっくりと腰を上げた。

「とりあえず、もうしばらく静養していかれるといい。ここには下の喧騒《けんそう》は聞こえてこん。静かに過ごせるじゃろうよ」

そう言い、彼は曲がった腰を叩きながらゆっくりと部屋を出ていった。

彼の残していった言葉に、私は戸惑ってシロに視線を向ける。

「下……？」

「ここ、山のだいぶ上の方にある隠れ里。じいちゃんたち、そう言ってた」

「へぇ、山間《やまあい》の里なんだ……」

つまり、馬から落ちた私とシロを、偶然山道を通りかかった彼らが助けてくれたらしい。そして、老人だけでなく、里の女性たちも私の怪我や着替えの世話をしてくれて……それなら、ちゃんとお礼を言って回らないと、と私は起き上がる。まだ節々《ふしぶし》は痛むけれど、幸い、歩けないほどではなかった。

「シロ、ちょっと肩を貸してくれる？」

「うん」

シロがいそいそと私の脇の下に肩を差し入れ、立ち上がるのを助けてくれる。

そうして、私はシロと一緒に里の中を歩いて回ることにした。

私が寝かされていたのは、どうやら里の中でも一際《ひときわ》大きい家だったようだ。先程の老人は、あの落ち着きや威厳《いげん》から見ても、もしかしたら村長なのかもしれない。

玄関を出ると、畑と畑の間に素朴な木造の家がいくつも点在しているのが見えた。どれも農村の家といった雰囲気の質素な造りで、歩く人々の姿も、誰もが頭に布を巻いただけの質素な身なりをしている。ぼうっと佇《たたず》んでいると、通りかかった一人の女性が話しかけてきた。

布で頭を包み、野菜や果物がいくつも入った籠を抱えている。

「おや、あんた。ようやく起きられるようになったのかい」

「あ、はい。お陰様で」

ぺこりと頭を下げる私に、彼女は陽気に笑った。

「そりゃ良かった。今朝もあんたを着替えさせたんだけど、全くうんともすんとも言わないから、ずっと気にしてたんだよ」

「ああ、貴女が……ありがとうございます、このたびは大変お世話になりました」

「いいんだよ。弱ってる時はお互いさまってもんさ」

四十がらみの彼女は、そう言って笑う。目元に皺《しわ》があり肌も日焼けているが、よく見ると整った顔立ちの人だ。いや、彼女だけじゃない。辺りを歩く老若男女《ろうにゃくなんにょ》みな、同じように目鼻立ちがはっきりしており――その誰もが、淡い青緑色の目をしていた。

それに気づき、私はぱちぱちと目を瞬《またた》かせる。

「シロと、同じ目の色……？」

「ああ、その坊ちゃんかい？　そりゃそうさ、あたしらはこの子のお仲間だからね」

そう隣にいるシロにウインクして言った言葉に、思わず私は目を見開いた。

「お仲間……それって、もしかして……！」

「きっとあんたが思っている通りさ。まあ、あたしらを見てりゃあすぐわかるだろうけどね」

そう朗《ほが》らかに言うと、彼女は手を振って向こうに歩いていった。

私はちょっと呆然として、また辺りを見渡す。

そこには、さっきと同じ光景が広がっていたが、今の私には別のものに見えた。頭を布で包み、質素な衣服に身を包んだ人たちの姿。そう……誰もが皆、髪を隠しているのだ。そして彼らは全員が、淡い青緑色の目と、整った目鼻立ちをしている。

「ここはもしかして、白の民の村なの……？」

信じられない思いで呟《つぶや》き、私は逸《はや》る気持ちを抑えて村の中を歩いていく。肩を支えていたシロが、驚いたように声を上げた。

「あ、アカリ、待って！　あまり早くはしると怪我する」

そうしてシロに諌《いさ》められつつ周った村の中は、どこまでものどかな風景が広がっていた。

畑とうねった土の道。そこここに木が生えていて、その傍《そば》を幼い子供たちが駆け回っている。誰にも脅《おびや》かされることのない平和な場所だ。

消えたと思っていた白の民は、こうして山奥に自分たちの隠れ里を作っていたのか……

驚きを消化できないままさっきの家に戻ると、先程の老人が声をかけてきた。

「おや、村の様子を見なさったか」

「ええ……あの、助けてくださって本当にありがとうございました。でも……どうして貴方がたは、私を助けてくださったんですか？」

さっきと同じ感謝の言葉を、私は先程とは違う思いで口にする。

シロを助けたのは、理解できる。一目で彼らの同胞とわかる姿をしているのだから。

だが、私を助けた理由がわからなかった。だって彼らからすれば、私は同胞を虐《しいた》げてきた憎い人間たちの一人であるはずなのに。老人が頷《うなず》いた。

「もちろん、最初は捨て置こうかとも思うたよ。下界の人間を儂《わし》らが助ける義理などない」

やっぱり……と思う。彼らの中で、同胞以外は助ける価値などないのだろう。

だが、彼はそこでひとつ呼吸し、窓の外へと視線を戻した。

「この里は、山間《やまあい》でも深い場所にあってな。麓《ふもと》の人間には辿《たど》り着くことも難しい」

「え？　あ、はい……」

「だが、完全に儂《わし》らだけで生活なぞできん。だから髪を染め目を隠し、麓《ふもと》の町に下りて物の売り買いをしたりと密《ひそ》かにやりとりしておるのよ。——そこでまあ、外の話が聞こえてくることもある」

そして彼は、話の流れに戸惑う私に視線を戻した。

「白の民を助けた、黒髪黒目の王女。それと同じ容貌を持つ人間が二人といないことなど、この里でも知らぬ者はいない。——それが、お主《ぬし》の尋ねた問いの答えになるかの」

私は目を瞠《みは》った。

「それで、私を助けて……？」

「まあ、それだけという訳《わけ》でもない。色々な町に散った儂《わし》らの同胞が時折手紙を寄越してきよる。先日は、タルガに住む者からも来たわ。あの王女ならば、きっと我々を無下《むげ》にはせんだろうとな。そんなことを切々と訴えてきおった」

「もしかして、それって、あの厩番《うまやばん》の人が……？」

思い浮かんだのは、タルガの領主の館で目にした、茶色い髪の長身の男性。

私が館を去る時、彼は深々と頭を下げていた。彼の目はたぶん、淡い青緑色。彼が嘆《たん》願書《がんしょ》を出していたのか。

老人が相好《そうごう》を崩す。

「ほう、覚えておったか。そうして姿を変え、町に溶けこんでいる同胞が幾人《いくにん》もおる。儂《わし》ら村の者からすれば、なぜそんな危険を冒《おか》してまで下界に残ろうとするのかとも思うが、諦めきれぬらしい。……色の違う者たちと、共に同じ高さで生きた時代を忘れられぬのだと言ってな」

小さく苦笑して、老人は続ける。

「まさか……その訴えに、応《こた》える王族がおったとは思わんかったがな」

「そうだったんですか……」

そこで私は、今の話を咀嚼《そしゃく》するうちに、また新たなことに気づいた。

タルガの嘆願書《たんがんしょ》の奇妙な点に。領主本人が出したものでないと判明した後も、なぜか手を替え品を替え、いつも王宮に嘆願書《たんがんしょ》が届いていた。ある一定以上の身分の者が出したものでなければ、王宮には届かないはずなのに。そこで、はっとする。

「つまり、王宮内にも白の民がいる……？　もしくは、貴族に協力者がいるってことなんじゃ……」

「ほっほ、そこにも気づかれたか」

老人は愉快そうに言うが、それは一歩間違えば危うい状況にも思えた。

王家に、そして国に恨みを感じている一族が、王宮や貴族の住まう中枢に入りこみ、周囲に溶けこんでいる。もし一斉に謀反《むほん》を起こされでもしたら、この国はひとたまりもないだろう。

そして、そんな重要なことをあっさり教えてくれた彼に戸惑い、私は顔を上げる。

「でも、どうしてそれを私に……？」

「儂《わし》らはの、国の転覆《てんぷく》なぞ狙ってはおらん。ただ自由に生きたいだけよ。古くからそうして祖先が生きてきたように、縛られぬ暮らしをしたいだけ。そのためには、見極めねばならん。国を動かす人間が、信用に足るのかどうかを」

「信用に、足るのか……」

「そうじゃ。儂《わし》らとて、こうして隠れ住む生活がいつまでも続くとは思っておらん。いつまた昔のような大々的な迫害が起こるかもわからん。その際、時の王が儂《わし》らをどう扱うのか、行動を見張っておかねばならんのよ。そして、もしその者が信用に足る人間であれば……」

「あれば……？」

尋ねた私に、老人は答えを口にしなかった。かわすように朗《ほが》らかに続ける。

「さて、それは新たな王が決まってからのことじゃろうのう。もしもお主《ぬし》が王を目指すというのならば、同朋を助けたよしみで、いくらか手を貸してやらんでもないが」

試すように目を細めて言う彼に、私ははっきりと首を横に振った。

「……いいえ、それはありません。私の中で、次の王になる人はもう決まっているから」

そう、私の心は決まっている。白の民の内情を聞いた今は、なおさらオーベルに次の王になってほしいと思う気持ちが強くなった。

だって、そうして隠れ住む彼らを守れるのは、きっと彼だけ。シロのことだって、私自身の力で白の民である彼を保護できた訳《わけ》じゃない。オーベルが私のその行動を許し、後ろで守ってくれていたからだ。それを、自分の力だと勘違いしてはいけない。

きっぱりと言い切った私に、ふむ、と長老は満足げに頷《うなず》いた。

「ならば、行くが良い。お主《ぬし》が眠っている間に、王宮内が少々騒がしいことになっているでな」

「騒がしいこと？　一体何が……」

その後彼の口から教えられたのは、驚くような王宮の現状だった。

私が祭司長に襲われた日の翌日。

なんと祭司長は、私を殺したと周囲に胸を張って告げたのだという。あれは王女などではなく、怪しげな儀式を行おうとしていた異端の女であり、自分はその排除に成功したのだと言って。

実際は彼に直接手を下された訳《わけ》ではないのだが、私とシロが乗って逃げた馬が崖下に落ちているのを確認して、共に死亡したと判断したのだという。実際、私たちの姿は、神殿の近隣のどこを探しても見つからなかった。それが自然な判断だったのだろう。

それを聞いた時のオーベルの怒りは、凄《すさ》まじかったという。

どのように私を殺したのか滔々《とうとう》と語り続ける祭司長を、オーベルは一縷《いちる》の迷いもなく斬り伏せた。

そのあまりに獰猛《どうもう》な怒《いか》りに、祭司長の傍《そば》にいた神官たちも怯《おび》えて止めることができなかったらしい。

祭司長は一命は取り留めたものの重傷を負い、その後は気が触れて王族に仇《あだ》なした者として、投獄されたのだという。

オーベルのした行いは、王族を害した人間を処罰した正当なものとして公《おおやけ》に罰せられることはなかったが、彼にできたわずかな隙を見逃す王妃ではなかった。

祭司長のしたことは許されることではないが、そもそもあの娘は確かに出自の怪しい人間。彼の言葉にも一理あろう。そんな真偽不明な中、国の祭事を取り仕切る祭司長を取り調べもせずに斬り伏せたのだから、オーベルにもなんらかの罰か、相応の役目を負わせねば国民は黙っていまい。

彼女は元老院《げんろういん》の長老たちの前でそう朗々《ろうろう》と説《と》き、オーベルを危険な戦地へ追いやったのだ。

それは、隣国シグリスとの国境。

王妃が自分の祖国ビラード贔屓《びいき》で外交を進める中、その対応に特に反発した国だ。それが王女殺害の報で揺れ動くエスガラントの様子を見て、今が好機と攻めこんできた。

その討伐を、オーベルと彼の配下のヴェルダ騎士団は言い渡されたのだ。

彼は今、最前線で戦っているのだという。

「そんな……」

戦地入りした数日前から、鬼神《きじん》のごとき戦いぶりを見せているが、まるで死をも辞さぬように自《みず》ら敵の中に先陣を切って突き進んでいるらしい。

そんな彼の様子を聞くにつれ、次第に胸が苦しくなっていく。

「オーベル……」

彼は、最後まで私を尊重しようとしてくれた。その直後、私が殺される事態が起こったのだ。彼の怒《いか》りとやりきれなさもよくわかる気がした。

それに恐らく、私だけでなくシロも殺されたと彼は信じているのだろう。祭司長は、私の傍《そば》にいたシロのことも証言しただろうから。だからこそ今の彼は、鎮《しず》まらぬ感情のまま、剣を振るうことしかできないのだ。

それに気づき、気持ちが逸《はや》る。

「とにかく、早くオーベルの所に行かないと……！」

私たちは無事なのだと伝えなければ。だから自棄《やけ》になる必要などないと、自分の口で伝えたい。

私はこれまでのお礼と、お暇《いとま》する旨を老人に告げると、取る物もとりあえず家を出ようとする。

だが、それを彼は止めた。

「待たれよ。シグリスの国境沿いまで送り届けるぐらいはして進ぜよう」

「え……？」

「何、密《ひそ》かに移動することにかけて、儂《わし》らに敵《かな》う者などおらん。――それにお主《ぬし》らの未来は、多少儂《わし》らの今後にも関わってくるじゃろうからな」

そう言って目を細めるや、彼はすぐに白の民を数人呼び寄せた。

いずれも屈強な体躯《たいく》の、二十代から三十代の男性たちだ。倒れている所を拾ってもらった上、そこまでしてもらうのは申し訳ないとも思ったが、今は時間がない。使えるものは全て使わせてもらおうと、気持ちを改める。

それに、今回日本に戻る機会を逃した私は、しばらくこの世界に残ることになるのだ。

その中で、彼らに必ずお礼を返していこうと今、決めたから。

白の民の男たちは、長老である老人の命令に忠実だった。自分たちの馬に私とシロを相乗りさせると、統制の取れた機敏《きびん》な動きで村を出、山を下りていく。

回復したとはいえ、未《いま》だ怪我の完治していない身体に、馬での旅はやはりきつかった。塞《ふさ》がっていない傷は今もじくじくと痛むし、だいぶ血が出たのか、多少眩暈《めまい》もする。

だが、そんな痛みは、オーベルのことを思うとどこかへ消えていった。

脳裏に浮かぶのは、出会った頃の皮肉屋なオーベルの姿。何かにつけて毒舌でからかってきて、意地悪な弟だと、何度も膨《ふく》れた記憶がある。

なのに、そんな態度の裏で、いつでも彼は私を助けてくれて。あれ？　思っていたのと違う人なのかもと考えることが増えてきた。

そして――この人に王になってほしい。いつしかそう思うようになっていた。

何より、もっと姉として傍《そば》にいたい。そんな風に――

シグリスの国境沿いまでの旅は、二日続いた。

麓《ふもと》の町に着くと、男たちはどこからか新たな馬を調達してきて、すぐに替えた馬を走らせる。それは行く先々の町でも同じだったから、恐らく、どの町にも仲間が潜《ひそ》んでいるのだろう。

その事実に静かに驚異を感じつつも、今は旅を進めることだけに意識を集中させた。

ところが、目的地を目前にして、シロが熱を出して倒れた。

「シロ……ごめん、だいぶ無理させたんだね」

「ちがう。おれ、平気」

途中で泊まった宿の一室。そう言いつつも、シロの目は熱に浮かされ、焦点が合っていなかった。

そもそも、祭司長に襲われたあの日。意識を失った私を長時間背負い、野を駆け続けた彼だ。いくら彼の身体が丈夫だとはいえ、まだ幼い身だし、だいぶ無理が祟《たた》っていたのだろう。

無理に起き上がろうとする彼の白銀の髪を、私はそっと撫《な》でた。

「大丈夫だよ、シロ。オーベルは私が必ず連れて帰るから」

「アカリ……」

「また、中庭で遊ぼうね。オーベル、シロに負けてたまるかって言ってたよ。自分の方が私を高く抱え上げられるって。その時に備えて、シロは今は眠ってて」

「うん……うん」

私の言葉が嬉しかったのか、シロはほわっと微笑み、やがてすやすやと静かな寝息を立て始めた。

シロにはこの町で休んでいてもらおう。

それを見届けるや、私は傍《そば》に控えていた白の民の男たちに向き直る。

「今までありがとうございました。ここから先は、私一人で向かおうと思います」

「しかし、アカリ様……」

彼らは、私を王女殿下とは呼ばず、アカリ様と呼んだ。態度もまた、主《あるじ》に対するもののようだったが、それは私の王女としての身分に敬意を払っている訳《わけ》ではなく、同朋を助けたことに起因するものなのだろう。

止めようとする彼らに、私はゆっくりと口にする。

「道すがら仕入れた情報によれば、戦《いくさ》はほぼ終わる頃合いだと聞いています。シグリスの兵が撤退する様子を見せ、エスガラントが……黒鷹公率《ひき》いる騎士団が勝利を勝ち取ったと」

それは道中、人々の会話の中からも窺《うかが》えて、ほっとした情報だった。だが、完全に安心できる訳《わけ》でもない。オーベルは無事なのか、怪我などしていないか、まだわからなかったからだ。

そして、そんな戦《いくさ》が収まった頃合だからこそ、白の民である彼らを無為《むい》に戦場に近づけない方が良いのではないかと思ったのだ。もしも彼らの正体がバレたら、また別の混乱が起きてしまう。

だが、ここまで来てと思ったのか、躊躇《ためら》いを見せる男たちに、私はさらに告げる。

「もしまだお力添えくださるというなら、私が国境沿いに行っている間、宿でシロの様子を見ていて頂けますか？　すぐに戻ってくるので」

「それは……もちろん構いません。彼は、我々の同朋ですから」

「ええ、ありがとう」

私は微笑んでお礼を言うと、宿屋を後にした。

一人では馬に乗れない今、ここからは徒歩になる。だがここから先はもう目と鼻の先だから、少し歩けば着くはずだ。

シグリスの国境沿いに向かうこの道の先は、小さな町がひとつあるだけだという。

戦いの気配に、町人たちは早々に家財道具を持って逃げ出した。その空っぽになった町や傍《そば》に広がる林を舞台に、シグリス兵とオーベル率《ひき》いるヴェルダ騎士団は数日にわたる戦いを続けていたらしい。

だが、それも決着がついたようだ。

途中、ヴェルダ騎士団の騎士服を着た男たちと幾度もすれ違う。

疲れの中でも、誇り高い騎士らしく背筋を伸ばして馬に乗る彼らは、後ろに捕虜らしき兵士姿の男たちを連れていた。怪我をした仲間を乗せた馬もある。その様子に、胸がざわめく。

オーベルの姿はどこにも見えない。本来ならば長《おさ》である騎士団長が先陣を進み、勝利を伝えるはず。まさか――

不安に思った私は、馬の手綱《たづな》を引いて前方から歩いてきた騎士に駆け寄る。

「あの、すみません。ヴェルダ騎士団の方々ですか？」

「いかにもそうですが……ああ、もしや町の方《かた》でしたか」

私は今、強行軍で薄汚れた外套《がいとう》を着てフードを目深《まぶか》に被《かぶ》っていたから、目の前の彼は避難民とでも思ったのだろう。真剣な面持ちで私に向き直る。

「戦《いくさ》のため、ひととき町から避難頂き、貴女にもご迷惑をおかけしました。ですが、騎士団長の勇猛果敢《ゆうもうかかん》な戦いぶりにより見事敵将も討たれ、こたびの戦《いくさ》は無事に……」

私は焦《じ》れる思いで、さらに尋ねた。

「あの、その騎士団長はご一緒ではないのですか？　なんだかお姿が見えない気がして」

「いえ、団長は……」

言葉を濁《にご》した彼の様子に、ざっと青褪《あおざ》める。まさか、オーベルはやっぱり……

そんな私の様子に誤解を与えたと思ったのか、彼はすぐに慌てて言い募《つの》った。

「いえ、オーベル様は御無事です。ただ、この先にある瓦礫《がれき》の地からお帰りになろうとせず、自分のことは気にせず先に帰れと仰《おっしゃ》いまして。――大切な方《かた》を亡くされた直後なのですから、王宮に戻られるのがお辛いお気持ちはわかります。それ故《ゆえ》、我々だけがこうして先に帰還を……」

「そうでしたか……」

ほっとしたが、この先にオーベルがいるのだと思うと、胸がそわそわしてもくる。

「ありがとうございます、色々教えてくださって」

お礼を言って彼にお辞儀すると、私はさらに道の先を進んだ。

それから何人の騎士や旅人とすれ違っただろう。やがて誰とも会わなくなった頃、私は瓦礫《がれき》の広がる町に辿《たど》り着いた。戦いの気配を色濃く残した、人気《ひとけ》のない静かな町。

地面に点々と残る血痕や、壊れて打ち捨てられた武器が血腥《ちなまぐさ》さを感じさせる。

オーベル……一体どこにいるんだろう。

きょろきょろしながら十分ほど歩き、やがて町の奥の広場に辿《たど》り着いた時。

ようやくそこに、一人佇《たたず》むオーベルの姿を見つけた。黒く凛々《りり》しい騎士服姿は今、血と埃《ほこり》で汚れている。だが、一見して大きな怪我はなさそうで、ほっとした。

こちらに背を向けているため、彼はまだ私に気づいていないようだ。

ぼんやりと空を見上げる寂しげな背に、胸がぎゅっと締めつけられる。

「オー……」

名を呼び、近づこうとした所で、気配を察知した彼がふいにこちらを振り向いた。

昏《くら》い眼差《まなざ》しの彼は、気だるげに口にする。

「……なんだ、まだ残党がいたのか」

だが、私だと気づいた様子はない。外套《がいとう》で顔が隠れているからだろう。まるで、この世の一切の希望をなくしたみたいな顔で呟《つぶや》いた彼は剣をすらりと引き抜き、流れるように構えを取る。

このままでは彼に斬りかかられてしまう、と私は慌ててフードを下ろす。

「ち、違う！　オーベル、残党じゃなくて、私だよ！」

「姉、上……？」

顔を晒《さら》した私を、彼は初め、信じられないといった様子で目を見開いて見つめていた。

まるで、白昼夢《はくちゅうむ》か幻でも見たかのように。だが、すぐに彼は頭を左右に振る。

「まさか、こんな幻まで見るようになるとは……とうとう俺の頭もいかれたか」

自嘲するように言って、剣を腰に収めた彼は、夢でも見ているようなおぼつかない足取りでこちらに歩み寄ってくる。

そんな彼に、本当に自分なのだと伝えようと私も駆け寄る。

「オーベル、あのね。本当に幻じゃ……」

しかし言葉の途中で、目の前まで来た彼の手で、ぐいと顎《あご》を上向かされる。

そこにあるのは、長く焦《こ》がれたものにようやく出会えたような、苦しげな瞳。

「たとえ幻なのだとしても、もう俺は……」

何か彼が呟《つぶや》いたと思った次の瞬間、柔らかいものに唇を塞《ふさ》がれていた。

え……？

驚きのあまり、私は目を見開く。あ、あれ？　これってまさか。

いや、まさかじゃない。なぜかわからないけどキスされている。私、姉なのに。オーベルは弟なのに——なんで。どうして。

混乱するも、とりあえず彼の行動を止めなければと口を開こうとするが……それがいけなかった。

オーベルはこの状況を夢だと信じたままのようで、腰を強く引き寄せられ、さらに深く口づけられてしまう。息ができないほど、激しく熱い口づけ。

何これ、苦しい。どんどんと彼の胸を叩くが、それでもやめる気配がない。

それどころか、逃れようとするほど強く抱き寄せられて——

「や……」

自分の口からどこか甘い声が漏《も》れ、訳《わけ》がわからないまま泣きたいような気分になる。

もう駄目だ、心臓が爆発しそう。というか、絶対する。

そんな極限状態の中、彼の力が一瞬緩《ゆる》んだ隙を見計らい、なんとか無理やり身体を引き離す。

「だ……め、もう、無理……！」

ぐったりと言った私に、ようやくオーベルも何かおかしいと思ったらしい。

「……？　なんだかこれでは、生身のような……姉上!?」

へなへなと地面に崩れ落ちそうになった私を、逞《たくま》しい褐色《かっしょく》の腕が慌てて抱き留める。

初めは存在を確かめるように、恐る恐る——だが、温かい体温に、私がちゃんと生きているという実感がようやく湧《わ》いてきたのか、だんだんと力強く抱き締めてくる。

まるでもう離さないと伝えるように、彼は最後には私の身体をぎゅっと抱き寄せていた。

そうして私はようやく、オーベルとの再会を果たしたのだった。

オーベルに無事を伝えた私は、すぐにシロの無事も伝える。そしてシロの待つ宿に戻り、彼の回復の具合を見ながら、私たちは揃《そろ》って王宮に戻ることになった。

途中でオーベルの部下である騎士たちと合流し、彼らの厳重な守りのもと、帰還する。

後から聞いた話では、祭司長に殺されたはずの王女が奇跡的な生還を果たしたことに、国中を挙げて喜びの声が上がったという。

これほどの奇跡を起こされたのだから、やはり黒鷹公の姉上様は紛《まぎ》れもなく王族なのだ。それも、崇高《すうこう》なる魔力を持つ黒の王族だと、前よりも私を信奉《しんぽう》する声も上がったらしい。

そんな大騒ぎのさなか、王宮の離れに戻ると、ミランダとサイラスが涙ながらに出迎えてくれた。二人とも心労が祟《たた》ったのだろう。目の下に隈《くま》が浮いていたり、腫《は》れぼったい目をしている。

だがそんな疲労の滲《にじ》む中、ミランダは今、笑顔に涙を浮かべていた。

「アカリ様……ご無事で、ご無事で本当にようございました……！」

「ミランダ。心配かけてごめんね。うん……なんとか帰ってこれたみたい」

「アカリ様が謝られることなど、何もございません。ご無事でいてくだされば、他に何もいらないのですから」

ミランダが震える声で言えば、サイラスも潤《うる》んだ瞳で口にする。

「貴女がいらっしゃらなくなってからというもの、この王宮内は火が消えたようでした。私も、あの儀式についてお話ししたことを何度悔《く》やんだかしれません。中でも、オーベル様のお変わりようは痛ましいほどで……本当によくぞお戻りくださいました。そして、オーベル様を連れ帰ってくださいましたこと、心よりお礼申し上げます。アカリ様」

かすかに目を潤《うる》ませたサイラスは、私の前で跪《ひざまず》くと、最上級の礼を取った。

最後に二人は、私の後ろでちらちらと様子を窺《うかが》っていたシロに向き直ると、これでもかというほど頭を撫《な》で、ぎゅっと抱き締めた。そんな二人にシロがくすぐったそうに、嬉しそうに笑う。

彼らにとっても、シロはもう弟のような存在なのだ。

そんな風に再会を果たし、再び舞い戻った王宮。

戦地では感情を見せず瞳に昏《くら》い色を湛《たた》えていたオーベルも、私と再び共に過ごしていくうち、次第に本来の姿を取り戻していった。ただ、以前といくつか変わった部分はある。今回私が得た情報が、彼の眼差《まなざ》しを変えたのだ。

私とシロを助けたのが、シロの同胞である白の民であったこと。

そして、場所は言えないが、彼らの住む隠れ里が存在し、彼らの仲間が国の端々《はしばし》でこの国の行く末を見つめていること——それらを伝えるほどに、オーベルの眼差《まなざ》しは真剣な色を見せた。

「そうですか……彼らには、深く礼を言わねばなりますまい。姉上とシロの命を救い、それと同時に重要な秘密を明かしてくれた。その相手に姉上を選んだとは、なんとも見る目がある」

考え深げに呟《つぶや》いた彼は、今は勇猛な騎士ではなく、思慮深い為政者《いせいしゃ》の顔をしていた。何かを見極めようと、高みから全てを見通す目だ。

やがて彼は静かに力強い声で口にした。

「姉上。ひとつ、心に決めたことがあります」

「何？」

「俺は、必ずや王になります。――それも民と、貴女に恥じない王に。シロだけでなく、彼の同胞たち全てが生きやすい国を作ってみせましょう。貴女を助けてもらったという恩もあるが、それだけでなく、今それこそがこの国に必要だと思うのです」

「オーベル……」

前から逞《たくま》しい人だったけれど、さらに眼差《まなざ》しが――いや、心が強くなったようだ。

黒い眼差《まなざ》しは、深い知性の輝きと民への慈愛を見せている。

私にとって目まぐるしく状況が変わっていったこの一ヶ月半だけれど、彼は彼で色々と考えることがあったのだろう。さらに彼は私を見つめ、静かに続けた。

「これまでの俺は、王になることだけをただひたすらに目指していた。だがそれはいわば、王妃を失脚させることが目的でした。そのために、王になる必要があるならばなってやろうと思っていた。――だが、貴女と過ごすほどに、それだけでは駄目なのだと考えるようになりました」

そして彼は最後に、こう口にした。

「今は、王妃への感情とは別の部分で、純粋に王になりたいと思う。この国を、より良いものに変えたいのです。そして、貴女にもそのために力を貸してほしい」

「オーベル……そうね」

彼の思いの変化が嬉しくて、私も強く頷《うなず》き返す。

「うん、私も貴方のお手伝いをする。日本に戻るのはまた先になっちゃったし、それまでの間、できる限りのことをするから」

そう、返還の儀が失敗に終わったため、私の日本へ戻るという目標はまた振り出しに戻ってしまったのだ。だがそれは、次に白い満月が昇る時――つまり、三年後へと延びた訳《わけ》ではない。

というのも、あの古文書《こもんじょ》自体に何者かの手が加えられていたことがわかったからだ。

どうも元々は分厚い一冊の本から、一部分だけ切り取って本のように見せかけた状態で神殿に置かれていたらしい。それをしたのが王妃なのか、それとも古い時代の人間なのかはわからない。

ただわかっているのは、その古文書《こもんじょ》を使って王妃が祭司長を焚《た》きつけたことだけだ。この古文書《こもんじょ》を見れば、あの異端の娘は必ずや神殿に現れる。神殿の泉を使い、自分の仲間をさらにこの地に呼び寄せるために。そうして、このエスガラントの地を蹂躙《じゅうりん》するつもりなのだと、王妃は祭司長に囁《ささや》いたらしい。

事の真偽を確かめるため泉の傍《そば》で様子を窺《うかが》っていた所、この世界とは全く雰囲気の違う日本の服装をした私が現れ、泉の傍《そば》で何かしようとしたため、祭司長は王妃の言葉を信じ、事が起こる前に始末しようとした。

牢に入れられた祭司長はそう訴えたが、王妃は狂人の戯言《ざれごと》と取り合わなかった。彼女が送った手紙は、すでに間者の手によって始末され、証言を裏付けるものが出なかったからだ。

それを聞いた時のオーベルはぞっとするような声音で呟《つぶや》いたものだ。

「相変わらずあの女は、他人を利用するだけ利用して、塵《ごみ》のように捨ててみせる。……だが俺は、あの女はもちろんのこと、祭司長に同情する気持ちも微塵《みじん》もありません」

「私も怖かったし、許せない気持ちはあるけど……でも、祭司長は祭司長で、この国のことを思ってしたのよね。そう思うと、彼もなんだか可哀想な気がするわ」

「だからと言って、正義があれば何をしていいという訳《わけ》でもありますまい。王妃に利用されたとはいえ、結局の所あの男は自分の意思で貴女を傷つけた。——自分の中の正義のみを信じ、他者を傷つけた末路を、牢の中で永劫《えいごう》反省し続ければいい」

「オーベル……」

一度鎮火したとはいえ、彼の怒りはまだ消えた訳《わけ》ではないらしく、それ以上何も言えなくなる。

こういう時のオーベルは、容赦ない為政者《いせいしゃ》の顔をしている。だが、これもまた、王には必要な資質なのだろう。優しさだけで国を動かしてはいけない。処罰すべき所ではきちんと罰を与えなければ、きっとその人は幾度も過《あやま》ちを繰り返すのだろうから。

——そう、甘くはない道のりだからこそ、それを乗り越えた時、その人は立派な王になるのだ。

私の当面の目標は、無事にオーベルを王位に就け、その後で日本に戻るというものに。ここに来た時の目標と何も変わっていないけれど、でも変わったものはいっぱいある。信頼できる人たちがすぐ傍《そば》にいるし、私自身も多少のことではへこたれなくなった。

守りたいものがあるから強くなれるし、オーベルの助けになるような新たなことにチャレンジしようと思える。そんな気持ちで、今日も私は頬をぺちんと叩いて気合を入れる。

「よし……今日も一日、頑張ろう！」

ただ、そんな風に気持ちを新たにした私だけれど、ひとつだけ困ったことがあった。

どうにも最近、オーベルの顔が真《ま》っ直《す》ぐに見られないのだ。

国のことだとか、真面目な会話をしている時は大丈夫なのだけれど、それが終わると、途端に彼を意識して挙動不審になってしまう。

これはあれだ。たぶん、再会時に口づけられたことが尾を引いているのだ。

あの時はびっくりして、それに初めての感覚に訳《わけ》がわからなくて、心臓が止まるかと思った。

だが、あんなことがあっても再会後の彼は、変わらず私を姉上と呼び続けているし、あれはきっと死んだと思った姉が生きていた感激から、喜びの表現がやや過激になっただけなのだろう。

そもそもが、手の甲に口づけて挨拶することの多い彼だ。日本ならともかく、この世界では親愛の表現というか、そこまで深い意味はないのだと理解している。

それでも、あれがファーストキスだった私には、彼の顔を正視するのがやはり難しい。

だから私は、自然と彼を避けるようになっていた。

今も、廊下で出会ったオーベルに呼び止められたが、思わず声が上ずってしまう。

「姉上、少しお話が……」

「あ、あの、ごめん、オーベル。ちょっとサイラスに用事があるの」

どうしよう。なぜかオーベルが、いつもよりさらに凛々《りり》しく見える。騎士服を新調したせいだろうか。彼の顔を見ただけでドギマギしてしまうなんて、ちょっと重傷だ。

翌日も執務室前で声をかけられた。

「姉上、お話があるのですが」

「あ……ええと、ごめんなさい。ミランダに急な用事があって」

そのまた次の日も、そそくさとやり過ごしてしまい——

オーベルの声が日に日に低くなっているような気はしていたが、自分のことでいっぱいいっぱいな私はそれにきちんと気づけていなかった。

「…………姉上」

「あの、シロと遊んでこようかなと思って、それで……その、今はごめん！」

だが、オーベルの我慢も限界のようだった。

「──貴女は本当に、いつまで経《た》っても俺を風のように翻弄《ほんろう》する」

溜息を吐いた彼に、ぐいっと手首を掴《つか》まれたかと思うと、壁際にどんと追い詰められる。

壁に背を預けた状態で、顔の両脇に腕を置かれる。彼の身体との間に挟まれてしまい、どうやっても逃げられそうにない。すぐ目の前には、褐色《かっしょく》の肌の凛々《りり》しく整った容貌。獰猛《どうもう》な獣のような眼差《まなざ》しに間近で射竦《いすく》められ、私はたじたじになった。

「オ、オーベル？　その、なかなか話せなかったのは悪かったと思ってるけど……」

それでもまだなんとか逃げる方法はないかとそわそわ目を彷徨《さまよ》わせる私に、オーベルはさらに距離を詰めてきた。そして彼は、静かに口を開く。

「姉上。俺ははっきりと自覚しました」

「自覚？」

「ええ。ですから、これより先、貴女を逃がすつもりはありません。貴女の身を守るのはもちろんですが、もし貴女に俺の手を取る意思が少しでもあるのなら──その時は決して逃がしはない」

「逃がさないって……」

呆然と顔を上げた私に、ようやく目が合ったのが嬉しかったのか、彼は目を細めた。

そして彼は身を屈《かが》め、私の耳元に男らしい低い声で囁《ささや》く。

「姉上、いえ——アカリ」

「貴女は、俺の本気をもう少し思い知った方がいい」

「……!!」

言うや、オーベルは私の髪をひと房取り、そっと口づけた。この間の深い口づけとは違う、髪の表面に触れるだけのそれ。だがそこには、以前にはなかった男の色香が感じられた。

黒い瞳が彼の想いを言葉以上に雄弁に語っていた。

「貴女に触れたいのだ」と。

その艶《つや》めいた、それでいて真摯《しんし》な眼差《まなざ》しに、思わず言葉を失ってしまう。

やがて彼は、真っ赤な顔で硬直した私に気づいたのか、触れていた髪から手を離す。

代わりにぽんぽんと私の頭を優しく撫《な》でて離れていった。

なんだろう。この、今日はこの辺で勘弁してあげましょう、と気を遣われた感じは。

遠くからサイラスがオーベルを呼ぶ声が聞こえ、何やら二人で会話を始めたようだが、もうその声は私の耳に入ってこない。壁に預けた背が、ずるずると下に落ちていく。

「何、今の……?」

動揺のままに呟《つぶや》く。だって、彼のあんな顔は、今まで見たことがなかった。

あんな、姉じゃなくて、まるで愛しい相手を慈《いつく》しむような目で――

頬が熱い。そして、どうしよう、と思う。

だって、嫌じゃなかったのだ。今も、それに思い返してみればオーベルに深く口づけられた時だって。嫌じゃないから困る。私は日本に戻るのに、戻らなければならないと思っているのに。

なのに……あの強く凛々《りり》しい眼差《まなざ》しにずっと見つめられていたいような。

口づけられた髪がひどく熱を持っている気がして、私は触れられた箇所をくしゃりと撫《な》でた。日本ならどこにでもいる黒色の、私の髪。でも彼の唇が触れた今は、それが宝物のように思えて。

「アカリって、初めて呼ばれた……」

どきどきと煩《うるさ》い鼓動の中、掠《かす》れた声で呟《つぶや》く。

皮肉屋な弟が、今、誰より気になる男性に変わった瞬間だった。

書き下ろし番外編

微睡《まどろ》みの貴女に愛を囁《ささや》く

「オーベル、いいか。アカリをいじめたりしたら、だめだぞ」

午後の麗《うら》らかな陽射《ひ》しが差しこむ、王宮の離れの廊下。

その白い廊下を歩いていた所、向こうから駆けてきたシロに急にめっと窘《たしな》められ、俺は眉を上げて低い声で問い返した。

「ほう……小僧。出会い頭に何かと思えば、聞き捨てならないことを言う」

シロは純粋で、無邪気にはっきりと思いを口にする所がある。俺に一切覚えはないが、何か勘違いしてそう思ったのかもしれない。

とはいえ、俺が女子供——さらに言えば、今では誰より大切な女性である姉上を害するなど、天地が逆になってもあろうはずがないのだが。

「さて聞こう。俺がいつ、姉上を虐《しいた》げたと？」

ゆったりと問いかけると、シロはやや気圧《けお》された様子でうう……と唸《うな》る。

ちなみにシロは、なぜか毛布を抱えていた。

「だってオーベル、昨日、アカリをかべぎわにおいつめてなにか言ってた。アカリ、こまってるみたいだった」

「なるほど。お前はあの場面を見ていた訳《わけ》か」

確かあの時、シロは傍《そば》にいなかったはずだが、どうやら遠くで俺たちの様子を眺めていたらしい。白の民は視力まで発達しているのかと、内心で舌を巻く。

そう……確かに俺は先日、姉上を壁際に追い詰めてこう囁《ささや》いた。

『姉上、いえ――アカリ。貴女は、俺の本気をもう少し思い知った方がいい』

ようやく自覚した想いを、彼女に伝えたくて。

一歩間違えれば、喪《うしな》って二度と会えなくなるはずだった女性。その人を前に、もう己《おのれ》の気持ちに見ぬ振りをすることも隠すことも、無理だと気づいたのだ。

貴女が愛しい。そして、貴女に少しでも俺の手を取る覚悟があるなら、もう決して逃《のが》しはしないと――

ただ傍《はた》から見れば、確かに俺は彼女を捕まえ、彼女はそんな俺から慌てて逃げようとしていた。シロが誤解したのも、考えてみれば得心《とくしん》がいく。

頬を膨《ふく》らませたシロは、抱えていた毛布をぎゅっと胸に抱き締めて言う。

「オーベル、アカリに何かいじわるしたんだとおもった。オーベルがいなくなったあとのアカリ、顔があかくなって目がうるんでたし」

「姉上が瞳を潤《うる》ませているご様子は、是非とも拝見したかったが。ともかく——いいか小僧。俺が姉上を守ることはあっても、彼女を傷つけることなどあり得ない」

「……ほんとうか？」

「ああ。お前にとってそうであるように、俺にとっても彼女はかけがえのない人なんだ」

「うん……それは、オーベルみてると、なんかわかる」

こくんと素直に頷《うなず》いたシロに、俺は諭《さと》すように続ける。

「ならば、普段と多少違う様子を見たとしても、心配する必要などないだろう。何があろうと、俺が姉上を悲しませることはない。——できるなら、いつだって笑っていてほしいからな」

「お、おれも！　おれもアカリ守る。それに、アカリにずっと笑っててほしい！　アカリの笑った顔みると、ほっとしてうれしくなるんだ」

ぱぁっと笑顔になったシロの髪を、俺は同意する代わりにわしゃわしゃと撫《な》でてやる。

シロは先日、言葉通り、俺の手の届かぬ場所で殺されかけた彼女を守ってくれたのだ。

素直に伝えることは少ないが、胸の内では姉上を守る同志として深い感謝を感じていた。それに時折、年の離れた弟のように感じることもある。

しばらく目を細めて撫《な》でられていたシロが、やがてほっと息を吐いた。

「そっか、よかった……オーベルとアカリ、いまも仲良しのままなんだ」

呟《つぶや》いた次の瞬間、シロがあっと何か思いついた様子で瞳を輝かせる。そして、さっきから抱き締めていた毛布を、ずいっと俺に差し出してきた。

「じゃあ、オーベルにこれやる！」

「……なんだこれは？」

いや、毛布なのはわかるが、それを渡される理由がわからない。そもそもこの国は気候が温暖で、冬である今もそう寒くないというのに。

しかし、シロはいいことを思いついたといった表情で、嬉しそうにはしゃいで言う。

「おれ、アカリに今、これ持っていこうとしてたんだ。でも、きっとオーベルがやった方が、アカリよろこぶ。あと、オーベルもきっと、ちょっとよろこぶ」

「つまり、姉上が毛布を所望しているということか？」

「ううん。アカリに言われたわけじゃない。でも、たぶんアカリに今ひつよう。アカリのよくいる部屋に行ったらわかる！」

「よくわからんが……まあいい。とにかく姉上にお渡しすればいい訳《わけ》だな」

要領を得ない説明に肩を竦《すく》めながらも、毛布を受け取る。

俺を顎《あご》で使うとはいい度胸だが、どんな用件であれ、姉上の助けになるなら断る理由はない。そう思い、俺は件《くだん》の部屋へ向かったのだった。


「姉上、俺です。おられますか？」

辿《たど》り着いた、姉上のいつもの特訓部屋。扉を叩いて声をかけるが返事がない。

少し考えてから、そっと扉を開けた所——

「姉上……？」

そこには、長椅子の上に横たわり、すやすやと眠る姉上の姿があった。

それも、普段とは違う服装だ。いつもの彼女は、豪奢《ごうしゃ》でやや厚い布地の王女のドレスを着ているが、今は花の妖精めいて可憐な薄い布地のドレス姿。薄水色の淡い花びらを思わせる繊細《せんさい》な布地で、つまりは肌寒そうな格好でもある。

俺は無意識に身を縮めて眠る彼女と、手に持った毛布を順に見る。

「……なるほど、そういうことか」

恐らく姉上は、またサイラス辺りに新たなドレスを試着させられたのだろう。何着も着せられるうち、疲れて眠ってしまったという所か。

そしてシロは、眠る彼女に何か掛けようと毛布を探し、途中で俺に出会い、結果的に毛布を渡す役目を譲ってくれたらしい。もしかしたら、普段と違う姉上の姿を、俺にも見せたいという思いもあったのかもしれない。

――小僧にしては、なかなか粋なことをする。

そう内心で褒《ほ》めながら、俺は姉上のもとまで歩み寄ると、毛布を広げて彼女にそっと掛けた。すると、温もりを感じたのか、細い身体がかすかに肩の力を抜いた。

健《すこ》やかな寝息を立てる寝顔を見ているうち、自然と愛おしさがこみあげてくる。

「姉上……アカリ。ここで眠っては風邪をひかれます」

眠る姉上の傍《かたわ》らに跪《ひざまず》き、小さな声で囁《ささや》くと、うん……と彼女がみじろいだ。

瞼《まぶた》を擦《こす》りながら、ぼんやりとしたまなこで俺を見上げてくる。

「オーベル……？」

「ええ、俺です」

「なんで、ここにいるの……？　いつもなら、まだお仕事してるはずなのに……。夢なのかな……」

どうも、まだ寝惚《ねぼ》けているようだ。

確かに最近の俺は、この時間はまだ王宮で仕事をしていることが多い。

先日のシグリス戦の後処理もあり、離れに戻るのは大体真夜中。

それ故《ゆえ》、日の高い日中に現れた俺を見て、なおさら夢だと思ったのだろう。

今日は仕事が早く片付き、珍しく早く戻れただけなのだが。

長椅子に横たわったまま、ぼんやりと不思議そうに見上げてくる彼女が愛らしかったので、俺は特に否定せずさらりと返す。

「今日はシロから、貴女に毛布を掛けてくるよう頼まれたものですから」

「毛布？　あ、これ……ありがとう」

「貴女に風邪をひかせてはならないと思ったのでしょう。それに、俺と姉上が仲違いしていないとわかり、嬉しくなって俺を向かわせたかったようです」

「私とオーベルが、仲違い？　そんなこと、してないのに……」

「ええ、シロの勘違いではありますが。――ただ、貴女が先日から俺を避けておられるのは事実でしょう。俺としても、貴女と視線が合わない日々が続くのは本意ではないのですが」

事実、あの告白が衝撃を与えたのか、彼女は俺の前で急に赤くなって固まったり、視線を逸《そ》らしたりすることが多くなった。意識してもらえるのは嬉しいが、顔をちゃんと見られない日が続くと、さすがに少し堪《こた》える。

普段のような皮肉は混ぜずに本音を言った俺に、やはりこれは夢だと思ったらしい。

「夢の中のオーベルって、なんか素直……」

不思議そうに呟《つぶや》いた姉上は、やがて何が楽しかったのか、ふふっと笑った。そして、まだ半分夢うつつのふわふわした口調でぽつりと言う。

「だってね。オーベル……私、初めてだったんだよ」

「初めてとは？」

「戦場で再会した時……したじゃない。あんなことされたの、初めて……。だから、平気な顔で目なんて合わせられないよ」

そこで、彼女が言っている内容を理解し、思わず目を見開く。

戦場で再会した際、俺は目の前にいる彼女を幻だと思いこみ、抱き寄せて強引に口づけた。つまり、彼女が言わんとしているのは——

「つまり、貴女は今まで、俺以外の誰にも唇を許したことがないと？」

「…………」

掠《かす》れる声で真剣に問いかけると、こくん、と頷《うなず》きが返ってくる。目を伏せた姉上の頬は、いつの間にか熟れた果実のように赤く染まっていた。

それを見た瞬間、俺の胸に湧《わ》いたのは、紛《まぎ》れもない歓喜だった。

たとえ彼女が元の世界で他の男と関係があったとしても、それで彼女への想いが変わる訳《わけ》ではない。それでも、やはり自分が彼女に触れた唯一の男であるとわかれば、喜びが湧《わ》かない訳《わけ》はなかった。——愛しい彼女に触れたのは、この俺だけなのだ。

気がつけば、いつもより甘い声で囁《ささや》いていた。

「では、貴女の髪に口づけたのも？」

「うん。それも、オーベルだけ……」

「手の甲へは？」

寝惚《ねぼ》けた彼女が素直に答えるのをいいことにさらに問うと、今度は首を横に振られる。

「それは……もう、知ってるでしょ。この世界では、男性から女性にする挨拶みたいなものなんだもの。色々な人にされたよ」

「それは残念。それも俺だけならば嬉しかったのですが」

まあ今の問いに関しては、答えがわかっていて聞いたのだが。

肩を竦《すく》めて返した俺に、姉上がくすくすと笑った。

「もう、変なことばっかり言って。夢の中のオーベルって、なんか変なの……」

「いつもと違う俺は、お嫌ですか？」

「いやじゃないけど……調子が狂う。いつもは、皮肉ばかりなのに」

「皮肉がお好みならば、いくらでも紡《つむ》ぎますが」

「うん……その方がいいかも。だってそうしたら、こんな風に変にドキドキしな……」

ぽつりと呟《つぶや》いたところで、姉上がはっとした様子で止まる。

どうやら、会話を重ねるうちに段々目が覚め、ようやく夢ではないと気づいたらしい。

見る間にじわじわと目が見開かれ、顔がかぁっと赤く染まっていく。

そんな彼女に、俺は続きを聞かせてほしくて、男の色気を滲《にじ》ませた声で囁《ささや》いた。

「姉上。――それで？」

「オ、オーベル……。あの、これは……違うの！」

「何が違うのでしょう。俺には、貴女が俺を強く意識してくださっていると仰《おっしゃ》ったように聞こえたのですが」

重ねて問えば、彼女はさらに狼狽した様子で、うろうろと視線を彷徨《さまよ》わせた。余程困っているのか、若干涙目になっている。それがまた俺の目を惹《ひ》きつけて止《や》まない。

「そ、それは……今のは、ちょっと寝惚《ねぼ》けていただけというか。だから……」

「だから？」

追及を止《や》めない俺に、とうとう羞恥に耐えられなくなったのか、彼女はがばっと身を起こし、長椅子から立ち上がって叫んだ。

「だ、だから……お願いだから、今のは全部忘れて!!」

そして、「あとこれ、ありがとう!」と俯《うつむ》いたまま俺に毛布をむぎゅっと押しつけたかと思うと、そのままバタバタと駆け去ってしまう。

残されたのは、瞬《また》く間の出来事に、毛布を持ったままぽかんと佇《たたず》む俺だけ。

だが次の瞬間、俺はつい、くつくつと笑い出していた。

相変わらずくるくると表情の変わる彼女が、面白く愛らしく感じて。そして、彼女がどうやら思っていた以上に俺を意識してくれているらしいとわかり、それがどうにも嬉しかったのだ。

だから、晴れ晴れと笑って口にする。

「弟から先へはなんとか一歩進めたようだが。——さて、次はどう口説いたものか」

人に流されやすそうに見えてその実、流されない手強い彼女を。そして、誰より俺の心を奪って止《や》まない、健《すこ》やかな心を持つ彼女を。

——先は長そうだが、彼女と歩く道ならば、それもまた楽しいものだ。

そう独りごち、俺は穏やかな光が差しこむ部屋をゆっくりと後にしたのだった。

Regina COMICS
大好評発売中!!!!!
原作:青蔵千草
漫画:秋野キサラ
Presented by Chigusa Aokura
Comic by Kisara Akino
シリーズ累計20万部突破!(電子含む)
異世界で失敗しない100の方法 1~4
攻略マニュアル系ファンタジー
待望のコミカライズ!
アルファポリスWebサイトにて
好評連載中!
就職活動が上手くいかず、落ち込む毎日の女子大生・相《そう》馬《ま》智《ち》恵《え》。いっそ大好きな異世界トリップ小説のように異世界に行ってしまいたい……と、現実逃避をしていたら、ある日、本当に異世界トリップしてしまった！この世界で生き抜くには、女の身だと危険かもしれない。智恵は本で得た知識を活用し、性別を偽って「学者ソーマ」になる決意をしたけど――!?
B6判／各定価:本体680円+税
アルファポリス 漫画 検索
青蔵千草
秋野キサラ
異世界で失敗しない100の方法
20万部突破!!
謎に包まれた
精霊の賢妃を追え!
攻略マニュアル系ファンタジーコミカライズ!

RC
Regina COMICS
自称 悪役令嬢な婚約者の観察記録。
1~3
大好評発売中!!!!!
原作=しき
漫画=蓮見ナツメ
Presented by Shiki & Natsume Hasumi
アルファポリスWebサイトにて
好評連載中!!
アルファポリス 漫画 検索
B6判 / 各定価:本体680円+税
＼異色のラブ(?)ファンタジー／
待望のコミカライズ!
優秀すぎて人生イージーモードな王太子セシル。そんなある日、侯爵令嬢バーティアと婚約したところ、突然、おかしなことを言われてしまう。
「セシル殿下! 私は悪役令嬢ですの!!」
……バーティア曰《いわ》く、彼女には前世の記憶があり、ここは『乙女ゲーム』の世界で、彼女はセシルとヒロインの仲を引き裂く『悪役令嬢』なのだという。立派な悪役になって婚約破棄されることを目標に突っ走るバーティアは、退屈なセシルの日々に次々と騒動を巻き起こし始めて——?

本書は、2017 年 4 月当社より単行本として刊行されたものに書き下ろしを加えて文庫化したものです。


この作品に対する皆様のご意見・ご感想をお待ちしております。

おハガキ・お手紙は以下の宛先にお送りください。

【宛先】

〒 150-6008 東京都渋谷区恵比寿 4-20-3 恵比寿ｶﾞｰﾃﾞﾝﾌﾟﾚｲｽﾀﾜｰ 8F
(株) アルファポリス　書籍感想係

メールフォームでのご意見・ご感想は右のＱＲコードから、
あるいは以下のワードで検索をかけてください。

アルファポリス　書籍の感想　検索

ご感想はこちらから

レジーナ文庫

黒鷹公《くろたかこう》の姉上《あねうえ》 1

青蔵千草《あおくらちぐさ》

2020 年 6 月 30 日初版発行

文庫編集ー斧木悠子・宮田可南子
編集長ー太田鉄平
発行者ー梶本雄介
発行所ー株式会社アルファポリス
〒150-6008 東京都渋谷区恵比寿4-20-3 恵比寿ｶﾞｰﾃﾞﾝﾌﾟﾚｲｽﾀﾜｰ8階
TEL 03-6277-1601（営業）　03-6277-1602（編集）
URL https://www.alphapolis.co.jp/
発売元ー株式会社星雲社（共同出版社・流通責任出版社）
〒112-0005 東京都文京区水道1-3-30
TEL 03-3868-3275
装丁・本文イラストー漣ミサ
装丁デザインーansyyqdesign
印刷ー株式会社暁印刷

価格はカバーに表示されてあります。

落丁乱丁の場合はアルファポリスまでご連絡ください。

送料は小社負担でお取り替えします。


ISBN978-4-434-27510-4 C0193